Les ombres de la ville lumière

28/01/2025

Pour Patricia,

Bonne année 2025 et bonne lecture!

Dario

DL

Les ombres de la ville lumière

Dario FABIJANAC

Numéro ISBN : 9798300804770

Merci Sarah, pout ton aide et ton soutien.

I

The world was on fire, and no one could save me but you.
It's strange what desire will make foolish people do

« J'aime vraiment ce que tu écris, tu sais. »
C'est la chose la plus sexy qu'une femme puisse lui dire. Il ne s'est jamais senti aussi confiant et masculin que lorsqu'on complimentait son travail. Son travail, c'étaient les mots. Et ses mots, c'était sa vie. Alors, quand elle disait qu'elle aimait son écriture, il entendait qu'elle l'aimait, lui Dans son esprit, il n'y avait pas de différence entre les deux.
Et lui il l'aimait bien, c'est sûr. En fait, bien qu'ils se soient rencontrés il y a quelques jours et que c'était leur premier rendez-vous officiel, il était déjà amoureux d'elle. Pas du genre « je pourrais mourir pour toi », ni même celui du « pour toujours et à jamais », mais c'était de l'amour, quand même. Un amour que la plupart des gens ne pouvaient pas comprendre, alors il n'a jamais essayé de le décrire. Même pas dans ses livres.

« C'est très gentil de ta part de le dire. C'est toujours sympa de rencontrer une fan. Je sens que cette soirée va m'inspirer quelque chose à écrire, » dit-il, optant pour la phrase la plus banale qui soit. Il sentit ses joues rougir quand elle parla, et il ne parvenait pas à trouver mieux à dire. Parfois, il ressemblait à un gamin, surtout face à une belle femme, au début.
« Oh, je vais prendre ça comme un compliment. Même si je suis sûre que tu l'as déjà dit à quelqu'un d'autre. »
Il sourit simplement et prit une gorgée de son verre. Elle était sur lui, et ça le rendait encore plus attiré par elle.
« C'est possible que ces mots soient déjà sortis de ma bouche, oui. Mais je ne m'en souviens pas. Donc, je n'admets rien. »

Elle ne put s'empêcher de rire doucement, et il savait qu'elle était désarmée. Il avait ce pouvoir de désarmer les femmes avec ses mots et son charme. Pour être honnête, ce n'était pas toujours facile pour lui d'aborder une femme. Mais une fois en tête-à-tête, comme maintenant, il était sur son terrain. Et il pouvait jouer comme il voulait. Pas qu'il soit un séducteur, loin de là. Il n'a même jamais voulu en être un. À chaque fois qu'il rencontrait une femme, il l'imaginait déjà en train de choisir des meubles avec elle dans l'heure qui suivait. Bon, peut-être pas à chaque fois.

« Je dois te demander, dans ton dernier roman, cette fille Elodie, était-ce vraiment si mauvais en réalité ? »
« Que veux-tu que je te dise ? Des erreurs ont été commises, des cœurs brisés, des leçons difficiles apprises. Mais tu ne devrais pas croire tout ce que tu lis, » répondit-il en souriant.
« Oh vraiment ? Je pensais que tu n'écrivais que sur des choses que t'as vecu ? »
« C'est le cas, mais je change certaines choses. Je n'écris pas des chroniques. C'est 50-50 entre la fiction et la réalité. Je l'appelle semi-fiction. Parfois, c'est 70-30 ou 30-70, mais en général, c'est du 50-50. »
« Alors, je pourrais finir par être une sorte de salope vengeresse dans cette histoire ? »
« C'est une possibilité, oui. »
« Je suis un peu réticent à l'idée de sortir avec un écrivain maintenant... »
« C'est absurde. Bien sûr que tu veux sortir avec un écrivain. Qui ne voudrait pas être immortalisé comme ça ? »
« Carte de vanité ? Bien joué. », dit-elle avec un sourire séducteur.
« On est tous un peu vaniteux, plus ou moins. Et ce n'est pas forcément une mauvaise chose. Sinon, l'alternative, c'est quoi ? Un autre

MrJeConduisUneVoitureDeLuxeAlorsTuDoisSucerMaBite qui remplace plus souvent les femmes par un modèle plus jeune que sa voiture hors de prix ? »
« Ils ne sont pas tous comme ça, tu sais. »
« Je sais, je sais. Mais j'en ai vu plus qu'assez pour fuir ce monde de merde des grandes corporations. Ça me rend malade rien que d'y penser. e préférerais être serveur toute ma vie, crois-moi.
Regarde-les ici, tous avec leur femme/maîtresse/petite amie, et pas un seul ne t'a pas déshabillée du regard. Ou n'importe quelle autre femme, d'ailleurs. »
« C'est vrai ! Je l'ai remarqué. Pourquoi les hommes font-ils ça ? Et, au fait, j'ai aussi remarqué que toi, tu ne le fais pas. Donc, tu marques un gros point. »
« Eh bien, même si j'aimerais m'en attribuer le mérite, j'ai un avantage injuste sur n'importe lequel d'entre eux. »
« Oh, oui ? Et qu'est-ce que ce serait ? »
« Je suis déjà là avec la femme la plus belle. »
« Eh bien, n'es-tu pas le beau parleur ? Je suis sûre que ce n'est qu'une autre phrase que tu sors tout le temps, » dit-elle, mais elle ne put s'empêcher de rougir. Et elle posa ses mains sur les siennes.
« Encore une fois, je l'ai peut-être déjà dit. Et je le pensais probablement. Mais ça ne veut pas dire que je ne le pense pas maintenant. On doit souvent te dire à quel point tu es belle, tous les jours. Tu le sais sûrement. » Maintenant, il lui tenait les mains et la regardait profondément dans les yeux. Il n'y avait rien d'autre à faire pour eux à ce moment-là que de s'embrasser. Alors qu'il se penchait vers elle, il avait ce sentiment dans ses tripes que cela pouvait vraiment être Ça.

« Waouh... Alors, tu penses vraiment qu'il y aura une histoire de nous ? »
« J'en suis sûr. Tu sais, j'ai passé des mois difficiles, et j'ai cette sensation merveilleuse que tout ça est en train de changer ce soir. »

« N'est-il pas un peu tôt pour le dire ? »
« Oh, ne te méprends pas. Je suis certain que tu trouveras la manière la plus créative et douloureuse de me briser le cœur un jour. Mais je suis prêt à prendre ce risque. »
« C'est vrai. La salope vengeresse. »
« La salope vengeresse... J'ai déjà le titre. »
Ils riaient tous les deux et ils quittèrent le restaurant. Comme un vrai gentleman qu'il était, il l'a raccompagnée chez elle. Ce qui n'était pas si loin.

« Tu veux monter pour un dernier verre ? », dit-elle, mais il répondit en l'embrassant à nouveau. En entrant dans l'appartement, il remarqua immédiatement une platine vinyle. Une platine ! Et le disque posé à côté était *Rumors* de Fleetwood Mac. Et il était sûr qu'il l'aimait déjà.

What a wicked game you play to make me feel this way.
What a wicked thing to do, to let me dream of you

II

You could be my silver springs
Blue green colors flashin'
I would be your only dream
Your shining autumn, ocean crashing

« Fais comme chez toi, je vais nous chercher à boire. »
« Je mets un disque. »
« Choisis ce que tu veux. »
« Oh, celui-là ira très bien. C'est l'original ? »
« Oui, sans *Silver Springs*, » sourit-elle.
« Comment tu le savais ? »
« Je t'ai dit que j'avais lu tout ce que tu as écrit. Je sais que tu as cette *voix qui te hante*. »
« On l'a tous, non ? »
« J'imagine, oui. Mais la tienne a l'air plutôt forte. Je ne sais pas si je peux rivaliser avec ça. Si le temps n'a pas réussi à briser ce sort, quelles chances j'ai ? »
« Ah, mais le temps a réussi. Il finit toujours par y arriver. Il y a eu des moments où j'ai essayé de ressusciter le passé. Mais j'ai appris à la dure que le passé doit rester là où il est. Rien de bon ne sort jamais de ces conneries. Et tu gâches des souvenirs en essayant. Maintenant, je le sais mieux. »
« Totalement, oui ? Je suis partie en voyage scolaire dans le sud de l'Italie et c'était incroyable. Alors, j'y suis retournée avec quelques amis des années plus tard, mais ce n'était pas aussi bien que la première fois. »
« Je comprends. Pareil pour moi en Espagne. On avait aussi prévu d'y retourner. Je suis tellement content qu'on ne l'ait jamais fait... Bref, pour revenir à notre sujet, et toi ? »
« Oh, je préfère *Dreams*. »
« Je parie que oui, » dit-il en souriant, « mais ce n'est pas ce que je voulais dire. »
« Je sais, » dit-elle en l'embrassant. « J'essaie juste de gagner du temps. »

« Pour ce que ça vaut, tu te débrouilles bien, » répondit-il en l'embrassant à son tour.
« Tu as de l'esprit, j'aime vraiment ça. »
« Oh, j'adore ce mot ! Et j'aime que tu l'utilises. Surtout pour me décrire, » ils sourirent tous les deux.
« Même si, maintenant que j'y pense, j'ai vraiment eu beaucoup plus de rencontres avec des gars du genre 'Dreams' qu'avec 'Silver Springs'. »
« Et aucun ne t'a marquée ? »
« Oh, si, mais pas de la même manière que ton histoire. Personne ne hante mes rêves, » dit-elle en souriant, les yeux baissés.
« Eh bien, à mon avis, il n'y a pas tant de différence entre ces deux chansons. C'est une ligne fine, très fine. Et pour être totalement honnête, moi aussi j'ai une fille dans la catégorie *Dreams*. Elle aimait sa liberté plus que tout. Tu sais, la *vida loca* et tout ça. Je me demande parfois si elle s'amuse toujours autant... »
« La fille de tes poèmes, je suppose. »
« Merde... » dit-il en souriant. « Tu as vraiment un avantage injuste. Heureusement pour moi, je lis les gens assez vite. »
« Je sais. C'est l'une des choses qui rendent tout ça si intéressant, » dit-elle en l'embrassant de nouveau.
« Tu es vraiment unique. C'est tellement rafraîchissant... et incroyablement attirant en même temps. »
« Encore des mots doux... »
« En fait, je ne suis pas sûr d'avoir déjà sorti celle-là. »
Elle l'enjamba et commença à jouer avec ses cheveux, le regardant profondément dans les yeux.
« Je ne vais pas coucher avec toi ce soir. »
« Quoi ? Merde ! D'où ça sort ? » Ils éclatèrent de rire. « Je pensais juste que tu devrais le savoir. »
« Eh bien, madame, rien n'était plus éloigné de mon esprit. Je suis le parfait gentleman. »
« Je sais, c'est bien ça le problème. Je sais comment me défendre contre toutes ces ordures manipulatrices. Mais

comment une femme peut se défendre contre un gars comme toi ?
« Dis-le-moi, » dit-il en l'embrassant à nouveau, doucement et tendrement.
« Oh, ce n'est vraiment pas juste, » murmura-t-elle entre deux baisers.
« Vraiment pas juste... »

Time casts a spell on you, but you won't forget me
I know I could have loved you, but you would not let me
I'll follow you down til' the sound of my voice will haunt you
You'll never get away from the sound of the woman that loves you

III

Said, woman, take it slow
It'll work itself out fine
All we need is just a little patience
Said, sugar, make it slow
And we come together fine
All we need is just a little patience

Son téléphone n'arrêtait pas de sonner sur la table.
« Tu ne vas pas répondre ? »
« Non, ça peut attendre. »
« Mais quelqu'un est très persistant, cela pourrait être important. »
« Où est la précipitation ? Si c'est une bonne nouvelle, elle peut attendre. Je serai toujours heureux de l'entendre. Et si c'est une mauvaise nouvelle, alors cela peut certainement attendre. »
« Mais ça pourrait être une urgence. » À son ton, il comprit qu'il allait devoir répondre.
« Je suis flatté que tu penses que quelqu'un m'appellerait en cas d'urgence, » tenta-t-il d'esquiver, en l'embrassant, bien sûr. « Et puis, je suis très bien ici. » "Ici" était son lit. Avec ses cheveux sur sa poitrine et ses mains qui caressaient son corps avec douceur, il n'avait vraiment pas envie de se lever pour répondre au téléphone.
« Oh s'il te plaît, réponds ! Ça me rend folle ! » Il la regarda avec un air interrogateur. « Je suis désolée. C'est juste que je ne peux pas me détendre et profiter de ce moment avec ce truc qui sonne sans arrêt. Et je ne veux pas que notre première fois soit gâchée par ça. »
« Non, c'est moi qui suis désolé. J'aurais dû l'éteindre. Je ne pensais juste pas que quelqu'un appellerait à cette heure. Je reviens. » Il prit son téléphone, le regarda et le mit en mode silencieux.
« Tu ne vas pas répondre ? »
« Non, ce n'est certainement pas une urgence. »

« C'est elle ?
« Oui. » Sa voix trembla légèrement.
« Pourquoi elle t'appelle à cette heure-ci ? »
« C'est vraiment difficile à dire à ce stade. », dit-il en essayant de rire pour détendre l'atmosphère. « Je croyais que le passé restait dans le passé. C'est bien ce que tu as dit, non ? »
« Oui, elle est juste une amie »
« Alors pourquoi ne réponds-tu pas au téléphone ? »
« Parce que je ne veux pas parler avec mon ex juste après qu'on a fait l'amour. J'espère que tu peux comprendre ça. Et, pour être honnête, je ne répondrais pas non plus si c'était un autre ami.
Écoute, Claire, je sais que c'est difficile pour toi. On vient de se rencontrer et tu n'as aucune raison de me faire confiance, je comprends. Mais si tu veux bien tenter le coup, je te promets que ça en vaudra la peine. Et regarde le bon côté des choses. Au moins, tu n'as pas à t'inquiéter que je cache quelque chose. Ma vie est littéralement un livre ouvert, dans tous les sens du terme. Tu sais exactement où j'en suis émotionnellement, et avec qui. »
« Oui, c'est vrai. Mais… » Il prit sa main et caressa ses cheveux.
« Non, je comprends. Je sais à quel point ça doit être dur. Et pour être honnête, si c'était l'inverse, je ne suis pas sûr que je pourrais le faire non plus. Mais comme l'a dit un poète, Izzy Stradlin, 'Toi et moi, on a ce qu'il faut pour y arriver'. Rien n'a semblé aussi juste depuis longtemps. » Elle l'embrassa passionnément et il sentit la chaleur de ses larmes sur sa joue.
« Je sais. Je sais tout ça. Et je t'aime vraiment bien aussi. C'est ça qui rend tout ça si confus. La moitié de mes instincts me disent de foncer, et l'autre moitié crie de partir en courant. Je ne voudrais pas te perdre, mais je ne veux pas non plus me perdre moi-même à travers toi. »

« Moi non plus, je ne voudrais ni l'un ni l'autre. Écoute, prends ton temps pour réfléchir. Je ne veux pas te presser dans quoi que ce soit. Et je ne veux pas me précipiter non plus. On a tout le temps devant nous. Je serai toujours là quand tu auras trouvé ta réponse. »
« Merci… »
« Tu n'as pas à me remercier pour ça. On ne devrait jamais s'excuser de ses sentiments, ni remercier quelqu'un pour les avoir écoutés. » Au regard qu'elle lui lança, il savait déjà qu'elle avait compris. Elle ne s'en rendait juste pas compte encore. Il avait vu ce regard quelques fois auparavant, assez pour savoir ce qu'il signifiait.
« Nous avons encore le temps ce soir, Monsieur l'écrivain. J'espère que tu ne comptes pas tout gâcher avec des mots ? »
« Les mots sont insignifiants et oubliables... » murmura-t-il à son oreille avant de commencer à embrasser la nuque.

Said, sugar, take the time
'Cause the lights are shining bright
You and I've got what it takes
To make it, we won't fake it,
I'll never break it
'cause I can't take it

IV

Wake up in the morning
See your sunrise loves to go down
Lousy lovers pick their prey
But they never cry out loud, cry out

Il se réveilla à la lumière douce qui filtrait à travers ses rideaux transparents, projetant de doux motifs sur les murs de son appartement. Son corps chaud était blotti contre le sien, sa respiration douce et régulière contre son épaule. La pièce était petite, mais chaleureuse. Des livres remplissaient les étagères, et l'odeur de son parfum flottait encore dans l'air, se mêlant à celle, plus légère, du vin de la veille.
Il l'observa un moment, ressentant cette sensation familière au fond de sa poitrine. Il la connaissait à peine, et pourtant, ils étaient là, enveloppés l'un dans la chaleur de l'autre, comme si quelque chose de profond était déjà passé entre eux. Mais il savait mieux que ça. Il avait déjà vécu ça. Des endroits différents, des femmes différentes, mais toujours le même fond d'hésitation.
Son téléphone vibrait doucement sur la table de chevet. Il y jeta un coup d'œil. **Tina.**
Il poussa un soupir discret, faisant attention à ne pas la réveiller, et sortit du lit. Marchant pieds nus sur le plancher en bois, il prit le téléphone et fixa le nom affiché à l'écran. Tina. Encore. Il laissa l'appel passer en messagerie, son pouce hésitant une seconde de plus
Il regarda autour de lui, notant les petits détails qui reflétaient des morceaux de sa vie — la pile de disques à côté de la platine, les photos encadrées au mur, la pile de romans usés sur sa table de chevet. Tout semblait réel. Ancré. Contrairement au chaos mouvant de ses propres pensées.
Il soupira. Il était trop tôt pour des pensées existentielles. Il avait besoin de café.
La voix de Claire brisa le silence. « T’es déjà debout ? »

Il se retourna pour la voir appuyée sur un coude, ses cheveux légèrement ébouriffés, les yeux à moitié ouverts mais toujours curieux. Elle souriait, ce sourire paresseux du matin qui rend tout plus simple.
« Ouais, je n'arrivais pas à dormir, » dit-il en s'appuyant contre le cadre de la porte de la chambre. « Tu veux du café ? »
Elle s'étira langoureusement, tirant la couverture sur son épaule nue. « Mmm, parfait. »
Il se dirigea vers la cuisine, ouvrant les placards jusqu'à trouver le café. Pendant qu'il préparait, l'odeur envahit la pièce, se mêlant aux souvenirs de la veille — les verres de vin à moitié vides sur la petite table, son pull jeté sur une chaise.
Quand il ramena deux tasses dans la chambre, elle était assise, les jambes repliées sous elle, l'expression douce mais contemplative.
« Merci », murmura-t-elle en prenant une gorgée. Pendant un moment, ils ont juste bu en silence, le genre confortable qui s'étend entre deux personnes qui se découvrent encore.
« Alors, » commença-t-elle en jetant un coup d'œil à son téléphone sur la table de chevet, « tu n'as pas répondu à cet appel hier soir. »
Il essaya de garder un ton décontracté. « Pas besoin. Ce n'était pas important. »
« Vraiment ? » elle leva un sourcil, ne croyant pas à sa réponse. « Vieil ami ? »
« Oui », il haussa les épaules, s'appuyant contre les oreillers. « Un truc du genre. »
Elle le regarda, le regard inébranlable. « D'habitude, les vieux amis n'appellent pas au milieu de la nuit. »
Ses mots restèrent suspendus dans l'air, et pendant un instant, il ne sut pas quoi dire. Il avait entendu ce ton avant, celui où la curiosité commence à se mélanger à la prudence. Elle essayait de le comprendre, de comprendre où elle se situait dans tout ça.

« C’est compliqué, » dit-il finalement.
« N'est-ce pas toujours ? » répondit-elle, ses lèvres s’incurvant en un demi-sourire. Mais ses yeux restèrent fixés sur lui, attendant plus.
Il soupira, posant sa tasse sur la table de nuit. Il n’avait pas envie de rentrer là-dedans, pas ici, pas avec elle. Mais quelque chose chez cette femme le faisait sentir qu’il lui devait plus que ses habituelles esquives.
« Son vrai nom est Tina », dit-il, rencontrant enfin son regard. « Nous… eh bien, ce n’est pas ce que tu penses. On n’a jamais vraiment été ensemble. On était amis d’abord. Plus que des amis parfois, mais… ça a toujours été compliqué. »
« Compliqué », répéta-t-elle en hochant lentement la tête. « On dirait que c'est ton mot préféré. »
Il rit, bien qu'il manquât de véritable humour. « Oui, je suppose que c'est le cas. »
Elle prit une autre gorgée de café, ses yeux se perdant un instant avant de se refixer sur lui. « Et maintenant ? Elle est quoi pour toi ? »
Il n'a pas répondu tout de suite. La vérité, c'est qu'il n'était pas sûr. Tina était dans sa vie depuis si longtemps, toujours là en l'arrière-plan, un écho constant de ce qui aurait pu être. Mais il n'était plus amoureux d'elle. Du moins, c'est ce qu'il se disait.
"Elle est juste... quelqu'un dont je n'arrive pas à me débarrasser », dit-il, la voix plus basse. « Mais cette partie de ma vie est finie. Ça l'est depuis longtemps. »
« On dirait que tu n'en as jamais fini avec elle. » Sa voix était douce, mais il pouvait entendre le courant sous-jacent d'inquiétude.
Il voulait dire quelque chose, la rassurer, mais les mots ne venaient pas. Parce qu'il n'était pas sûr de ce que c'était non plus. Il l'aimait bien, plus que quiconque depuis longtemps. Mais il savait aussi qu’une partie de lui était toujours liée à Tina, d'une manière qu'il ne pouvait pas complètement expliquer.

« Je ne sais pas ce que c'est, » dit-il honnêtement. « Mais je t'aime bien. Beaucoup. Et je veux le comprendre. »
Elle posa sa tasse, croisant ses bras autour de ses genoux, les ramenant contre sa poitrine. « Je comprends. Vraiment. Mais voilà le truc — je ne cherche pas quelqu'un qui est encore en train de régler son passé. »
Ses mots lui firent mal, mais ils étaient honnêtes. Et il respectait ça.
« Je sais, » dit-il en passant une main dans ses cheveux. « J'essaie. Vraiment. »
Elle se leva, enfilant le pull surdimensionné qu'elle avait drapé sur la chaise la nuit dernière. Le moment semblait lourd, comme si quelque chose avait changé entre eux. « Écoute, je t'aime bien aussi. Mais je ne veux pas être le deuxième choix de qui que ce soit. »
« Tu ne l'es pas » commença-t-il, mais elle leva la main pour l'arrêter.
« Juste… réfléchis-y. Trouve ce que tu veux vraiment. » Elle se tourna vers la fenêtre, écartant légèrement le rideau pour regarder la rue en dessous. « Je ne dis pas que je m'en vais. Mais je ne vais pas attendre éternellement non plus pour voir si tu vas un jour briser cette chaîne. »
Il se leva, faisant un pas vers elle, voulant réparer ce qu'il venait de casser. Mais il s'arrêta. Il savait mieux que de faire des promesses qu'il ne pouvait pas tenir.
« Je comprends », dit-il doucement.
Elle se tourna vers lui, ses yeux s'adoucissant. « Tu comprends vraiment ? »
Il hocha la tête. « Oui. Je comprends. »
Pendant un moment, ils restèrent là, la ville dehors se réveillant tandis que la tension entre eux restait dans le silence de la pièce.
« Je vais sortir un peu, » dit-elle, rompant le silence. « J'ai besoin de prendre l'air. »
Il la regarda rassembler ses affaires — son sac, sa veste — avant qu'elle se dirige vers la porte. Elle s'arrêta, se

retournant pour lui lancer un dernier regard, son sourire triste mais bienveillant. « Pour ce que ça vaut, je pense que tu écriras une belle histoire ici. »
La pièce semblait soudain trop calme, trop vide. Il fixa la porte un moment puis se dirigea vers la cuisine.

Did she make you cry
Make you break down
Shatter your illusions of love
And is it over now do you know how
Pick up the pieces and go home

V

Listen to the wind blow, down comes the night
Running in the shadows, damn your love, damn your lies
Break the silence, damn the dark, damn the light

Il était assis à la petite table de la cuisine, fixant son café. Claire était sortie se promener—quelque chose à propos de se vider la tête. Il n'avait pas posé de questions, il s'était contenté de hocher la tête et de la regarder partir.
C'était calme maintenant, trop calme. Son téléphone reposait sur la table à côté de sa tasse, comme s'il l'attendait. Il tendit la main, sans vraiment savoir pourquoi, et fit défiler ses contacts. Son pouce s'arrêta sur le nom de Tina pendant un moment avant d'appuyer sur l'appel.
« Allô, » répondit-elle, sa voix encore un peu enrouée de sommeil. « Ça va ? »
« Salut. Je ne t'ai pas réveillée, n'est-ce pas ? »
« Non, non. Je prends juste mon premier café. Et toi ? »
« Pareil. Eh bien, je suis chez Claire. Elle est sortie se promener. »

Tina laissa échapper un petit rire. « Ah, le matin après. Comment ça se passe ? »
Il se renversa dans son fauteuil, jetant un coup d'œil autour de la pièce. Claire était une femme qui semblait savoir comment vivre, mais il se sentait toujours comme un visiteur dans son monde. « C'est bien. Nous avons passé une bonne nuit. Elle est... Elle est géniale. ? »
« Mais ? »
Il soupira. « Mais je ne sais pas. Tu as déjà eu l'impression de jouer un rôle dans la vie de quelqu'un d'autre ? »
« C'est un peu profond pour cette heure-ci, » plaisanta Tina, mais son ton s'adoucit. « Mais ouais, je comprends. Est-ce que c'est comme ça avec elle ? »

« Peut-être. Je veux dire, on s'amuse, on rit, la conversation coule. Mais je ne peux pas me débarrasser du sentiment qu'il manque quelque chose. »
Il y eut une pause à l'autre bout, Tina laissant ses mots s'installer. Elle savait toujours comment laisser de l'espace pour qu'il puisse comprendre les choses, pour qu'il parle à travers le brouillard dans sa tête. « Peut-être que tu en attends trop, trop vite ? » dit-elle enfin. « Toutes les connexions ne sont pas un coup de foudre. Parfois, ça se construit, tu sais ? »
« Oui, mais combien de temps faut-il attendre ? Combien de temps avant de savoir si c'est réel ou si on ne fait que... passer le temps ? »
Tina gloussa doucement. « Tu as toujours été impatient. Parfois, je pense que tu aimes juste la poursuite. »
« Peut-être », a-t-il admis, un sourire tiraillant ses lèvres. « Comment va Boris ? »
Elle laissa échapper un grognement. « Ne m'en parle pas. On s'est encore disputé hier soir. Il ne me comprend tout simplement pas parfois. J'essaie d'expliquer ce dont j'ai besoin, et c'est comme s'il parlait une autre langue. »
« Tu penses que ça vaut la peine de continuer ? »
« Je ne sais pas, » soupira-t-elle. « On est ensemble depuis si longtemps que j'ai l'impression que je devrais continuer d'essayer. Mais je ne sais pas si je le fais juste parce que c'est familier, tu vois ? »
Il hocha la tête, même si elle ne pouvait pas le voir. « Oui. Je comprends. »
Leurs conversations étaient toujours comme ça—deux personnes naviguant dans leurs relations, partageant des morceaux de leurs vies sans jamais vraiment toucher au fond de ce qui était entre eux. Il y avait des indices, de petits fils, mais ils ne les tiraient jamais. C'était plus sûr ainsi.
« Tu penses parfois, » commença-t-il, sa voix hésitante, « que nous sommes tous les deux juste... coincé ? »

Tina n'a pas répondu tout de suite. Il pouvait presque l'entendre penser à l'autre bout du fil. « Parfois, » admit-elle. « Mais je pense que c'est juste la vie. On essaie tous de comprendre au fur et à mesure. »
« Oui », dit-il en jetant un coup d'œil à la chaise vide en face de lui. « Peut-être. »
Il y eut une autre pause, seulement interrompue par le son de leur respiration silencieuse, à des milliers de kilomètres l'un de l'autre mais toujours proches d'une certaine manière.
« Quoi qu'il en soit, » dit Tina, son ton redevenant léger. « Tu ferais mieux de te remettre dans le bain. Elle sera bientôt de retour, et tu ne veux pas être en train de ruminer quand elle rentre à la maison. »
Il rit doucement. « Non, tu as raison. Je vais me ressaisir. »
« Tu le fais toujours. On se reparle bientôt ? »
« Oui, bien sûr. »
En raccrochant, il se pencha en arrière dans son fauteuil, fixant la pièce autour de lui. Ce n'était pas un mauvais endroit où être, pas du tout. Claire sera bientôt de retour, souriante, peut-être avec des viennoiseries fraîches ou une nouvelle histoire de sa promenade. Et il souriait, jouant le rôle de l'homme qui profite de la matinée après une bonne nuit.
Mais tandis qu'il restait assis là, le téléphone toujours en main, il ne pouvait s'empêcher de ressentir qu'il y avait autre chose qu'il voulait dire. Quelque chose qu'il n'avait pas dit à Tina. Quelque chose qu'ils avaient tous les deux laissé non-dit. Et comme toujours, cela restait là, juste sous la surface.

And if you don't love me now
You will never love me again
I can still hear you saying
You would never break the chain

VI

Finally, baby
The truth has come down now
Take a listen to your spirit
It's crying out loud

Plus tard dans l'après-midi, il se retrouva à marcher vers son appartement, les rues de Paris bruissant de leur énergie habituelle. Il se sentait plus léger après la matinée, mais il restait encore un vide qu'il n'arrivait pas à combler. La femme avec qui il avait passé la nuit avait été tout ce qu'il aurait dû vouloir—drôle, belle, intelligente. Ils avaient passé un bon moment, et pourtant il avait toujours l'impression de flotter à travers tout ça, sans être vraiment ancré.

Son téléphone vibra dans sa poche alors qu'il poussait la porte de son immeuble. Un message de Claire — « Super soirée hier, hâte de te revoir xx. » Il le regarda un moment, puis remit le téléphone dans sa poche sans répondre. Pas maintenant.

Son appartement était dans son état habituel de désordre—des livres, des papiers, des tasses de café à moitié vides éparpillés un peu partout. Il était parti précipitamment la veille au soir, l'excitation d'un rendez-vous suffisant toujours à lui faire oublier le chaos quotidien qui l'entourait. Mais maintenant, en regardant cet endroit, il le voyait comme un reflet de son esprit—désorganisé, encombré de pensées à moitié achevées et de sentiments non résolus.

Il enleva ses chaussures, jeta sa veste sur une chaise, et s'assit à son bureau. Le manuscrit sur lequel il travaillait était ouvert, le curseur clignotait sur la page blanche. Il le fixa, les doigts en suspension au-dessus des touches, mais rien ne vint.

Son téléphone a sonné. Tina encore.

« Salut, » répondit-il, soulagé d'entendre sa voix.

« Salut, comment ça va ? » demanda-t-elle.

Il se massa les tempes. « Tu sais... ça va. J'ai quitté chez elle plus tôt. On a pris le petit déj, on a discuté un peu. Elle est sympa. Juste que... »
Tina ricana doucement de l'autre côté. « Tu recommences. »
« Recommencer quoi ? »
« Trop penser. Tu fais ça à chaque fois. »
Il sourit malgré lui. « Peut-être bien. Je ne sais pas. »
« Elle a l'air parfaite sur le papier, » dit Tina, son ton taquin. « Mais c'est ça le problème, n'est-ce pas ? Ce n'est pas vraiment ce que tu veux. »
« Tu me connais trop bien. »
Tina marqua une pause, et il pouvait l'entendre bouger, peut-être en train de marcher dans son appartement. « Je pense que ce que tu veux est... compliqué. Tu cherches quelque chose de plus profond, mais tu veux aussi quelque chose qui te laisse respirer. Ce n'est pas évident. »
« Peut-être, » dit-il en s'adossant à sa chaise, regardant les toits de Paris. « Je ne veux juste plus blesser les gens. J'ai l'impression de parfois les mener en bateau. »
« Tu penses qu'elle le sait ? » demanda Tina.
Il y réfléchit un moment. « Peut-être. Elle est maligne. Je pense qu'elle est consciente que ça ne mènera nulle part. Mais pour l'instant, on profite tous les deux. Et après... je ne sais pas. »
« Arrête de trop te préoccuper, » dit Tina. « Profite de l'instant. Peut-être que ce n'est pas la bonne, mais tu n'as pas besoin de le savoir tout de suite. »
Il éclata de rire. « Depuis quand es-tu devenue si zen ? »
« Je ne sais pas », a-t-elle dit en riant. « Peut-être que c'est d'être loin de tout. Osijek a cet effet. Ça fait voir les choses différemment. Ici, tout va plus lentement, il y a moins de pression. Tu devrais venir un de ces jours. Ça fait presque deux ans que tu n'es pas venu. »
Il sourit à cette idée : Osijek, Tina, une pause loin du tourbillon parisien. Mais il savait qu'il ne le ferait pas. Il y a

toujours eu quelque chose qui l'a gardé lié à la ville, à cette vie qu'il aimait et qu'il remettait en question.
Pendant un moment, aucun d'eux ne parla. Le silence s'étendait sur toute la distance qui les séparait, rempli de tout ce qu'ils ne disaient pas. Il pouvait presque la voir maintenant, assise sur son balcon, ses cheveux attachés, perdue dans ses pensées comme il l'était. Ils connaissaient tous les deux le poids de ce qui restait non-dit—leur propre histoire inachevée, celle qui planait dans chaque conversation.
« Eh bien, on est un beau bordel, non ? » dit finalement Tina, sa voix redevenue légère.
Il sourit. « Oui, je suppose que nous le sommes. »
« Tu devrais écrire sur nous un jour », a-t-elle taquiné. « Deux romantiques désespérés qui n'arrivent pas à comprendre leur propre vie. »
« Peut-être que je le ferai », dit-il en jetant un coup d'œil au curseur clignotant sur son écran. « Mais je pense que personne ne le lirait. »
Tina rit, un son doux qui le fit se sentir moins seul. « Bon, je vais te laisser retourner à ce que tu faisais. Juste... ne pense pas trop. Laisse les choses être. La vie est bordélique, et c'est comme ça. »
« Je vais essayer, » dit-il. « On se parle plus tard ? »
« Bien sûr. Salut. »
Il raccrocha et fixa l'écran vide devant lui. La conversation avec Tina l'avait laissé à la fois plus léger et plus lourd, comme ça le faisait toujours. Il y avait du réconfort dans leurs discussions, une connexion qui allait plus loin que la plupart, mais c'était aussi un rappel de quelque chose qu'il ne pouvait pas tout à fait atteindre.
Il se tourna de nouveau vers son manuscrit, ses doigts trouvant enfin les touches. Les mots commencèrent à couler, lentement d'abord, puis de plus en plus vite. Il ne savait pas où l'histoire allait, mais pour l'instant, ça n'avait pas d'importance.

Il était en train d'écrire. Et peut-être, pour aujourd'hui, c'était suffisant.

I don't wanna know the reasons why love keeps
Right on walking on down the line
I don't want to stand 'tween you and love, honey
I just want you to feel fine

VII

Kiss me, out of the bearded barley
Nightly, beside the green, green grass
Swing, swing, (swing, swing) swing the spinning step
You wear those shoes and I will wear that dress

C'était l'une de ces rares soirées claires à Paris, le genre où le charme de la ville était presque irrésistible. Les rues bourdonnaient de l'énergie habituelle—des couples marchaient bras dessus bras dessous, des groupes étaient rassemblés aux terrasses des cafés, et des rires lointains flottaient dans l'air frais. Lui et Claire s'étaient retrouvés dans un petit bar à vin caché dans le 7ème arrondissement, un de ces endroits que les locaux adorent mais que les touristes trouvent rarement.
Elle était arrivée un peu en retard, mais son sourire compensait tout. « Désolée, le trafic était infernal, » dit-elle en s'approchant pour l'embrasser légèrement sur la joue.
« Aucun problème. J'ai commandé du vin, » répondit-il, en montrant la carafe à moitié pleine sur la table.
Elle se glissa sur la chaise en face de lui, son manteau drapé sur le dossier, et attrapa immédiatement son verre. « Parfait. J'en avais vraiment besoin, » dit-elle avec un sourire espiègle avant de prendre une gorgée.

Ils tombèrent rapidement dans leur rythme habituel, échangeant des histoires de la semaine. Claire venait de terminer une longue journée de travail, pleine de réunions et de changements de dernière minute dans le projet qu'elle gérait. Il l'écoutait, observant la façon dont ses yeux s'illuminaient quand elle se passionnait pour quelque chose, même si c'était juste une journée frustrante au bureau. Il partagea quelques bribes de son travail d'écriture, omettant les parties où il se sentait bloqué. Ce soir n'était pas fait pour les sujets profonds ; il s'agissait simplement de profiter de la compagnie de l'autre. Et avec Claire, c'était facile. Elle avait

une façon de lui faire oublier les complications, même si ce n'était que pour un moment.
Après quelques verres de vin, ils quittèrent le bar, la nuit encore jeune et la ville animée autour d'eux. Ils erraient dans les rues étroites, causant et riant au passage, la conversation légère et pleine de taquineries. Elle passa son bras sous le sien pendant qu'ils marchaient, et il ne put s'empêcher de ressentir une certaine chaleur, celle qui vient du fait d'être proche de quelqu'un qui semble l'aimer pour ce qu'il est.
Lorsqu'ils passèrent devant un petit parc, elle le tira par le bras, l'attirant vers un banc. « Asseyons-nous une minute. La nuit est trop belle pour s'y précipiter. »
Il acquiesça, et ils s'assirent côte à côte, regardant la ville autour d'eux. Claire posa sa tête sur son épaule, sa main reposant légèrement sur sa jambe. Pendant quelques instants, ils restèrent silencieux, un silence qui n'avait pas besoin d'être comblé. Il pouvait entendre sa respiration douce à côté de lui, et pendant un instant, le chaos dans sa tête s'est calmé.
« C'est sympa », dit-elle doucement, sa voix à peine au-dessus d'un murmure.
« Oui », répondit-il en baissant les yeux vers elle. « Ça l'est. »
Elle leva la tête pour le regarder, ses yeux scintillant sous la douce lueur des lampadaires. « Chez toi ou chez moi ? »
Il sourit, se penchant pour l'embrasser, d'abord doucement, puis plus profondément tandis que ses mains trouvaient l'arrière de son cou. Quand ils se détachèrent enfin, il murmura, « Chez toi. »
Son appartement n'était pas loin, et peu de temps après, ils se glissèrent à travers la porte, la main de Claire l'attirant à l'intérieur alors qu'ils s'embrassaient à nouveau, plus pressant maintenant. L'effervescence tranquille de la ville à l'extérieur s'estompa en arrière-plan alors qu'ils trébuchaient vers la chambre, riant doucement en luttant avec leurs vestes et leurs chaussures.

Une fois à l'intérieur, il ne leur fallut pas longtemps pour retrouver le rythme familier dans lequel ils étaient tombés. Son corps était chaud contre le sien, et pendant ces moments, rien d'autre n'existait – pas de distractions, pas de doutes persistants, juste le simple plaisir d'être avec elle. Ils se déplaçaient ensemble comme ils l'avaient fait plusieurs fois auparavant, l'intimité étant facile et confortable. Ensuite, ils restèrent allongés dans le lit, enroulés dans les draps, le doux bourdonnement de la ville filtrant à travers la fenêtre ouverte. Claire posa sa tête sur son torse, ses doigts traçant des motifs paresseux sur sa peau. Aucun d'eux ne parla, mais ce n'était pas le genre de silence qui pesait. C'était celui qui venait de deux personnes appréciant la simplicité de la proximité, sans besoin de remplir l'espace de mots.

Il s'endormit peu de temps après, la douce respiration de Claire le berçant dans une sorte de brume paisible qu'il ne trouvait pas souvent. Pour une fois, le poids de tout le reste – les pensées de Tina, l'incertitude sur l'avenir – semblait loin. Le lendemain matin, ils se réveillèrent lentement, la lumière du soleil glissant à travers les fissures de ses rideaux. Claire bougea à côté de lui, s'étirant paresseusement avant de se tourner vers lui avec un sourire endormi.

« Bonjour », murmura-t-elle, sa voix encore épaisse de sommeil.
« Bonjour, », répondit-il en écartant une mèche de cheveux de son visage.

Ils restèrent au lit pendant un moment, aucun d'eux n'étant pressé de se lever. Elle finit par se glisser sous les couvertures et se dirigea vers la cuisine, revenant avec deux tasses de café. Ils burent en silence, échangeant des regards et des sourires, la nuit précédente encore présente entre eux. Plus tard, ils se sont habillés et sont sortis prendre un petit-déjeuner tardif dans un café au coin de la rue, poursuivant la conversation légère de la veille. C'était un autre rendez-vous qui aurait dû être compliqué, mais qui ne l'était pas. Du moins, pas encore. Au cours des semaines suivantes, ils continuèrent ainsi—dîners, verres, nuits passées dans les appartements de l'un ou de l'autre. C'était simple, c'était amusant, et pour le moment, ça fonctionnait. Ils riaient, ils couchaient ensemble, et ils se réveillaient dans les bras l'un de l'autre plus souvent qu'autrement. Et même s'il y avait toujours une petite partie de lui qui se demandait combien de temps cela pouvait durer, il repoussait la pensée.

Il parlait toujours à Tina pendant tout ce temps, plus ou moins une fois par semaine. Il lui parlait de ses rendez-vous avec Claire, de son écriture, elle lui parlait de ses problèmes avec Boris, de son travail. Parfois, ils avaient juste des conversations génériques sur la météo ou la politique. Pour l'instant, il pouvait donner à Claire ce qu'elle voulait—son temps, son affection, sa compagnie. Et elle semblait heureuse de ça, contente de profiter de ce qu'ils avaient sans pousser pour plus. Mais dans les moments de calme, quand il était seul, ou quand il apercevait Claire le regarder un peu trop intensément, il ne pouvait s'empêcher de sentir la distance grandir. La partie de lui qui semblait toujours hors de portée—la partie de lui qui n'était pas entièrement là. Mais cette conversation, celle qu'il savait inévitable, devrait attendre.

Kiss me, beneath the milky twilight
Lead me out on the moonlit floor
Lift your open hand
Strike up the band and make the fireflies dance
Silver moon's sparkling
So kiss me

VIII

Don't you worry 'bout what's on your mind, oh my
I'm in no hurry, I can take my time, oh my
I'm going red and my tongue's getting tied
(Tongue's getting tied)
I'm off my head and my mouth's getting dry
I'm high, but I try, try, try, oh my

Le schéma était devenu familier maintenant—dîners, verres, nuits passées enlacés l'un à l'autre. Ils se déplaçaient dans Paris comme s'ils étaient dans leur propre bulle, profitant du pouls de la ville, des coins tranquilles qu'ils découvraient ensemble, et des rires partagés qui venaient sans effort. C'était facile. Mais lentement, quelque chose avait commencé à changer, même si aucun des deux n'en parlait.

Ce soir-là, ils se retrouvèrent dans un petit bistro de la rive gauche, à l'écart des rues animées. Le vin coulait, et la conversation suivait son rythme, mais il y avait une tension sous-jacente—une légère tension que Claire n'arrivait pas à écarter, et lui la ressentait aussi. Pourtant, ils étaient doués pour faire semblent, au moins pour l'instant.

Elle était très belle, comme toujours. Ses cheveux noirs tombaient librement sur ses épaules, et la douce lumière des bougies sur la table semblait faire briller ses yeux un peu plus fort. Il la regardait pendant qu'elle parlait de sa journée, de son prochain projet de travail, des choses dont ils parlaient toujours. Mais il y avait quelque chose de différent dans la façon dont elle le regardait ce soir, une recherche silencieuse dans ses yeux.

Après le dîner, ils se promenèrent dans les rues tranquilles, son bras enroulé autour du sien. Ils n'étaient pas pressés de retourner à son appartement, et l'air frais était rafraîchissant après la chaleur du restaurant. En traversant un pont sur la Seine, Claire s'arrêta et s'appuya sur la rambarde, regardant le fleuve.

l se tenait à côté d'elle, observant la façon dont l'eau reflétait les lumières de la ville. C'était un de ces moments où tout semblait presque parfait, et pourtant, il y avait un poids indéniable entre eux. Il la regarda, et elle croisa son regard, le maintenant plus longtemps que d'habitude.
« Quelque chose te trotte dans la tête ? » demanda-t-il, sa voix légère, bien qu'il connaisse déjà la réponse.
Claire hésita, mordant sa lèvre avant de parler. « Est-ce que tu as parfois l'impression... qu'on flotte simplement à travers tout ça ? »
Il cligna des yeux, surpris par la franchise de la question, mais pas tout à fait pris au dépourvu. Cela faisait des semaines qu'elle était suspendue entre eux, tacite mais toujours présente.
« Qu'est-ce que tu veux dire ? » demanda-t-il, bien qu'il sache exactement ce qu'elle voulait dire.
Elle soupira doucement, se tournant pour lui faire face complètement. « Je veux dire... je t'aime vraiment bien. J'aime être avec toi. Mais je ne peux pas m'empêcher de sentir que tu n'es pas... vraiment là avec moi. Comme si une partie de toi était toujours ailleurs. »
Il expira lentement, s'appuyant sur la rambarde à côté d'elle. La conversation qu'il redoutait était finalement arrivée, et il n'y avait aucun moyen de l'éviter. « Claire... je suis là. »
« Je sais, » dit-elle, sa voix douce mais ferme. « Mais j'ai l'impression que tu retiens quelque chose. Que tu n'es pas complètement... dans cette relation. »
l détourna le regard, fixant l'eau en essayant de trouver les bons mots. La vérité, c'était qu'elle n'avait pas tort. Il l'appréciait—beaucoup—mais il y avait toujours une partie de lui qui restait distante, une partie de lui encore liée à autre chose, à quelqu'un d'autre. Et peu importe à quel point il voulait être avec elle, lui donner la version de lui-même qu'elle méritait, il ne pouvait pas se défaire de ce sentiment qu'il manquait quelque chose.

« Je ne veux pas te mentir, » dit-il doucement. « Je tiens à toi. Vraiment. Mais... tu as raison. Il y a une partie de moi qui n'est pas totalement là. »
Claire ne parla pas pendant un moment. Elle le regarda simplement, son expression douce mais douloureuse. « C'est à cause de Tina ? » demanda-t-elle, la question flottant entre eux comme un défi.
Il hésita, le poids de son nom pesant sur lui. « Je ne sais pas, » admit-il. « C'est compliqué avec elle. Ça l'a toujours été. »
Claire acquiesça lentement, ses lèvres se pressant en une ligne mince. « Je comprends. Vraiment. Mais je ne peux pas être dans une relation où je suis toujours en compétition avec quelqu'un qui n'est même pas là. »
« Je sais, » dit-il, sa voix basse. « Je ne veux pas ça pour toi non plus. »
Ils restèrent là pendant un moment, les bruits de la ville s'estompant en arrière-plan à mesure que la réalité de la situation s'installait entre eux. Claire avait été patiente, plus patiente qu'il ne le méritait probablement, et maintenant, il était clair que sa patience s'épuisait. Et même s'il l'aimait, même s'il voulait que les choses fonctionnent, il ne pouvait pas faire disparaître la partie de lui qui était encore emmêlée dans le passé.
« Je ne veux pas te perdre », dit-il, les mots s'échappant avant qu'il ne puisse les arrêter.
Claire lui adressa un sourire triste, s'approchant et posant une main sur son bras. « Je ne veux pas te perdre non plus. Mais je ne peux pas continuer à attendre que tu résolves tout. J'ai besoin de plus que... ça. »
Il n'avait pas de réponse à lui donner, et elle ne s'y attendait pas. Elle se pencha et l'embrassa, doucement et longuement, comme si elle essayait de s'accrocher au moment un peu plus longtemps. Quand ils se séparèrent, elle lui adressa le même sourire triste.
« Ne réglons pas tout ce soir, » dit-elle doucement. « Allons juste chez toi. »

Il hocha la tête et ils retournèrent en silence à son appartement. Ce n'était pas la fin, pas encore, mais c'était comme le début de quelque chose qui s'effilochait, quelque chose qu'ils savaient tous les deux inévitable.

Ils passèrent la nuit ensemble, la même intimité familière, mais cette fois-ci, cela semblait plus lourd, comme s'ils essayaient tous les deux d'ignorer la vérité qui flottait entre eux. Et quand le matin arriva, et qu'elle sortit du lit pour s'habiller, le silence dans la pièce semblait plus fort que jamais.

Alors qu'elle boutonnait son manteau et se retournait pour partir, elle s'arrêta près de la porte, le regardant avec une sorte de résignation tranquille. « Je ne nous abandonnerai pas », a-t-elle déclaré. « Mais je ne peux pas attendre indéfiniment. »

« Je sais », dit-il en la regardant partir, le poids de ses mots s'enfonçant bien après que la porte se fut refermée derrière elle.

Il resta allongé dans son lit longtemps après son départ, fixant le plafond, la réalité de ce qui se passait commençant lentement à s'installer. Claire méritait plus que ce qu'il pouvait lui offrir, et au fond de lui, il savait que ce n'était qu'une question de temps avant qu'elle ne s'en rende compte elle aussi.

Let's spend the night together
Now I need you more than ever
Let's spend the night together now

IX

There are things
I can't tell you
I love you too much to say
I stand undressed
But I'm not naked
You look at me and who I am

Les jours qui ont suivi ont été un mélange de tentatives d'écriture sans enthousiasme et de longues promenades à travers la ville, comme si le fait de bouger pouvait d'une manière ou d'une autre dissiper le brouillard dans son esprit. Les paroles de Claire étaient restées gravées dans sa mémoire, résonnant dans les moments calmes où il était seul. Il l'aimait bien, et il ne voulait pas la perdre, mais il savait aussi qu'elle avait raison. Il ne pouvait pas continuer à prétendre que tout allait bien.

Il était tard un soir lorsqu'il s'est retrouvé à composer le numéro de Tina. Il était de retour dans son appartement, un verre de vin sur la table à côté de lui, les lumières de la ville vacillant devant sa fenêtre.

Elle répondit après quelques sonneries, sa voix lumineuse et familière. « Hey ! Ça fait un moment qu'on ne s'est pas parlé. Quoi de neuf ? »

Il ressentit un soulagement rien qu'en entendant sa voix. « Hey, oui. Ça fait un moment. Comment tu vas ? »

« Je vais bien. Comme d'habitude. Le boulot, la vie. Rien de trop excitant. Et toi ? »

Il prit une gorgée de son vin, s'adossant à sa chaise. « J'ai connu mieux. »

Il y eut une pause de l'autre côté, et il pouvait presque voir l'expression de Tina changer, comme elle le faisait quand elle savait que quelque chose n'allait pas. « Qu'est-ce qui s'est passé ? »

Il soupira, passant une main dans ses cheveux. « Claire et moi... on a eu une discussion. Enfin, c'est surtout elle qui a parlé, je suppose. »
« Uh-oh, » dit Tina, son ton doux mais compréhensif. « De quoi s'agissait-il ? »
Il regarda par la fenêtre, les mots sortant lentement. « Elle a l'impression que je ne suis pas vraiment avec elle. Que je retiens quelque chose. »
« Et est-ce que c'est le cas ? » demanda Tina doucement.
« Oui, » admit-il, ressentant tout le poids de cela en le disant à voix haute. « Je suppose que oui. Je ne pensais pas que c'était si évident, mais elle l'a remarqué. »
Tina resta silencieuse un moment. « Tu l'aimes vraiment, n'est-ce pas ? »
« Oui, » dit-il, et il le pensait. « Elle est géniale. On passe de bons moments ensemble. Mais... je ne sais pas. Il y a toujours quelque chose qui fait obstacle. »
Il entendit Tina bouger de l'autre côté de la ligne, peut-être s'asseyant ou se déplaçant vers un endroit plus calme. « Quelque chose ou quelqu'un ? »
Il ne répondit pas tout de suite. L'implication était claire, et il ne pouvait pas le nier. « Peut-être les deux. »
« Tu sais, c'est normal d'avoir encore des sentiments pour quelqu'un de ton passé, » dit Tina, sa voix prudente. « Mais tu ne peux pas laisser ça t'empêcher d'être heureux maintenant. »
1 ferma les yeux, appuyant sa tête contre le dossier de la chaise. « Je sais. Et c'est ça le problème. Je veux être heureux avec Claire. Je veux lui donner ce qu'elle mérite. Mais chaque fois que j'essaie, c'est comme si je me heurtais à un mur. Et elle commence à le voir. »
« Elle a rompu ? » demanda Tina.
« Pas encore, » dit-il, les mots lourds. « Mais j'ai l'impression que ça se dirige dans cette direction. Elle a dit qu'elle ne pouvait pas attendre éternellement que je me décide. »

Tina poussa un léger soupir. « Eh bien, peux-tu lui en vouloir ? Elle veut être avec quelqu'un qui est totalement investi. Et si tu ne l'es pas, alors... ce n'est pas juste pour elle. »
« Je sais, » dit-il encore, la frustration montant dans sa voix. « Je... je ne sais juste pas comment arranger les choses. »
Il y eut une longue pause, le genre de pause qui semblait chargée de choses qu'aucun d'eux ne voulait dire. Finalement, Tina parla, sa voix douce. « Peut-être que ce n'est pas une question de réparer les choses. Peut-être que c'est une question d'être honnête avec toi-même sur ce que tu veux vraiment. »
Il ouvrit les yeux, fixant le plafond. « Et c'est quoi ? »
« Je ne sais pas, » dit Tina doucement. « Mais je pense que tu dois le découvrir. Pour Claire, et pour toi. »
Ils restèrent silencieux, la conversation flottant entre eux. C'était la première fois depuis longtemps qu'ils s'approchaient autant de parler de ce qui semblait toujours planer en arrière-plan de leur amitié—l'histoire qu'ils partageaient, les choses qu'ils ne disaient jamais.
« Alors, qu'est-ce que tu vas faire ? » demanda Tina après un moment.
Il soupira, ressentant tout le poids de la question. « Je ne sais pas. Je suppose que je dois lui parler à nouveau. Être honnête sur où j'en suis. »
« Je pense que c'est une bonne idée, » dit Tina. « Elle mérite ça. Et toi aussi. »
Il hocha la tête, même si elle ne pouvait pas le voir. « Oui. Tu as raison. »
Ils parlèrent encore un moment, de choses plus légères : son travail, le nouveau café qui avait ouvert près de son appartement, le concert auquel il pensait aller la semaine prochaine. Au moment où ils ont raccroché, il se sentait un peu mieux, un peu plus clair, même si le sentiment d'inquiétude ne l'avait pas complètement quitté.
Il savait ce qu'il devait faire, mais cela ne rendait pas la tâche plus facile. Et tandis qu'il restait assis là, finissant son verre

de vin et regardant la ville, il ne pouvait s'empêcher de penser que, quoi qu'il arrive ensuite, quelque chose était sur le point de changer.

Once in a lifetime
You have seen what I've seen
You will always swim for shore
Once in my lifetime
I'll never be in between
Some things you just can't ignore

X

Loving you
Isn't the right thing to do
How can I ever change things
That I feel?

Cela faisait quelques jours qu'il avait eu sa conversation avec Tina, et il n'avait toujours pas contacté Claire. Pas parce qu'il ne le voulait pas, mais parce qu'à chaque fois qu'il prenait son téléphone, les mots semblaient lui échapper. Que pouvait-il dire ? Comment pouvait-il expliquer le nœud de sentiments en lui alors qu'il ne le comprenait pas pleinement lui-même ? Il se versa une autre tasse de café et s'assit près de la fenêtre, regardant la pluie bruiner contre la vitre. Paris était grise et humide aujourd'hui, le genre de journée qui le faisait se sentir encore plus détaché de tout. Son téléphone vibra sur la table, et pendant un instant, il crut que ce pourrait être Claire. Mais c'était Tina.

Tina : *Salut, quel temps fait-il chez toi ?*

Il a souri, tapant une réponse rapide.

Lui : *Gris, pluvieux, typique de Paris. Et à Osijek ?*

Tina : *Froid, venteux. L'hiver s'installe.*

Il se pencha en arrière dans son fauteuil, sirotant son café en attendant son prochain message. Il y avait quelque chose de réconfortant dans ce genre de conversations avec Tina, celles qui ne l'obligeaient pas à réfléchir trop profondément ou à affronter des émotions lourdes. Ils pouvaient simplement parler de la météo, du travail, de tout ce qui ne touchait pas aux choses qu'aucun d'eux ne voulait dire.

Tina : *Boris veut aller skier cet hiver. Tu m'imagines en train de skier ?*

Il éclata de rire, l'imaginant lutter pour rester debout sur une pente enneigée.

Lui : *Je paierais pour voir ça. Tu détestes le froid !*

Tina : *Exactement ! Je réfléchis déjà à des moyens de m'en sortir. Peut-être que je réserverai « accidentellement » un voyage dans un endroit chaud à la place.*
Il secoua la tête, toujours souriant. Parler à Tina a été facile. Ça avait toujours été le cas. Il jeta un coup d'œil à l'espace vide de son bureau où se trouvait son manuscrit inachevé. Le curseur clignotant se moquait de lui depuis des jours. Peut-être que c'était une partie du problème – il n'avait rien écrit de significatif depuis des semaines, et la pression d'être coincé se répercutait sur tout le reste.
Son téléphone a de nouveau vibré.
Tina : *Tu vois Claire ce soir ?*
Il fixa le message pendant un moment. C'était la question qu'il avait évitée, la conversation qu'il savait qu'il devait avoir mais qu'il ne voulait pas affronter. Finalement, il a répondu.
Lui : Pas *encore sûr.*
Il ressentit un léger sentiment de culpabilité. Claire attendait quelque chose de lui—une réponse, un signe, quelque chose qui lui montrerait où ils en étaient. Mais plus le temps passait, moins il était certain de ce qu'il pouvait lui offrir.
Tina : *Comment ça se passe, au fait ?*
Ses mots restèrent affichés à l'écran, et pendant un instant, il envisagea de lui dire la vérité—que les choses se délitaient, qu'il n'était pas sûr de pouvoir un jour s'engager pleinement envers Claire comme elle le méritait. Mais au lieu de cela, il prit une gorgée de son café et tapa une réponse plus sûre.
Lui : Ça va. *Nous prenons notre temps.*
Le message suivant de Tina est arrivé rapidement.
Tina : *C'est bien. Pas besoin de se précipiter.*
Il fixa ses mots, ressentant une étrange sensation de distance entre eux, même s'ils échangeaient des messages comme ils le faisaient toujours. Ce n'était pas le genre de Tina d'insister pour obtenir des détails, et il l'appréciait. Elle n'a jamais prié, n'a jamais demandé plus que ce qu'il était prêt à donner. Mais parfois, il se demandait s'ils n'évitaient pas tous les deux

quelque chose de plus profond, quelque chose qu'aucun d'eux n'était prêt à admettre.
Lui : Oui, *on verra comment ça se passe.*
La conversation s'est ensuite déplacée vers un terrain plus sûr : de petites conversations sur son dernier projet de travail, une histoire amusante sur le rendez-vous désastreux de sa collègue et d'autres réflexions sur sa possible évasion des projets de voyage de ski de Boris. C'était agréable, facile, le genre de conversation qui lui rappelait pourquoi Tina était une partie si importante de sa vie. Elle le comprenait sans avoir besoin de pousser.

Ce soir-là, alors qu'il marchait dans les rues pluvieuses de Paris pour rejoindre Claire, il ne pouvait s'empêcher de ressentir quelque chose d'inachevé. Il s'était promis de lui parler, mais au fil des heures, il n'était toujours pas sûr de ce qu'il pourrait lui donner.
Ils se sont rencontrés dans une brasserie du Marais, Les Bougresses, où la lueur chaude des lumières faisait paraître la pluie dehors comme un lointain souvenir. Claire sourit en le voyant, ses yeux brillants malgré le temps. Ils échangèrent un baiser rapide et se mirent à plaisanter comme d'habitude, parlant de leurs journées, riant de petites choses.
C'était facile avec elle, comme ça l'avait été pendant des semaines. Et pendant qu'ils parlaient, il s'est demandé si peut-être, juste peut-être, il pourrait trouver un moyen de faire fonctionner les choses. Peut-être qu'il n'avait pas besoin de tout comprendre tout de suite.
Ils passèrent le reste de la soirée dans le même rythme familier—des verres, des rires, puis la marche jusqu'à l'appartement de Claire, où la pluie s'était enfin arrêtée, laissant les rues scintiller sous les lampadaires.
Lorsqu'ils arrivèrent chez elle, ils tombèrent ensemble dans le lit, leurs mouvements familiers, confortables. Elle était chaude contre lui, et pendant un moment, les doutes

s'évanouirent. Dans ces moments-là, il était facile d'oublier les complications, de simplement être avec elle.
Mais dans le calme qui avait suivi, alors qu'ils étaient allongés ensemble dans l'obscurité, le poids inexprimé revint. Il pouvait le sentir dans la façon dont elle posait sa tête sur sa poitrine, sa main traçant de lents cercles sur sa peau, comme si elle s'accrochait à quelque chose qui pourrait lui échapper à tout moment.
« Tu vas bien ? » demanda-t-elle doucement, sa voix à peine au-dessus d'un murmure.
« Oui, » répondit-il, sa voix semblant beaucoup trop certaine.
Elle ne dit rien d'autre, et lui non plus. Mais le silence entre eux en disait assez.

You can go your own way
Go your own way
You can call it
Another lonely day
You can go your own way
Go your own way

XI

Whatever happens, I'll leave it all to chance
Another heartache, another failed romance, on and on
Does anybody know what we are living for

Il pouvait la sentir grandir, et il savait que Claire le ressentait aussi. Les rendez-vous étaient toujours amusants, toujours remplis de rires et de bonnes conversations, mais il y avait quelque chose en dessous de tout cela que ni l'un ni l'autre ne pouvait ignorer plus longtemps.
Ce soir, ils se retrouvèrent dans le Breizh café près du Canal Saint-Martin, l'un des endroits préférés de Claire. La soirée était fraîche, du genre à annoncer le début de l'hiver à Paris. Elle était arrivée avant lui, assise à une petite table à l'extérieur avec un verre de vin rouge devant elle. Lorsqu'il la vit, il ressentit le même tiraillement familier d'affection, la chaleur qui venait du fait d'être avec elle. Mais c'était teinté de quelque chose de plus lourd maintenant—une conscience que quelque chose allait changer.
Il l'embrassa sur la joue en s'asseyant, souriant doucement. « Désolé pour le retard. »
« Pas de souci », répondit-elle, son sourire n'atteignant pas vraiment ses yeux. « J'ai commandé du vin. »
Il hocha la tête, regardant le verre devant lui, sans encore y toucher. Il y avait quelque chose dans la façon dont elle le regardait ce soir, quelque chose de plus calme, de plus résigné. Il connaissait ce regard. Il s'y attendait, mais maintenant qu'il était là, il n'était pas sûr d'être prêt pour ce qui allait suivre.
Ils bavardèrent pendant un moment, reprenant leur schéma habituel. Elle lui a raconté sa journée, son travail, une drôle de rencontre qu'elle avait faite avec un collègue. Il riait aux bons moments, écoutait quand elle en avait besoin, mais son esprit revenait sans cesse à la lourdeur qui planait entre eux.

Finalement, après ce qui lui parut être des heures, Claire posa son verre et le regarda, ses yeux fouillant son visage. « « Il faut qu'on parle », dit-elle, d'une voix douce mais ferme.
Il sentit un nœud se former dans son estomac. C'était là, le moment qu'il redoutait. Il hocha la tête, se penchant en arrière dans son fauteuil. « Oui. Je pense que oui.
Claire laissa échapper un soupir silencieux, ses mains posées sur la table, les doigts traçant légèrement le bord de son verre. « Je ne sais pas comment dire cela sans avoir l'air d'un disque rayé », a-t-elle commencé, la voix hésitante. « Mais je ne peux pas continuer à prétendre que tout va bien alors que ce n'est pas le cas. »
Il ouvrit la bouche pour dire quelque chose, mais elle leva la main, l'arrêtant doucement.
« Je t'aime bien. Vraiment », poursuivit-elle, ses yeux doux mais remplis d'une tristesse qu'il n'avait jamais vue auparavant. « Mais je ne peux pas m'empêcher de sentir qu'une partie de toi est ailleurs. Que peu importe le temps qu'on passe ensemble, tu n'es pas entièrement là avec moi. Même après tout ce temps. »
Il ne répondit pas tout de suite, parce qu'il n'y avait rien à dire. Elle avait raison. Elle avait toujours eu raison, et maintenant, il n'y avait plus de raison de le nier. « J'essaie », dit-il doucement, sa voix se perdant presque dans le bruit du café. « Je le suis vraiment. »
« Je sais », répondit Claire, son ton doux. « Et j'apprécie cela. Mais essayer n'est pas la même chose qu'être présent. J'ai besoin de plus que ça. J'ai besoin de quelqu'un qui soit totalement là, quelqu'un qui soit prêt à être avec moi, vraiment avec moi. »
Il détourna le regard, fixant le canal tandis qu'un vent froid soufflait dans les rues. Il savait que ce moment allait arriver, mais maintenant qu'il était là, cela faisait plus mal qu'il ne l'avait imaginé. Il aimait Claire—il l'aimait vraiment. Mais il ne pouvait pas lui donner ce dont elle avait besoin. Il avait

retenu quelque chose, qu'il le veuille ou non. Et elle méritait mieux que ça.
« Je ne veux pas te blesser », dit-il en se tournant vers elle, sa voix pleine de sincérité. « Tu mérites quelqu'un qui peut tout te donner. Et j'aimerais pouvoir être cette personne. »
Claire sourit, un sourire triste et compréhensif. « Je sais. Mais je ne peux pas attendre que tu te décides. J'ai espéré que tu y arriverais, mais... je ne peux plus faire ça. »
Il sentit le poids de ses paroles se poser sur lui et, pour la première fois, il réalisa à quel point il lui avait demandé beaucoup. Elle avait été patiente, plus patiente qu'il ne le méritait, et maintenant, elle se lâchait enfin.
« Je suis désolé », dit-il, sa voix à peine un murmure.
« Moi aussi », répondit doucement Claire. « Mais je pense qu'on savait tous les deux que ça allait arriver. » Il hocha la tête, le nœud dans son estomac se resserrant à mesure que la réalité de leur rupture s'installait. Ce n'était pas une fin explosive, pas de mots en colère ni de larmes, juste une compréhension tranquille que les choses entre eux ne fonctionneraient pas. Pas parce qu'ils ne tenaient pas l'un à l'autre, mais parce qu'il n'était pas capable de lui donner ce dont elle avait besoin.
Ils restèrent assis en silence un moment, le bruit de la ville tourbillonnant autour d'eux, mais aucun d'eux ne parla. Finalement, Claire se leva, attrapant son manteau. « Je pense que je devrais y aller. »
Il se leva aussi, incertain de ce qu'il devait dire, incertain de la manière de rendre cela plus facile pour eux deux. « Oui. D'accord. »
Elle enfila son manteau, ses mouvements lents et délibérés, comme si elle essayait de prolonger le moment encore un peu. Puis, elle se tourna vers lui, ses yeux scrutant son visage une dernière fois.
« J'espère vraiment que tu arriveras à te trouver », dit-elle doucement, sa voix pleine de sincérité. « Tu es quelqu'un de bien. Tu dois juste te laisser être heureux. »

Il hocha la tête, incapable de trouver les mots justes. « Merci. »
Claire se pencha et l'embrassa doucement sur la joue, un contact qui ressemblait davantage à un adieu qu'à autre chose. « Prends soin de toi », murmura-t-elle, avant de se tourner et de s'éloigner, ses pas se fondant dans la nuit.
Il resta là un long moment après son départ, regardant sa silhouette disparaître dans la foule. Le café autour de lui bourdonnait de vie, mais il se sentait étrangement détaché de tout cela, comme s'il observait tout depuis une certaine distance.
Il savait que cela allait arriver, et pourtant, la finalité de tout cela faisait toujours mal. Claire avait été patiente, gentille et compréhensive, et il l'avait déçue. Il avait essayé, mais essayer n'était pas suffisant.
Avec un soupir lourd, il se rassit à la table, attrapant son verre de vin. Il ne savait pas ce qui allait suivre, mais pour l'instant, tout ce qu'il pouvait faire, c'était rester assis avec le poids de ce qui venait de se passer et se demander s'il arriverait un jour à vraiment se trouver.

The show must go on
The show must go on
Inside my heart is breaking
My makeup may be flaking
But my smile, still, stays on

XII

In your house, I long to be
Room by room, patiently
I'll wait for you there
Like a stone
I'll wait for you there
Alone

La porte de son appartement se referma derrière lui avec un léger clic, mais le silence à l'intérieur lui semblait plus fort que tout ce qu'il avait vécu ce soir-là. Il resta immobile un instant, laissant le poids de la soirée s'abattre sur lui. La conversation avec Claire, la voir partir—tout cela lui paraissait flou maintenant, mais la finalité de tout cela s'accrochait à lui. Il laissa tomber ses clés sur la table, retira son manteau et se dirigea directement vers le canapé, s'y affalant avec un lourd soupir.

Sans réfléchir, il attrapa son téléphone et appela Tina. C'était presque automatique maintenant—quand les choses devenaient lourdes, quand la vie semblait basculer, elle était la seule personne à qui il voulait toujours parler.

Le téléphone sonna deux fois avant qu'elle ne réponde, sa voix chaleureuse et familière, comme si elle pouvait sentir que quelque chose n'allait pas. « Hey ! Qu'est-ce qui se passe ? »

Il laissa échapper un long soupir. « Hey. Je viens juste de rentrer. »

« Tout va bien ? » demanda-t-elle, et il pouvait entendre l'inquiétude monter dans son ton.

« Non, » dit-il en se frottant le front. « Je... Claire et moi, on a rompu. »

Il y eut un moment de silence de son côté, puis elle parla, sa voix douce et compréhensive. « Je suis désolée. Tu vas bien ? »

« Je ne sais pas, » admit-il, s'enfonçant dans les coussins du canapé. « Ce n'était pas une surprise ou quoi que ce soit. Je le sentais venir. Nous le sentions tous les deux. »

Tina ne dit rien pendant un moment, lui laissant le temps, comme elle le faisait toujours. Puis, doucement, elle demanda : « Que s'est-il passé ? »

Il ferma les yeux, les événements de la soirée repassant dans son esprit. « Elle a dit qu'elle avait l'impression que je n'étais pas complètement avec elle. Que je retenais quelque chose, et elle avait raison. C'était le cas. Je ne pouvais tout simplement pas lui donner ce qu'elle voulait. »

« Est-ce que tu voulais le faire ? » La question de Tina était directe, mais pas méchante.

« Je ne sais pas, » dit-il, sa voix plus basse maintenant. « Je pensais que oui, mais quelque chose était toujours dans le chemin. Je l'aime bien, Tina. Vraiment. Mais je n'arrivais pas à me débarrasser de cette impression qu'il manquait quelque chose. »

Tina soupira doucement. « On dirait que vous essayiez tous les deux de faire fonctionner les choses, mais parfois, ça ne suffit pas. »

« Oui, » acquiesça-t-il en passant une main dans ses cheveux. « Elle mérite mieux. Quelqu'un qui peut vraiment être là pour elle, et qui n'est pas coincé dans sa propre tête la moitié du temps. »

« Elle s'en sortira, » dit doucement Tina. « Et toi aussi. »

Il sourit faiblement à ses mots, bien qu'il ne soit pas sûr d'y croire encore. « Peut-être. »

Il y eut une longue pause, du genre qui remplissait souvent leurs conversations—confortable, silencieuse, mais toujours pleine des choses qu'aucun d'eux ne disait à voix haute. Il se laissa aller contre le canapé, fixant le plafond.

« Je ne voulais pas lui faire de mal », dit-il, presque pour lui-même. « Mais j'ai l'impression que je finis toujours par blesser les gens. »

« Ce n'est pas intentionnel, » dit doucement Tina. « Et c'est ce qui compte. Tu ne le fais pas exprès. Tu es juste... en train de comprendre les choses, comme nous tous. »
« Peut-être, » dit-il, bien qu'il ne semblât pas convaincu.
Ils tombèrent dans une autre pause, et cette fois, c'est Tina qui la rompit. « Alors, que vas-tu faire maintenant ? »
« Je ne sais pas, » dit-il avec un soupir. « Je suppose que je vais continuer d'écrire. Essayer de remettre mes idées en place. »
« Ça me semble être un bon plan, » dit Tina, sa voix plus légère maintenant. « Et tu sais, il n'y a rien de mal à prendre du temps pour toi. »
Il rit doucement. « Ouais. Mais je ne prévois pas de passer trop de temps seul. »
« Ah oui ? » demanda Tina, son ton joueur maintenant. « Qu'est-ce que ça veut dire ? »
Il sourit, même si elle ne pouvait pas le voir. « Je vais à un concert demain soir. Dans ce lieu près de Montmartre dont je t'ai parlé. Ça devrait être bien. »
« Sympa ! Quel genre de concert ? » demanda-t-elle.
« Rock, » dit-il en s'adossant. « Un de ces nouveaux groupes indé que personne ne connaît encore. Mais le lieu est cool. J'espère que ce sera une soirée amusante. »
Tina rit, un ton de connivence dans sa voix. « Laisse-moi deviner—tu espères aussi rencontrer quelqu'un ? »
« Peut-être, » répondit-il, son sourire s'élargissant. « D'accord, oui. Définitivement. »
« Tu es terrible, » taquina-t-elle, bien qu'il puisse entendre l'amusement dans sa voix.
« Quoi ? La semaine a été difficile. Je pense que je mérite une distraction », dit-il, d'un ton léger mais avec un soupçon de quelque chose de plus.
Tina rit à nouveau. « Eh bien, j'espère que tu trouveras quelqu'un qui est prêt à te donner cette distraction. »
« Je suis sûr que je trouverai, » dit-il en riant doucement. « Tu sais comment c'est. Ces concerts rock ont toujours cette

ambiance. Je finirai probablement par m'accrocher à quelqu'un avant la fin de la nuit. »
« Eh bien, » dit Tina, son ton joueur, « au moins, tu as un plan. »
« Heureusement, il y a plein de choses à faire à Paris quand on est mort. »
« Oh mon DIEU ! » rit-elle.
« Tu sais ce que je veux dire. » répondit-il, la tension de plus tôt s'apaisant lentement alors qu'ils plaisantaient.
Ils parlèrent encore un peu, principalement de tout et de rien—du travail, du temps, de combien elle détestait le froid à Osijek—mais la conversation semblait plus légère maintenant. Tina avait cette façon de le faire se sentir bien, même quand les choses étaient en désordre. Et pour cela, il lui était reconnaissant.
« De toute façon, je devrais aller dormir un peu, » dit-il finalement en jetant un coup d'œil à l'horloge. « Grand concert demain. »
« D'accord, » dit Tina, son ton taquin à nouveau. « Bonne chance avec ta "distraction". »
« Merci, » dit-il en riant doucement. « On se parle demain ?»
« Bien sûr, » répondit-elle, sa voix chaleureuse. « Bonne nuit. »
« Bonne nuit Tina, » dit-il avant de raccrocher.
Il resta là un moment, fixant son téléphone, le confort familier de parler à Tina flottant encore. Autant qu'il essayait d'avancer, elle était toujours là, comme une ancre qui le maintenait au sol. Et même s'ils ne le disaient jamais, il savait qu'il y avait quelque chose d'innommé entre eux—quelque chose qui avait toujours été là.
Mais cette conversation, comme tant d'autres, devrait attendre. Demain, il avait d'autres plans.

And I sat in regret of all the things I've done
For all that I've blessed, and all that I've wronged
In dreams until my death
I will wander on

XIII

This old town's changed so much
Don't feel like I belong
Too many protest singers
Not enough protest songs

La salle de concert près de Montmartre bourdonnait d'énergie, une faible rumeur d'anticipation flottait dans l'air alors que les gens se rassemblaient, un verre à la main, en attendant que le groupe monte sur scène. Il avait toujours aimé ce genre d'endroit—intime, un peu brut, le genre de lieu où on pouvait se perdre dans la musique et oublier tout le reste pendant un moment. Ce soir, c'était exactement ce dont il avait besoin.

Les lumières se sont tamisées et la foule s'est avancée, une acclamation éclatant lorsque le groupe est enfin apparu. Les premiers accords ont résonné, forts et électriques, lui donnant des frissons. Pendant la prochaine heure environ, il s'est laissé emporter—les battements sourds de la batterie, le hurlement de la guitare, les voix qui chantaient ensemble. C'était chaotique, bruyant, et juste ce qu'il lui fallait.

Alors que le groupe enchaînaient les morceaux, il se retrouva à graviter vers le bord de la foule, où il avait une meilleure vue de la scène. C'est là qu'il l'a vue.

Elle se tenait à quelques mètres de lui, ses cheveux foncés tombant en vagues décontractées autour de ses épaules, des tatouages serpentaient sur ses bras et dépassaient de l'ourlet de son débardeur. Elle était belle, de cette manière sans effort, légèrement dangereuse qui attira immédiatement son attention. Elle bougeait au rythme de la musique, un léger sourire sur les lèvres, complètement absorbée par l'instant.

Il l'a observée un moment, essayant de ne pas être trop évident, mais elle a dû sentir son regard car elle s'est tournée et a croisé ses yeux, levant légèrement un sourcil. Pendant un instant, il a pensé qu'elle allait se détourner, mais au lieu de ça, elle a souri, un sourire espiègle, complice, qui lui a donné

un frisson. Sans vraiment réfléchir, il s'est approché d'elle, se faufilant dans la foule jusqu'à se retrouver à ses côtés.
« Hey, » dit-il, se penchant pour qu'elle puisse l'entendre par-dessus la musique « Ça te dérange si je te rejoins ? »
Elle le regarda, ses yeux brillants sous les lumières tamisées, et haussa les épaules. « Fais comme tu veux. »
Ils n'ont pas beaucoup parlé pendant le concert, mais ils ont échangé quelques regards, quelques sourires, et d'une certaine manière, c'était suffisant. Quand le groupe a commencé une chanson plus lente, plus mélodique, elle s'est rapprochée, et il a senti la chaleur de son bras frôler le sien. Cela ressemblait à une invitation silencieuse, et il a répondu en se rapprochant, laissant la musique les emporter. Lorsque le groupe a terminé son set et que la foule a éclaté en applaudissements, elle s'est tournée vers lui, son expression à la fois amusée et intriguée. « Tu n'es pas une mauvaise compagnie, » dit-elle, sa voix suffisamment forte pour se faire entendre par-dessus le bruit.
Il rit. « J'essaie. »
Ils sont restés un moment alors que la foule commençait à se disperser, tous les deux réticents à laisser la nuit se terminer si vite. Finalement, ils se sont retrouvés dehors, l'air frais de la nuit contrastant avec la chaleur à l'intérieur. Elle alluma une cigarette, lui en proposa une, qu'il accepta.
« Alors, » dit-elle en soufflant une bouffée de fumée, « tu vas souvent à ce genre de concert ? »
« Parfois, » dit-il, tirant sur sa cigarette. « Quand j'ai besoin de faire une pause de tout le reste. Et toi ? »
Elle hocha la tête, secouant les cendres sur le trottoir. « Oui. La musique est mon échappatoire. Je suppose que nous sommes tous les deux ici pour la même raison. »
Il la regarda, la façon dont la lumière de la rue accrochait les bords de ses tatouages, projetant de faibles ombres sur sa peau. Il y avait quelque chose de magnétique en elle, quelque chose qui lui donnait envie de voir où la nuit pourrait aller. «

Tu veux continuer la nuit ? » demanda-t-il, un soupçon de sourire jouant sur ses lèvres.
Elle l'étudia un instant, comme si elle évaluait son offre, puis elle hocha la tête. « Pourquoi pas ? »

Ils se sont retrouvés chez lui, trébuchant à travers la porte avec un mélange de rires et de baisers doux et urgents. C'était une escalade rapide de la salle de concert à son appartement, mais aucun des deux ne semblait s'en soucier. Ils ont laissé tomber leurs vestes, leurs chaussures, leurs incertitudes, et se sont retrouvés dans les bras l'un de l'autre.
Ses tatouages étaient une carte qu'il a explorée, traçant les lignes du bout des doigts tandis qu'ils bougeaient ensemble, son corps chaud et solide contre le sien. Il n'y avait pas besoin de conversation, pas besoin de quoi que ce soit au-delà du présent. C'était simple, physique, et pour une fois, il se laissa pleinement vivre l'instant, déchargé de toute pensée.

La lumière du matin s'infiltrait à travers les stores, projetant de faibles motifs sur le lit. Il se réveilla avec la faible odeur de son parfum, mêlée à l'odeur persistante de la fumée de cigarette. Elle était déjà réveillée, assise et appuyée contre la tête de lit, scrollant sur son téléphone.
« Bonjour », dit-elle, la voix légèrement rauque, un sourire paresseux se dessinant sur ses lèvres.
« Bonjour », répondit-il en clignant des yeux contre la lumière. « Bien dormi ? »
« Oui », a-t-elle dit en posant son téléphone. « Toi ? »
Il hocha la tête, se déplaçant pour s'asseoir à côté d'elle. « Oui. J'ai passé un bon moment hier soir. »
« Moi aussi », dit-elle en étirant ses bras au-dessus de sa tête. « Le concert était génial. Et... Tout ce qui a suivi n'était pas si mal non plus. »
Il a ri, et elle a souri, un sourire facile, décontracté, qui lui montrait qu'elle n'attendait rien de plus que ce que c'était— une nuit amusante, une connexion éphémère.

Ils restèrent là un peu plus longtemps, parlant du concert, de la musique, de tout sauf d'eux-mêmes. Elle lui parla du groupe qu'elle allait voir la semaine prochaine, et il lui demanda des histoires sur ses tatouages, l'écoutant raconter les histoires derrière quelques-uns d'entre eux. C'était léger, facile, le genre de conversation qui aurait pu durer éternellement ou s'arrêter à tout moment sans que cela ne devienne gênant.
Finalement, elle glissa hors du lit, rassemblant ses vêtements. « Je devrais probablement y aller, » dit-elle en enfilant son jean. « Mais... je serais partante pour refaire ça un de ces jours. »
Il la regarda s'habiller, ressentant une étrange gratitude pour la simplicité de ce moment. « Ouais, peut-être qu'on se croisera à un autre concert, » dit-il en remettant son propre t-shirt. « Ou... on verra bien ce qui se passe. »
Elle le regarda, levant un sourcil. « Tu ne vas pas demander mon numéro ? »
Il secoua la tête, souriant. « Je pense que je préfère laisser ça au hasard. »
Elle sembla considérer cela un instant, puis haussa les épaules en enfilant ses bottes. « Ça me va. » Ils échangèrent un baiser rapide et facile à la porte, et elle lui adressa un dernier sourire avant de sortir dans le couloir. « À bientôt », dit-elle, les mots empreints d'un sentiment de finalité qui était étrangement réconfortant.
« Ouais », répondit-il en la regardant s'éloigner. « À bientôt. »
Il resta là un moment après son départ, le léger bruit de ses pas s'estompant dans les escaliers. Ça avait été une bonne nuit, une nuit qui lui avait permis d'oublier, même si ce n'était que pour un moment. Et tandis qu'il fermait la porte et retournait dans son appartement, il se sentait plus léger, même s'il savait que cela ne durerait pas.

And now you come along
Yes, you come along
And I never met a girl like you before

XIV

Close your eyes - close the door
You don't have to worry any more
I'll be your baby tonight
Shut the light - shut the shade
You don't have to be afraid
I'll be your baby tonight

Le curseur clignotait sur la page blanche, le narguant. Cela faisait plus d'une heure qu'il regardait l'écran, les doigts posés sur le clavier, mais les mots refusaient de venir. Il avait espéré qu'après tout ce qui s'était passé avec Claire, après le concert, il pourrait canaliser une partie de cette émotion dans son écriture, mais au lieu de cela, il se sentait plus bloqué que jamais.
Il se laissa tomber contre le dossier de sa chaise, se frottant les yeux. La pièce était silencieuse, à l'exception du grondement occasionnel de la circulation à l'extérieur de sa fenêtre, et il se surprit à souhaiter une distraction quelconque—n'importe quoi pour le sortir de cette impasse. Il prit une gorgée de son café, désormais tiède, et jeta un coup d'œil aux notes griffonnées dans son carnet. Des idées, des phrases, des pensées à moitié formées qui ne semblaient mener nulle part.
Avec un soupir frustré, il ferma l'ordinateur portable et le repoussa. Peut-être qu'il avait juste besoin d'une pause. Peut-être que les mots viendraient s'il arrêtait de les forcer.

Ce soir-là, il se retrouva au pub Saint-Germain, un de ces endroits toujours animés mais jamais trop bondés. Il aimait cet endroit—l'éclairage tamisé, le bourdonnement des conversations, l'impression que tout le monde ne faisait que passer, cherchant une échappatoire momentanée. Il commanda un verre et trouva une place au bar, laissant son esprit vagabonder tout en sirotant son whisky.

Il en était à la moitié de son verre quand il la remarqua assise quelques sièges plus loin, une petite rousse piquante, ses lèvres rouge clair s'étirant en un sourire alors qu'elle parlait avec le barman. Elle croisa son regard un instant, et il y eut un éclat de reconnaissance, le genre qui survient lorsque deux personnes se rendent compte qu'elles sont seules de la même manière.

Il n'avait pas prévu de faire un pas vers elle, mais lorsque le barman s'éloigna, elle se tourna vers lui, son sourire espiègle.

« Tu as l'air de vouloir un autre verre, » dit-elle en hochant la tête vers son verre presque vide.

Il rit doucement. « Tu n'as pas tort. »

Elle se tourna un peu plus sur son siège, se rapprochant légèrement. « Je m'appelle Anne, » dit-elle en tendant la main.

Il la prit, sa poignée ferme et chaleureuse. « Enchanté, Anne. Moi c'est— »

« Je sais, » l'interrompit-elle, ses yeux pétillant d'amusement. « Je pouvais le deviner rien qu'à ton visage. »

Il haussa un sourcil, intrigué. « Tu pouvais deviner mon nom en regardant mon visage ? »

Elle rit, un rire léger et sincère. « Non, mais je peux dire que tu vas me raconter quelque chose d'intéressant. »

Il sourit, plus à l'aise maintenant. « Eh bien, je ne veux pas te décevoir. Je suis écrivain. »

« Ah, un écrivain, » dit-elle, comme si tout faisait sens maintenant. « Ça explique l'air sombre. »

Il rit doucement, prenant une autre gorgée de son verre. « Coupable. J'ai du mal en ce moment. »

Elle inclina la tête, ses yeux curieux. « Quel est le problème ? »

Il soupira, faisant tourner la glace dans son verre. « Tout. Rien. Je ne sais pas. Les mots ne viennent pas. C'est comme s'il y avait un mur que je n'arrive pas à franchir. »

Anne hocha la tête, comme si elle comprenait parfaitement ce qu'il voulait dire. « Je comprends. La vie peut être comme ça parfois. On reste juste… coincé. »
« Ouais, » dit-il en jetant un coup d'œil à son verre. « Mais c'est mon boulot de dépasser ça. Pas beaucoup de succès avec ça ces derniers temps. »
Elle sourit, mais il y avait quelque chose de plus doux dans ses yeux maintenant, un soupçon de sympathie. « Eh bien, je n'ai pas eu beaucoup de chance non plus ces derniers temps. Avec les hommes, je veux dire. Les rendez-vous ont été un désastre. Je commence à penser que je devrais abandonner. »
« Ce serait vraiment dommage, » dit-il, son ton taquin. « Paris serait beaucoup moins intéressant sans toi là dehors, à prendre de mauvaises décisions. »
Elle rit, secouant la tête. « Eh bien, si rien d'autre, au moins je suis bonne pour faire rire. »
Ils continuèrent à parler, leur conversation facile et sans hâte. Il se retrouva à lui en dire plus sur son écriture, sur le roman avec lequel il se débattait, sur le fait qu'il avait parfois l'impression de tourner en rond. Elle l'écouta, vraiment intéressée, et il fut surpris de voir à quel point il se sentait à l'aise de s'ouvrir à elle, une inconnue qu'il venait de rencontrer.
En retour, elle lui parla de son travail dans une petite galerie d'art, des expositions qu'elle organisait, et de la manière dont elle aimait la façon dont l'art pouvait faire ressentir des choses aux gens, des choses dont ils ne se rendaient même pas compte. C'était le genre de conversation qu'il n'avait pas eu depuis un moment—libre, sans réserve, et pleine de petits moments de connexion.
Après quelques autres verres, ils décidèrent de quitter le bar, sortant dans la fraîcheur de la nuit. Les rues étaient calmes, l'air frais et limpide, et ils marchaient côte à côte, leurs pas résonnant doucement sur le trottoir. Ils n'avaient pas de destination en tête, mais finalement, ils se retrouvèrent près

de la Seine, le fleuve reflétant les lumières de la ville, chatoyantes et brillantes.
« C'est agréable, » dit-elle, s'appuyant contre la rambarde, regardant l'eau. « J'adore cette partie de Paris. On dirait que tout est possible. »
« Oui, » acquiesça-t-il, se rapprochant. « C'est comme un autre monde la nuit. »
Ils restèrent là un moment, le silence entre eux confortable, leurs épaules presque en contact. Puis elle se tourna vers lui, ses yeux cherchant les siens. « Alors, qu'est-ce que tu veux faire maintenant ? »
Il savait ce qu'elle demandait, et il n'hésita pas. « On rentre chez toi ? »
Elle sourit, un sourire lent, délibéré, qui fit battre son cœur plus vite. « D'accord. »

Son appartement était petit et encombré, comme la plupart des appartements à Paris, mais il était chaleureux et habité, avec des affiches d'art sur les murs et des livres empilés au hasard sur la table basse. Ils n'ont pas perdu de temps – presque dès qu'ils ont franchi la porte, ils s'embrassaient, leurs mains tâtonnant pour défaire les boutons, pour trouver de la peau. C'était désordonné et urgent, mais c'était juste.
Quand ils arrivèrent finalement jusqu'à son lit, ils ne parlèrent pas, laissant leurs corps faire tout le discours. Il n'y avait pas besoin d'explications, pas besoin de prétendre que c'était plus que ce que c'était—une brève, passionnée échappatoire à tout le reste.

1 se réveilla juste au moment où la première lueur de l'aube commençait à filtrer à travers les rideaux, diffusant une lueur pâle dans la pièce. Anne dormait encore à côté de lui, ses cheveux roux ébouriffés, sa respiration douce et régulière. Pendant un moment, il pensa à rester, à attendre qu'elle se réveille pour qu'ils puissent parler, peut-être même prendre un petit déjeuner ensemble.

Mais quelque chose le retint, une petite voix dans sa tête lui disant que c'était mieux ainsi. Mieux valait partir maintenant, avant que les choses ne deviennent compliquées, avant qu'ils n'aient à naviguer dans l'embarras du lendemain.
Il se glissa hors du lit prudemment, ramassant ses vêtements sur le sol. Alors qu'il s'habillait, il la regarda une dernière fois, un étrange mélange de gratitude et de regret s'installant dans sa poitrine. Elle avait été exactement ce dont il avait besoin, mais il n'était pas sûr de pouvoir lui donner plus que cela.
Il sortit discrètement de l'appartement, la porte se refermant doucement derrière lui. La rue était encore presque déserte, l'air froid contre sa peau alors qu'il s'éloignait. Paris se réveillait, les premières lueurs du matin s'étiraient dans le ciel, et il se retrouva reconnaissant pour le calme, pour l'espace nécessaire pour se vider la tête.
En retournant à son appartement, il ressentit une pointe de solitude, plus aiguë qu'il ne l'avait prévu. La nuit avec Anne avait été amusante, une distraction, mais maintenant elle était terminée, et il se retrouvait avec les mêmes questions, la même incertitude.

Well, the mockingbird's gonna sail away
We're gonna forget it
Big old moon's gonna shine like a spoon
We're gonna let it - you won't regret it

XV

What a difference a day makes
24 little hours
Brought the sun and the flowers
Where there used to be rain

Les mots coulaient enfin. Après des jours passés à fixer un écran vide, à lutter pour trouver la bonne formulation, quelque chose avait finalement cliqué. Il ne savait pas ce que c'était—peut-être le calme du matin, peut-être l'effervescence persistante des nuits passées, ou peut-être simplement le soulagement de lâcher prise. Mais quoi qu'il en soit, c'était agréable.

Il tapait régulièrement, ses doigts se déplaçant presque d'eux-mêmes sur le clavier, l'histoire prenant forme de manière naturelle, sans effort. Les personnages qu'il avait combattus pendant des semaines semblaient soudain plus clairs, leurs voix plus fortes. Il ne réfléchissait pas à chaque mot, et les scènes se déroulaient facilement, comme un film qui se jouait dans son esprit.

Il ne s'arrêta que tard dans l'après-midi, lorsque ses doigts commencèrent à crisper et que ses yeux se faisaient lourds. Il se pencha en arrière sur sa chaise, étira ses bras au-dessus de sa tête et jeta un coup d'œil à l'écran. Quelques milliers de mots, et pour une fois, il ne les détestait pas.

Un petit sourire satisfait se dessina sur son visage. Cela faisait longtemps qu'il ne s'était pas senti ainsi, qu'il n'avait pas réellement aimé ce qu'il avait écrit. Il enregistra le document, ferma son ordinateur portable et se leva, se sentant plus léger qu'il ne l'avait été depuis des semaines.

Il avait besoin de célébrer.

Ce soir-là, il se retrouva dans un bar près des Halles, un endroit différent de ses repères habituels. C'était plus animé, plus bruyant, le genre d'endroit où les gens venaient pour se perdre dans la musique et la foule. Il commanda un verre,

parcourant la pièce du regard tout en sirotant son whisky, appréciant la sensation d'être entouré de gens, de mouvement, de vie.
Il n'était pas là depuis longtemps quand il remarqua l'une des plus belles femmes blondes qu'il n'ait jamais vues. Elle s'appuyait contre le bar, riant de quelque chose que le barman avait dit, ses élégants cheveux blond platine captant la lumière. Il y avait quelque chose de frappant chez elle, quelque chose qui la faisait ressortir même dans cette salle bondée. Elle était grande, avec des traits doux et proportionnés, des très beaux yeux d'un bleu perçant et un décolleté luxuriant qui n'éclipsait pas ses autres attributs.
Elle le surprit en train de la regarder, et pendant un instant, leurs yeux se rencontrèrent. Elle soutint son regard, un petit sourire aux lèvres, comme si elle savait exactement ce qu'il pensait. Il hésita une seconde, puis prit son verre et s'avança vers elle.
« Salut, » dit-il en s'appuyant contre le bar à côté d'elle. « Je peux t'offrir un verre ? »
Elle jeta un coup d'œil à son verre, puis de nouveau à lui, son sourire s'élargissant. « Je pense que tu en as déjà un, » dit-elle, sa voix portant un léger accent d'Europe de l'Est. « Mais d'accord, je te laisse m'en offrir un. »
Il rit doucement, faisant signe au barman. « Qu'est-ce que tu bois ? »
« Vodka, » dit-elle, penchant légèrement la tête en le regardant. « Bien sûr. »
« Bien sûr, » répéta-t-il, amusé. « Je suis— »
« Laisse-moi deviner, » l'interrompit-elle, ses yeux brillants. « Tu es écrivain. »
Il cligna des yeux, surpris. « Comment tu as su ? »
Elle haussa les épaules, prenant une gorgée de sa vodka quand elle arriva. « Tu as l'air. Comme si tu passais trop de temps dans ta tête. »
Il rit, se sentant plus à l'aise. « Tu n'as pas tort. Et toi ? »

« Liva, » dit-elle, tendant la main. « Je suis juste de passage. Ici pour quelques jours, essayant de voir autant que possible. »

« Enchanté, Liva, » dit-il en lui serrant la main. « Et comment se passe ton voyage jusqu'à présent ? »

Elle fit un petit sourire mystérieux. « C'est... intéressant. Paris est magnifique, mais un peu solitaire quand on est seul. »

« Eh bien, » dit-il en levant son verre, « peut-être que je peux t'aider avec ça. »

Ils parlèrent un moment, échangeant des histoires et des blagues, leur conversation légère et pleine de flirt. Elle était vive d'esprit, piquante, le genre de personne qui pouvait transformer un simple commentaire en une plaisanterie. Il aimait ça chez elle. Ça lui faisait oublier tout le reste, le faisait se concentrer sur l'instant présent, sur la courbe de ses lèvres quand elle souriait, sur l'éclat de ses yeux sous les lumières tamisées du bar.

Au fil de la soirée, ils se rapprochèrent, leurs rires se mêlant à la musique, leurs mains se frôlant de temps en temps, envoyant de petits frissons à travers lui. Il était sorti pour célébrer son écriture, mais maintenant il se retrouvait à célébrer tout autre chose—le frisson d'une nouvelle connexion, la possibilité électrique de là où la nuit pourrait mener.

« Tu veux qu'on s'en aille d'ici ? » demanda-t-elle à un moment, sa voix basse, ses yeux fixés sur les siens.

Il n'hésita pas. « Absolument. »

Ils se retrouvèrent dans sa chambre d'hôtel, la porte se refermant à peine derrière eux qu'ils s'embrassèrent, pressants et affamés, leurs mains tâtonnant pour retirer leurs vêtements, découvrant ce qu'il se trouve en dessous. C'était désordonné et passionné, mais c'était bien. Ils trébuchèrent vers le lit, et pendant un moment, il n'y eut rien d'autre que la chaleur de sa peau, le goût de ses lèvres et la sensation de se perdre dans ses seins magnifiques.

La lumière du matin était brillante et claire quand il se réveilla, la ville s'animéssant déjà devant la fenêtre de l'hôtel. Il cligna des yeux, momentanément désorienté, jusqu'à ce qu'il la sente remuer à côté de lui. Liva se retourna, les yeux entrouverts, un sourire endormi se formant sur ses lèvres.
« Bonjour », murmura-t-elle, sa voix encore épaisse de sommeil.
« Bonjour », répondit-il en lui rendant son sourire. « As-tu bien dormi ? »
Elle s'étira, les bras atteignant au-dessus de sa tête. « Très bien. Et toi ? »
« Oui, » dit-il, ressentant une sensation d'aisance inattendue. « J'ai passé un bon moment. »
« Moi aussi, » dit-elle, puis, sans manquer un battement, elle ajouta : « Tu veux prendre le petit-déjeuner ? »
Il fut surpris par l'offre, mais de manière agréable. D'habitude, ce genre de nuits se terminait par un départ silencieux, sans mots échangés, juste une connexion éphémère qui n'avait pas besoin d'être reconnue. Mais Liva semblait différente—simple, directe.
« Bien sûr, » dit-il en se redressant pour attraper sa chemise. « Le petit-déjeuner, ça me va. »

Ils se rendirent au Café Louise, boulevard de Grenelle, non loin de son hôtel. Un endroit joliment décoré avec des chaises en osier à l'extérieur et une odeur de croissants fraîchement cuits flottant à l'intérieur. Ils commandèrent un café et des pâtisseries et s'assirent à une table près de la fenêtre, regardant les passants qui allaient travailler.
La conversation était légère, facile—elle lui en dit plus sur ses voyages, sur la façon dont elle avait décidé de faire une pause dans sa vie chez elle et de passer quelques semaines à explorer l'Europe. Il se retrouva à parler plus qu'il ne le

faisait d’habitude, partageant des histoires sur son écriture, ses endroits préférés à Paris, même quelques anecdotes de son enfance. C'était sans effort, et il l'a apprécié.
À un moment donné, elle le regarda, ses yeux brillants et curieux. « Qu’est-ce que tu fais aujourd’hui ? »
Il haussa les épaules, prenant une gorgée de son café. « Je n’ai pas vraiment de plans. »
« Alors passe la journée avec moi, » dit-elle, son ton décontracté mais invitant. « Je vais explorer un peu, voir où la journée me mène. Je pourrais utiliser un peu de compagnie. »
Il hésita un instant, puis il sourit. « Pourquoi pas ? Je suis partant. »
Ils terminèrent leur petit-déjeuner, payèrent l’addition, et sortirent dans la lumière éclatante du matin. Paris était vivant autour d’eux, les rues bourdonnaient d’énergie, et il ressentit une étrange excitation, comme si tout pouvait arriver.

It's heaven when you find romance on your menu
What a difference a day made
And the difference is you

XVI

Oh it's such a perfect day
I'm glad I spend it with you
Oh such a perfect day
You just keep me hangin on
You just keep me hangin on

L'air du matin était vif et clair lorsqu'ils sortirent du café, le soleil commençant à peine à réchauffer les rues de Paris. Liva resserra son manteau autour d'elle, souriant en regardant autour d'elle, les yeux brillants de curiosité.
« Alors, par où commencer ? » demanda-t-elle en le regardant.
Il réfléchit un instant, envisageant les habituels sites touristiques—des endroits comme la Tour Eiffel, le Louvre—mais cela ne lui semblait pas tout à fait approprié. Il voulait plutôt lui montrer le Paris qu'il aimait, les petits endroits cachés qui semblaient être des secrets, même dans une ville aussi grande. « J'ai quelques idées," dit-il en souriant. « Prête pour un peu de marche ? » Elle haussa un sourcil, ses lèvres se courbant en un sourire espiègle. « Je suis toujours partante pour une aventure. »

Ils commencèrent dans le Quartier Latin, se promenant à travers les rues étroites et sinueuses qui se tordaient et tournaient, révélant des cafés cachés, de petites librairies, et des boutiques vendant de tout, des vieux disques aux antiquités. Il lui montra quelques-uns de ses endroits préférés—un petit bistrot où il écrivait parfois, une librairie qui existait depuis plus d'un siècle, une cour tranquille où le bruit de la ville semblait disparaître.
Liva était fascinée, posant des questions sur tout, son excitation était contagieuse. Elle semblait tout absorber : la façon dont la lumière frappait les pavés, l'odeur du pain fraîchement cuit qui s'échappait d'une boulangerie voisine, le son des musiciens de rue jouant des airs doux et jazzy.

« C'est incroyable », dit-elle à un moment, s'arrêtant pour regarder une fresque peinte sur le côté d'un bâtiment. « J'ai l'impression de voir une autre facette de la ville. »
« C'est l'idée », dit-il en se tenant à côté d'elle. « Je me suis dit que tu avais déjà vu les grandes attractions. Ça, c'est le Paris que je connais. »
Ils continuèrent à marcher, finissant par se rendre au Marais. Ils déambulèrent devant de vieilles maisons de ville élégantes et des boutiques chics, s'arrêtant de temps en temps pour admirer quelque chose dans une vitrine ou écouter un artiste de rue jouer de l'accordéon. Quand ils atteignirent la Place des Vosges, ils trouvèrent un banc et s'assirent un moment, regardant les gens passer, un calme contentement s'installant entre eux.
« Je comprends pourquoi tu aimes cet endroit », dit doucement Liva en le regardant. « Il y a tellement de vie. »
« Oui », répondit-il, regardant le parc. « Ça a toujours été un endroit où tout semble possible. »

À l'approche de midi, ils se sont retrouvés à errer vers la Seine, et quand il a repéré un petit bistrot charmant avec quelques tables installées à l'extérieur, il a suggéré qu'ils s'arrêtent pour déjeuner. Ils s'installèrent à une table d'angle, et le serveur sortit des menus, ainsi qu'une corbeille de pain chaud et une carafe de vin.
Ils parlaient facilement pendant qu'ils mangeaient, partageant des histoires et des blagues, leur conversation se déroulant naturellement, comme s'ils se connaissaient depuis beaucoup plus qu'une journée. Elle lui en a parlé de ses voyages, du fait qu'elle avait toujours voulu voir Paris mais n'avait jamais pris le temps jusqu'à présent, et il a partagé des histoires sur la ville, certaines datant de son arrivée il y a des années, d'autres qu'il avait ramassées en chemin.
« Tu racontes bien les histoires, », dit-elle en souriant en prenant une gorgée de vin. « Je vois pourquoi tu es écrivain. »

Il éclata de rire, se sentant un peu timide. « J'essaie. Parfois, les histoires s'écrivent d'elles-mêmes. D'autres fois... pas tellement. »
« Eh bien, je suis contente que tu m'en aies partagé quelques-uns aujourd'hui », dit-elle, ses yeux pétillant. « J'ai passé un très bon moment. »
« Moi aussi », dit-il, et il le pensait. Cela faisait longtemps qu'il n'avait pas passé une journée comme celle-ci, juste à se promener, à profiter de la compagnie de quelqu'un sans aucune attente.
Après le déjeuner, ils ont continué à explorer, traversant l'un des nombreux ponts sur la Seine, le fleuve scintillant sous le soleil de l'après-midi. Ils sont passés devant Notre-Dame, l'imposante cathédrale qui se dresse sur le ciel bleu, et se sont promenés dans un quartier calme et moins touristique de la ville où de petites galeries d'art et des cafés pittoresques bordaient les rues.
Alors que le jour se transformait lentement en soirée, ils se retrouvèrent près de son quartier, la lumière commençant à s'estomper, l'air se refroidissant. Liva lui jeta un coup d'œil, son expression mêlant curiosité et amusement. « Et maintenant ? »
Il hésita un instant, puis décida de tenter sa chance. « Et si je te préparais un dîner ? Mon appartement n'est pas loin. »
Elle leva un sourcil, visiblement intriguée. « Tu cuisines ? »
« De temps en temps », dit-il en souriant. « Je ne peux pas promettre que ce sera un plat raffiné, mais ce sera bon. »
« D'accord », dit-elle en hochant la tête. « Je suis partante. Voyons ce que tu as à offrir. »

Ils achetèrent quelques provisions dans un marché local sur le chemin du retour—des pâtes fraîches, des légumes, une bouteille de vin rouge. Le vendeur au stand de fromage les convainquit d'acheter une petite roue de camembert, et Liva insista pour choisir un pain, affirmant que cela rendrait le repas complet.

De retour chez lui, ils trouvèrent un rythme confortable, déballant les courses et se déplaçant dans la cuisine. Il fit bouillir les pâtes, fit sauter les légumes, et prépara une sauce simple mais délicieuse, pendant qu'elle tranchait le pain et mettait la table. Ils burent du vin en cuisinant, la musique de ses enceintes remplissant l'espace, ajoutant à la chaleur de la soirée

« C'est sympa », a dit Liva à un moment donné, levant les yeux de la salade qu'elle était en train de préparer. « Je ne pensais pas que je passerais ma journée comme ça. »
« Moi non plus », dit-il en lui souriant. « Mais je suis content que nous l'ayons fait. »
Ils mangèrent à sa petite table à manger, les bougies vacillant doucement, projetant une lueur chaleureuse sur la pièce. La conversation était plus légère maintenant, plus détendue, comme si la journée avait brisé toutes les barrières qui auraient pu être là. Elle le taquina sur sa cuisine, il plaisanta sur son amour du fromage, et ils partagèrent plus de vin, plus de rires, plus de ce genre de connexion qui semblait à la fois sans effort et rare.
Après le dîner, ils restèrent un moment à table, les assiettes vides repoussées sur le côté, sirotant le reste du vin. Puis, sans rien dire, ils se rapprochèrent, et il l'embrassa, doucement d'abord, puis plus profondément lorsqu'elle répondit, sa main trouvant son chemin dans ses cheveux.
« Allons au lit », murmura-t-elle, s'éloignant juste assez pour rencontrer son regard, ses lèvres toujours proches des siennes. Il hocha la tête, prenant sa main et la conduisant à sa chambre, où ils se glissèrent sous les couvertures, la chaleur de son corps contre le sien, le goût de ses lèvres comblant les espaces entre les mots. C'était différent de la nuit précédente—plus lent, plus délibéré, comme s'ils savouraient les dernières heures d'une journée parfaite.

Ils se réveillèrent à la faible lueur du matin qui traversait les rideaux, emmêlés l'un dans l'autre. Liva s'étira paresseusement, se tournant vers lui, ses cheveux ébouriffés, un sourire endormi sur les lèvres.
« Bonjour », dit-elle d'une voix douce.
« Bonjour », répondit-il en écartant une mèche de cheveux de son visage. « Bien dormi ? »
« Vraiment bien », dit-elle, se penchant pour l'embrasser doucement. « J'ai passé un super moment hier. »
« Moi aussi », dit-il, sentant dans sa poitrine une chaleur qu'il n'avait pas ressentie depuis un moment. « Tu veux le refaire aujourd'hui ? »
Elle a ri, un son léger et insouciant. « J'adorerais, mais mon train part cet après-midi. »
« Oh », dit-il, essayant de ne pas laisser paraître sa déception. « Où vas-tu ensuite ? »
« Berlin », dit-elle, ses yeux s'illuminant. « J'ai une amie là-bas que je vais visiter. Mais je reviendrai à Paris à un moment donné. »
« Eh bien, si tu reviens, » dit-il en souriant, « peut-être qu'on pourra reprendre là où on s'est arrêtés. »
« Peut-être », dit-elle, son ton taquin. « Mais pour l'instant, profitons-en. »
Et ils l'ont fait. Ils sont restés au lit un peu plus longtemps, se prélassant dans les derniers instants de leur temps ensemble, avant de finalement se lever et de préparer un petit-déjeuner simple – café, croissants et fruits frais. Ce n'était rien d'élaboré, mais c'était parfait, une façon douce de terminer ce qui avait été une rencontre étonnamment parfaite et parfaitement inattendue.
Quand il fut temps pour elle de partir, il l'accompagna jusqu'à la porte, l'embrassant une dernière fois avant qu'elle ne sorte.
« Prends soin de toi, Liva », dit-il d'une voix douce.
« Toi aussi », répondit-elle en souriant en ajustant son sac. « Je te verrai dans les parages. »

Et puis elle était partie, disparaissant dans l'agitation de la ville, le laissant debout dans l'embrasure de la porte, un étrange mélange de contentement et de désir s'installant en lui. Il n'était pas sûr de la revoir un jour, mais c'était bien. La journée qu'ils avaient passée ensemble avait suffi, une brève et belle évasion de tout le reste. En fermant la porte et en retournant à l'intérieur, il ne put s'empêcher de sourire, se sentant plus léger qu'il ne l'avait été depuis longtemps.

Just a perfect day
You made me forget myself
I thought I was someone else, someone good

XVII

I look at the world and I notice it's turning
While my guitar gently weeps
With every mistake we must surely be learning
Still my guitar gently weeps

Après le départ d'Liva, l'appartement semblait étrangement calme, mais c'était une sorte de calme confortable, le genre de calme qui s'installait sur lui lorsque les choses commençaient enfin à avoir un sens. Il se prépara un café et s'assit à son bureau, ouvrant son ordinateur portable sur le roman sur lequel il travaillait. Les mots étaient toujours là, l'attendant, et dès qu'il commença à taper, ils vinrent naturellement, comme si toutes les barrières qui l'empêchaient d'avancer avaient finalement disparu. L'histoire se déroulait naturellement, les personnages bougeaient et parlaient d'une manière qui semblait vraie, authentique. Il n'avait pas besoin de forcer quoi que ce soit ; c'était comme si les scènes avaient déjà été écrites dans sa tête, et qu'il ne lui restait plus qu'à les laisser sortir. Il perdit la notion du temps, ses doigts filaient sur les touches, ne s'arrêtant que de temps en temps pour boire une gorgée de café ou regarder par la fenêtre la ville en contrebas.

Quand le soleil commença à se coucher, il avait écrit plus en quelques jours que durant les semaines précédentes. Il enregistra le document et se laissa aller contre le dossier de sa chaise, ressentant une satisfaction qui lui échappait depuis trop longtemps. C'était pour ça qu'il faisait ça : ce sentiment que tout s'alignait, qu'il créait quelque chose qui semblait vrai.

Il se versa un verre, une petite célébration pour les progrès accomplis, et alla s'installer sur le canapé, son esprit toujours en ébullition avec le rythme des mots. En prenant une gorgée de whisky, il se surprit à attraper son téléphone et faire défiler ses contacts jusqu'à trouver le nom de Tina.

Il hésita un instant, puis appuya sur l'appel.

Elle décrocha après la deuxième sonnerie, sa voix chaleureuse et familière. « Salut, étranger. Comment ça va ? »

Il sourit, s'enfonçant dans les coussins. « Salut, Tina. Ça va bien. Vraiment bien. »

« Ah ouais ? » dit-elle, et il pouvait presque entendre la curiosité dans sa voix. « Qu'est-ce qui se passe ? Tu as l'air... différent. »

« J'ai écrit, » dit-il, incapable de cacher la fierté dans sa voix. « Beaucoup. Ça coule tout seul. Je ne sais pas ce qui s'est passé, mais on dirait que tout se met en place. »

« C'est génial ! » dit-elle, et il pouvait sentir qu'elle le pensait vraiment. « Tu vois ? Je t'avais dit que ça reviendrait. Il fallait juste laisser un peu de temps. »

« Oui, t'avais raison, » répondit-il en riant doucement. « Mais c'est plus que ça. Je me sens... mieux ces derniers temps. Plus léger. »

« Plus léger, hein ? » Tina fit, avec une pointe de malice dans la voix. « Et qu'est-ce qui te fait sentir si "léger" exactement ? »

Il prit une autre gorgée, savourant la chaleur qui descendait dans sa gorge. « Eh bien... J'ai fait quelques rencontres intéressantes dernièrement. »

« Vas-y, raconte, » dit-elle, et il entendit qu'elle se mettait plus confortablement, comme si elle se préparait à écouter une histoire.

« Alors, ça a commencé avec un concert, » commença-t-il, souriant en se souvenant de la soirée. « J'étais allé dans une salle cool près de Montmartre, juste pour me vider la tête, tu vois ? Et j'ai fini par rencontrer une fille là-bas. Elle était superbe—cheveux noirs, tatouages, tout le package. On n'a pas beaucoup parlé pendant le concert, mais après... on a un peu cliqué. On a fini chez moi. »

Tina rit doucement. « Évidemment. Tu arrives toujours à trouver quelqu'un, pas vrai ? »

« Hé, ce n'était pas prévu, » dit-il en riant avec elle. « Ça s'est juste fait. Elle était cool, un peu mystérieuse, un peu sauvage. On n'a pas échangé nos numéros ni rien. C'était juste… un de ces moments. »

« Ça a l'air d'un bon moment, » dit Tina, et il pouvait entendre le sourire dans sa voix. « Donc ça, c'est une. Qui est la suivante ? »

« Eh bien, quelques nuits plus tard, j'étais dans un bar à Saint-Germain-des-Prés, » continua-t-il, se sentant de plus en plus à l'aise à mesure qu'il racontait ses histoires. « J'ai rencontré cette fille, Anne. Elle était vive, drôle. On a parlé, bu, et elle a fini par me dire qu'elle était sur le point d'abandonner les rencontres à cause de toutes les catastrophes qu'elle avait eues. D'une manière ou d'une autre, ça s'est transformé en une promenade le long de la Seine et… disons juste que j'ai quitté son appart à l'aube. »

« Classique, » dit Tina, sans aucun jugement dans sa voix, juste de l'amusement. « Tu vis l'expérience parisienne complète, hein ? »

Il rit. « On dirait bien. Mais le meilleur, c'était avant-hier. J'ai rencontré cette fille parfaite, Liva. Une blonde magnifique et mystérieuse de Lettonie, ici pour un court séjour. On a passé la journée ensemble—on s'est promenés en ville, on a déjeuné, et puis je l'ai invitée chez moi pour le dîner. C'était… bien. Vraiment bien. »

Il y eut une pause de l'autre côté de la ligne, et quand Tina parla à nouveau, sa voix était plus douce. « Ça a l'air différent. »

« Ça l'était, » admit-il. « Je ne sais pas… ce n'était pas juste pour… tu vois. On a passé toute la journée à parler, juste à profiter de la compagnie de l'autre. Elle est partie maintenant, direction Berlin, mais… c'était bien. Comme si je pouvais juste être moi-même, sans trop réfléchir à tout. »

« C'est génial, » dit Tina, et il pouvait entendre la sincérité dans sa voix. « On dirait que tu te permettes enfin de vivre un peu. »

« Peut-être, » dit-il en faisant tourner la glace dans son verre. « Je pense que ça m'aide aussi pour l'écriture. Juste… sortir, rencontrer des gens, sans trop réfléchir. »
« Ou juste assez, » dit-elle, avec une touche de taquinerie. « Mais hé, tant que ça marche. Je suis contente que tu ailles mieux. Tu mérites de t'amuser. »
Il sourit, ressentant une chaleur l'envahir, pas seulement à cause du whisky mais aussi grâce au confort de parler avec elle. « Merci, Tina. Vraiment. »
Ils tombèrent dans un silence confortable, le genre qui n'arrivait qu'avec des personnes qui se connaissaient bien. Pendant un instant, il pensa à lui en dire plus—sur le fait qu'il avait l'impression de commencer enfin à comprendre les choses, même un peu. Mais il se retint, laissant le moment tel quel.
« Alors, » dit Tina après un moment, sa voix plus légère. « T'as des plans pour ce soir ? Ou tu restes chez toi à profiter de ton succès d'écriture fraîchement retrouvé ? »
Il rit. « Aucun plan. Je pense que j'ai eu assez d'excitation pour une semaine. Je vais juste profiter de mon verre et peut-être écrire encore un peu. »
« Ça me semble une bonne idée, » dit-elle. « Et tiens-moi au courant de tes avancées. J'ai envie de lire quelque chose bientôt. »
« Tu vas le faire, » promit-il. « J'y arrive. »
« Bien. Je compte sur toi, » dit-elle, et il pouvait presque la voir sourire de l'autre côté de la ligne. « Bon, je te laisse. Passe une bonne soirée, et encore bravo pour l'écriture. »
« Merci, Tina. On se reparle bientôt ? »
« Bien sûr, » dit-elle doucement. « Bonne nuit. »
« Bonne nuit, » répondit-il avant de raccrocher.
Il resta là un moment après l'appel, fixant son verre, les lumières de la ville scintillant à travers la fenêtre. Cela faisait longtemps qu'il ne s'était pas senti comme ça—apaisé, presque optimiste. L'écriture revenait, il vivait, et il avait des

amis comme Tina qui le ramenaient sur terre, même quand les choses semblaient incertaines.

I look at you all, see the love there that's sleeping
While my guitar gently weeps
Look at you all......
Still my guitar gently weeps

XVIII

Oh, girl you're so hard to possess
But such a beautiful mess
Time after time

La nuit était pleine d'énergie alors qu'il se dirigeait vers la salle de concert près du Centre Georges Pompidou. Les rues étaient bondées de gens, un mélange de touristes, de locaux, et des personnages éclectiques qui gravitent toujours autour de ce coin de Paris. Il adorait l'ambiance autour du Pompidou—le design industriel et audacieux du bâtiment, les artistes de rue, le bourdonnement constant des conversations. Ça semblait être le décor parfait pour une nuit de musique.

La salle était petite, intime, le genre d'endroit où vous pouviez vous approcher de la scène et sentir la musique se répercuter dans tout votre corps. Il a commandé un verre au bar et a trouvé un endroit près de l'arrière, où il pouvait regarder la foule et profiter de l'ambiance.

Le groupe était déjà en train de s'installer, leurs instruments brillants sous les lumières de la scène, et il pouvait sentir l'anticipation monter. Il n'était venu ici avec aucune attente particulière ; il voulait juste se perdre dans la musique pendant quelques heures. Quand les premiers accords résonnèrent, il se laissa porter par le son, hochant la tête, se laissant emporter par le rythme.

Après quelques chansons, il se retrouva à discuter avec une jeune femme qui se tenait à proximité, une étudiante des États-Unis qui passait un semestre à Paris. Elle était brillante, bavarde, visiblement ravie d'être en ville, et ils échangèrent quelques rires sur leur amour commun pour le rock et les galères de la vie étudiante.

« Alors, t'es venu seul ? » demanda-t-elle, se penchant vers lui pour couvrir le bruit de la musique.

« Oui », répondit-il en haussant les épaules. « J'avais juste besoin de sortir. Et toi ? »

« Pareil, » dit-elle, les yeux pétillants. « C'est la première fois que je fais un concert comme ça à Paris. Plutôt cool, non ? »
« Carrément, » dit-il en jetant un coup d'œil autour. « Cet endroit a une sacrée vibe. »
Ils continuèrent à parler, échangeant des histoires sur leurs groupes préférés, mais son attention continuait à dériver. Il y avait un visage familier dans la foule, quelqu'un qu'il ne s'attendait pas à revoir mais vers qui il se sentait inexplicablement attiré.
Elle était là, la femme aux tatouages. Elle se tenait plus près de la scène, ses cheveux noirs flottaient au rythme de la musique, les yeux fixés sur le groupe. Il ressentit un frisson d'excitation, la même étincelle qu'il avait ressentie la dernière fois qu'il l'avait vue. C'était comme si la nuit avait soudainement pris un nouveau potentiel, une nouvelle possibilité.
« Excusez-moi », dit-il à l'étudiante en lui offrant un sourire poli. « Je te rattraperai plus tard. »
Elle hocha la tête, sans avoir l'air de s'en soucier, et il se fraya un chemin à travers la foule, dirigeant vers l'avant. Alors qu'il s'approchait, elle se tourna, presque comme si elle avait senti sa présence, et leurs regards se croisèrent.
« Toi encore, » dit-elle, un sourire s'élargissant sur son visage. « Je n'aurais pas pensé te croiser ici. »
« Pareil, » répondit-il en souriant. « Mais je suis content de te voir. »
Ils ne parlèrent pas beaucoup pendant le reste du concert, échangeant seulement quelques regards complices, partageant un rire quand le groupe jouait une chanson particulièrement géniale. La connexion était toujours là, forte et silencieuse, et quand le concert se termina, il savait qu'il ne voulait pas que la nuit s'arrête là.
Alors que la foule commençait à se disperser, elle se tourna vers lui, son expression pleine de malice. « Y a une soirée chez un pote pas loin. Tu veux venir ? »
« Bien sûr, » dit-il sans hésitation. « Montre-moi le chemin.»

La soirée se déroulait dans un appartement parisien étonnamment grand, pas très loin de la salle, le genre d'endroit qui semblait toujours attirer un mélange de gens intéressants. La musique était forte, l'air chargé de l'odeur des cigarettes et de la bière bon marché, et il se laissa facilement prendre par le rythme de la fête. Ils ne restèrent pas tout le temps ensemble—elle dérivait pour parler à ses amis, lui se retrouva dans une discussion animée avec un gars qui débattaillait passionnément sur les mérites du punk des années 70 contre le grunge des années 90—mais ils revenaient toujours l'un vers l'autre, leur connexion constante au milieu du chaos de la soirée.

À un moment, elle attrapa sa main, l'attirant vers le petit balcon pour prendre un peu l'air. La ville s'étendait en dessous d'eux, les lumières scintillant contre le ciel sombre, et ils restèrent là un moment, appuyés contre la rambarde, le bruit de la fête se transformant en un murmure lointain.

« Tu t'amuses ? » demanda-t-elle, en le regardant.

« Ouais, » répondit-il en souriant. « Mais je m'amuserais plus si j'étais avec toi. »

Elle rit, un rire bas et rauque qui fit battre son cœur plus vite. « Bonne réponse. »

Ils restèrent un moment sur le balcon, parlant, flirtant, leur conversation légère et joueuse. Elle lui en dit un peu plus sur elle—elle était artiste, mais elle montrait rarement son travail, préférant le garder pour elle. Il se surprit à s'ouvrir à elle, lui parlant de son écriture, de comment les mots avaient enfin commencé à venir après des semaines de lutte. C'était naturel, sans effort, comme s'ils étaient deux personnes qui se connaissaient depuis bien plus longtemps que ces quelques brèves rencontres.

Vers trois heures du matin, quand la fête commençait à se calmer, elle se tourna vers lui, ses yeux brillant dans la faible lumière. « On se tire d'ici ? »

« Oui, » dit-il sans une seconde d'hésitation. « Allons-y. »

Ils finirent chez elle, un petit appartement encombré de peintures, de croquis, et de livres. À peine la porte franchie, elle se jeta sur lui, l'attirant contre elle, ses lèvres chaudes et pressantes contre les siennes. Il répondit en nature, ses mains se faufilant sous son haut, suivant les lignes de ses tatouages, sentant la chaleur de sa peau tout en dégrafant son soutien-gorge.
Ils se dirigèrent vers sa chambre, leurs vêtements jonchant le sol derrière eux, et tombèrent ensemble sur le lit. C'était passionné, intense, le genre de moment où tout le reste semblait s'effacer, ne laissant que la sensation de son corps contre le sien, le son de leur souffle se mêlant dans l'obscurité.
Ils ne parlèrent pas beaucoup, mais ils n'en avaient pas besoin. La connexion entre eux était physique, immédiate, et pendant ces quelques heures, c'était plus que suffisant.

Quand les premières lueurs de l'aube commencèrent à filtrer à travers les rideaux, projetant une lueur pâle dans la pièce, il se retrouva allongé, éveillé, sa tête reposant sur son torse, son bras drapé sur lui. Il observa la légère montée et descente de sa respiration, la façon dont la lumière jouait sur ses tatouages, et ressentit un étrange mélange de contentement et d'agitation.
Il savait qu'il devrait rester, attendre qu'elle se réveille, mais une part de lui ne voulait pas briser la magie de la nuit. Elle avait été parfaite, et il ne voulait pas gâcher ça avec des conversations embarrassantes du lendemain matin.
Doucement, il se glissa hors de son étreinte, sortant du lit et ramassant ses vêtements. En s'habillant, il jeta un dernier regard vers elle, un léger sourire au coin des lèvres.
Il griffonna une note rapide sur un morceau de papier qu'il trouva sur sa table de chevet et la laissa à côté d'elle, espérant qu'elle transmettrait ce qu'il n'avait pas tout à fait les mots pour dire : J'ai *passé un super moment. J'espère que nous nous reverrons bientôt.*

Sur ce, il quitta l'appartement, sortant dans l'air froid du petit matin. Les rues étaient calmes, presque paisibles, et tandis qu'il marchait, il sentit une certaine légèreté dans ses pas. La nuit avait été belle, et alors qu'il rentrait chez lui, il se surprit à espérer la revoir, même si ce n'était que par hasard.
Mais pour l'instant, la ville était à lui, le matin encore neuf, et il était content de le laisser se dérouler comme il le ferait.

Love's a stranger
Until I see you again
Love's a stranger
Until I see you again
We want to know how far that it can bend
We want to know how far that it can bend

XIX

In the dark of night
Those small hours
Uncertain and anxious
I need to call you
Rooms full of strangers
Some call me friend
But I wish you were
So close to me

Les derniers jours avaient été productifs, et il commençait à sentir qu'il retrouvait son rythme. Les mots venaient facilement, sans la lutte habituelle, et il se retrouvait à écrire pendant des heures, perdant la notion de tout le reste. Son appartement était en désordre, rempli de papiers, de carnets et de tasses de café vides, mais il s'en fichait. Pour une fois, il avait l'impression d'avancer.
Vendredi soir, il avait ajouté plusieurs pages à son manuscrit, et il se permit de ressentir un petit sentiment de satisfaction. Il restait encore beaucoup de travail, mais il voyait désormais la forme de l'histoire, il entendait plus clairement les voix de ses personnages. Ça faisait du bien, comme s'il avançait enfin.
Samedi, il décida de faire une pause dans l'écriture et de faire autre chose. Un de ses potes l'avait invité à un match de foot au Parc des Princes, et il se dit que ce serait un bon moyen de se vider la tête. Le stade était en effervescence, les tribunes remplies de supporters chantant, agitant des écharpes et applaudissant en cadence. C'était contagieux, et il se surprit à se laisser prendre au jeu, à crier avec tout le monde, même s'il n'était pas vraiment un grand fan du PSG.

Le match était rapide et intense, avec des buts, des occasions manquées de peu, et des moments de pure adrénaline. Il riait, criait, tapait dans la main des inconnus chaque fois que l'équipe locale faisait quelque chose de spectaculaire,

appréciant la camaraderie qui n'existait que dans des endroits comme celui-ci. Pendant quelques heures, tout le reste s'estompait, et il n'était qu'un visage de plus dans la foule, emporté par l'excitation du match.
Après le match, son ami lui proposa d'aller à une fête pas loin, et toujours porté par l'euphorie du match, il accepta. La fête se déroulait dans un appartement stylé, non loin du stade, rempli de monde, la musique forte, les verres se remplissant sans arrêt. Il ne connaissait pas grand monde, mais ça n'avait pas d'importance. Il était de bonne humeur, et il se laissa facilement entraîner dans des conversations, riant et plaisantant avec quiconque croisait son chemin.

Il était près du bar, discutant avec un groupe de personnes, quand elle entra. Pendant un instant, il se figea, son verre à mi-chemin de ses lèvres. Elle avait les mêmes cheveux sombres, les mêmes yeux d'un bleu profond, et le même genre de sourire qui pouvait illuminer une pièce. C'était comme voir un fantôme, une version de Tina qui s'était matérialisée juste devant lui.
Il s'excusa auprès du groupe et se dirigea vers elle, le cœur battant un peu plus vite qu'il ne voulait l'admettre. « Salut, » dit-il, essayant de garder sa voix détachée. « Je ne crois pas qu'on se soit déjà rencontrés. »
Elle se tourna vers lui, ses lèvres s'étirant en un sourire qui lui envoya une vague de nostalgie. « Non, je ne crois pas. Moi, c'est Sophie. »
Il se présenta, et ils commencèrent à discuter. Pendant un moment, ça lui parut surréaliste, comme s'il avait été transporté dans un autre temps, un autre endroit, où il était encore avec Tina, où tout était encore simple et sans complications. Mais au fil de la conversation, il se rendit compte que Sophie n'était pas Tina. Elle était plutôt sympathique, mais il y avait une superficialité dans ses mots, un manque de profondeur qui rendait la connexion difficile. Elle parlait de choses superficielles—son boulot, les

magasins où elle aimait aller, les célébrités qu'elle avait croisées à Paris—et il se retrouvait à hocher la tête, sans vraiment écouter.
Il essaya de mener la conversation vers quelque chose de plus intéressant, pour voir s'il y avait plus chez elle que ce qu'elle laissait paraître, mais ça ne fonctionna pas. Elle n'avait pas l'esprit vif de Tina, ses répliques rapides et taquines, ou sa capacité à rendre même les sujets les plus banals intéressants. Plus ils parlaient, plus il réalisait à quel point il avait espéré, même inconsciemment, qu'elle serait comme Tina, qu'elle lui donnerait le même sentiment de confort et de familiarité.
Mais ce n'était pas le cas. Et plus il essayait de se convaincre que ce n'était pas grave, plus il sentait le vide grandir en lui.
Finalement, il s'excusa, marmonnant quelque chose à propos de devoir aller se chercher un autre verre, et se dirigea vers le balcon. L'air frais de la nuit lui fouetta le visage quand il sortit, un contraste saisissant avec l'atmosphère chaude et bondée à l'intérieur. Il sortit une cigarette de sa poche, l'alluma et tira une longue bouffée, laissant la fumée l'entourer alors qu'il s'appuyait contre la balustrade.
La ville s'étendait devant lui, une mer de lumières qui clignotaient contre le ciel sombre. Il prit une gorgée de son verre, le goût amer sur sa langue, et se retrouva à penser à Tina. Il ne l'avait pas vue depuis plus d'un an, il ne l'avait pas touchée, il n'avait pas entendu son rire en personne. Mais à cet instant, elle lui semblait plus proche qu'elle ne l'avait été depuis longtemps, comme si sa présence avait été invoquée par les yeux familiers de Sophie.
Il pensa à ses yeux bleus profonds, à la façon dont ils semblaient voir à travers lui, même quand il essayait de se cacher. Il pensa à son sourire, ce sourire unique, légèrement en coin, qui pouvait lui faire oublier tout le reste, ne serait-ce qu'un instant. Il pensa à ses lèvres, douces, chaudes, et à la sensation qu'elles avaient laissée quand ils s'étaient embrassés, même si ces moments étaient rares. Il pensa à la

façon dont elle le faisait rire, comment elle rendait tout moins sérieux, moins lourd.
Elle lui manquait. Elle lui manquait plus qu'il ne pouvait l'admettre, même à lui-même.
Ce n'était pas seulement sa présence physique qui lui manquait, mais tout ce qu'elle apportait avec elle—la chaleur, la simplicité, la façon dont elle lui faisait sentir qu'il n'avait pas besoin de faire tant d'efforts pour être compris. Ils pouvaient passer des heures à parler de tout et de rien, et ça ne semblait jamais forcé, jamais comme une performance. C'était juste... réel.
Il tira une autre bouffée de sa cigarette, la fumée brûlant sa gorge, et ferma les yeux. Il avait essayé de combler ce vide avec d'autres personnes, d'autres rencontres, mais ça ne fonctionnait pas. Peu importe combien de fois il essayait, il y avait toujours une partie de lui qui restait bloquée, une partie de lui qui attendait toujours quelque chose—quelqu'un.
Il termina sa cigarette et jeta le mégot par-dessus la rambarde, le regardant tomber, la braise brillant brièvement avant de disparaître dans l'obscurité. À l'intérieur, la fête battait toujours son plein, la musique plus forte que jamais, mais il n'avait pas envie d'y retourner. Il n'avait plus envie de faire semblant.
Il sortit son téléphone, son pouce flottant au-dessus du nom de Tina, mais il ne l'appela pas. Que pourrait-il dire ? Qu'elle lui manquait ? Qu'il était désolé ? Qu'il souhaitait que les choses soient différentes, même s'il n'avait aucune idée de comment faire en sorte que ça arrive ?
À la place, il remit son téléphone dans sa poche, prit une dernière gorgée de son verre, et se retourna pour rentrer à l'intérieur. Mais alors qu'il le faisait, il ne pouvait s'empêcher de ressentir qu'il tournait le dos à quelque chose d'important, quelque chose qu'il n'arrivait pas tout à fait à saisir.
Et pour le reste de la nuit, même s'il essayait de se perdre dans la fête, dans la musique, dans les verres, il ne pouvait s'empêcher de penser à elle. À Tina. À ce qu'elle avait été, et

à ce que les choses auraient pu être, s'il avait seulement su comment les saisir.

In the dark of night
Those small hours
I drift away
When I'm with you
By my side
(In the dark of night)
By my side
I wish you were
I wish you were

XX

Just a song we shared, I'll hear
Brings memories back when you were here
Of your smile, your easy laughter
Of your kiss, those moments after
I think of you
And think of you

L'air froid lui mordait les joues lorsqu'il sortit de la fête, son souffle visible en petites volutes brumeuses alors qu'il commençait à marcher. Les rues étaient presque désertes, une tranquillité étrange flottait sur Paris, presque surréaliste après le bruit et le chaos de la fête. Il fourra ses mains dans ses poches, essayant de les réchauffer, mais le froid s'était déjà infiltré jusque dans ses os.

Il n'avait pas prévu de l'appeler, mais alors qu'il errait dans les rues sombres et vides, il se retrouva à sortir son téléphone, son pouce flottant au-dessus de son nom. Il hésita, son cœur battant dans sa poitrine, puis, presque sans réfléchir, il appuya sur "appel".

Le téléphone sonna une fois, deux fois, puis il entendit sa voix, douce et un peu endormie, comme si elle avait été réveillée. « Allô ? »

« Salut, Tina », dit-il, essayant de garder sa voix stable. « C'est moi. »

Elle resta silencieuse un instant, et quand elle parla de nouveau, il y avait une pointe d'inquiétude dans son ton. « Salut… tout va bien ? Il est assez tard. »

« Oui », dit-il rapidement, se rendant compte de l'étrangeté de la situation. « Je suis désolé, je ne voulais pas t'inquiéter. J'avais juste… besoin de te parler. »

Elle hésita, et il pouvait presque la voir, assise dans son lit, les sourcils froncés comme toujours quand elle essayait de comprendre quelque chose. « D'accord », dit-elle doucement. « Qu'est-ce qui se passe ? »

Il prit une grande inspiration, laissant l'air froid remplir ses poumons, espérant que cela l'apaiserait. « Je sais que ça va paraître fou, surtout de t'appeler comme ça en pleine nuit, mais… je ne peux plus le garder pour moi. Il fallait que je te le dise. »
« Me dire quoi ? » demanda-t-elle, sa voix douce, mais il y avait une pointe de nervosité, comme si elle se préparait à entendre quelque chose de difficile.
« Je suis amoureux de toi, Tina », dit-il, les mots sortant avant qu'il ne puisse les retenir. « Je crois que je suis amoureux de toi depuis le jour où je t'ai rencontrée. Et peu importe la distance qui nous sépare, ou le nombre de femmes que j'ai pu fréquenter, je n'arrête pas de penser à toi. Je n'arrête pas de t'aimer. »
Il y eut un long silence de l'autre côté de la ligne, et il sentit son cœur s'emballer, la panique monter en lui. Peut-être en avait-il trop dit, peut-être avait-il tout gâché. Mais il devait continuer, il devait la faire comprendre.
« Je sais que ça paraît ridicule », dit-il, sa voix plus faible maintenant. « Mais c'est la vérité. J'ai essayé de passer à autre chose, j'ai essayé de construire quelque chose avec d'autres personnes, et j'en ai même aimé certaines. Mais ça a toujours été toi, Tina. Ça a toujours été toi. Et je suis fatigué de faire semblant que ce n'est pas le cas. »
Il attendit, retenant son souffle, écoutant le léger crépitement de la ligne. Lorsqu'elle parla enfin, sa voix était douce, presque tremblante. « Je… je ne sais pas quoi dire. »
« Tu n'as pas besoin de dire quoi que ce soit », dit-il rapidement. « J'avais juste… besoin que tu le saches. Ça fait trop longtemps que je porte ça en moi, et ça me rongeait. Je ne pouvais plus le garder pour moi. »
Un autre silence, plus long cette fois, et il pouvait presque l'entendre réfléchir, assimiler tout ce qu'il venait de dire. « Je suis… submergée », dit-elle enfin, sa voix à peine un murmure. « J'y ai pensé, tu sais, mais je n'ai jamais… je ne me suis jamais laissé croire que ça pouvait être réel. »

« Qu'est-ce que tu veux dire ? » demanda-t-il, le cœur battant à tout rompre.
Elle prit une profonde inspiration, et lorsqu'elle parla de nouveau, ses mots sortirent précipitamment, comme si elle craignait de ne pas pouvoir les dire si elle ralentissait. « Je suis amoureuse de toi aussi. Depuis longtemps. Mais j'ai peur, d'accord ? Je crains que si on essaie et que ça ne marche pas, on se perde. Et je ne peux pas… je ne peux pas te perdre. »
Il ferma les yeux, ses mots le submergeant, remplissant son cœur d'un mélange étrange de soulagement et de douleur. « Tina », dit-il doucement, « moi non plus, je ne veux pas te perdre. Mais je ne veux pas passer ma vie à te manquer, à me demander ce que ça aurait pu être. Je ne veux plus faire semblant que ce qu'on a, c'est juste de l'amitié, alors que c'est tellement plus. »
« Je sais », dit-elle, et il pouvait entendre la douleur dans sa voix, l'incertitude. « Mais si on se trompe ? Si on essaie, et que ça ne marche pas, et qu'on finit par se détester ? »
Il secoua la tête, même si elle ne pouvait pas le voir. « Je ne sais pas. Peut-être qu'on se plantera. Mais peut-être pas. Peut-être que ce sera tout ce qu'on a toujours voulu. Et je préfère prendre ce risque que de continuer à vivre comme ça, coincé dans ce limbo, toujours à me demander, toujours à me retenir. »
Elle resta silencieuse à nouveau, et il pouvait entendre sa respiration, lente et mesurée, comme si elle essayait de se calmer. « Tu me demandes de faire un grand saut », dit-elle enfin, sa voix à peine un murmure. « Et j'ai peur. J'ai vraiment peur. »
« Je sais », dit-il doucement. « Moi aussi j'ai peur. Mais je suis prêt à essayer. Parce que je t'aime, et je ne peux plus faire semblant que ce n'est pas le cas. Plus maintenant. »
Il l'entendit renifler, et il réalisa qu'elle pleurait, et cela lui serra la poitrine. « J'y ai pensé tellement de fois », dit-elle, sa voix tremblante d'émotion. « Chaque fois qu'on parlait,

chaque fois que tu me parlais des femmes que tu voyais, je me demandais… et si ? Et si on pouvait être ensemble ? Mais ensuite, je repoussais ces pensées, parce que je ne voulais pas perdre ce qu'on avait. »
« Je comprends », dit-il doucement. « J'ai fait la même chose. Mais ça me tue, Tina. Je ne veux plus faire semblant que ce qu'on a, c'est suffisant, parce que ça ne l'est pas. Je te veux, toi, entièrement. Je veux nous. »
Elle prit une autre inspiration tremblante, et il pouvait sentir qu'elle cherchait les bons mots. « J'ai besoin de temps », dit-elle enfin, sa voix vacillante. « J'ai besoin de temps pour réfléchir à tout ça. C'est beaucoup, et je ne veux pas prendre une décision sans être prête. »
Il sentit une pointe de déception, mais il comprenait. « D'accord », dit-il, essayant de garder sa voix stable. « Prends tout le temps qu'il te faut. Je ne vais nulle part. »
« Je t'appellerai », dit-elle doucement. « Dans quelques jours. J'ai juste… besoin de comprendre ce que je ressens, et ce que je suis prête à risquer. »
« D'accord », répéta-t-il. « Je serai là. »
Il y eut une autre pause, et il l'entendit renifler à nouveau, essayant de retenir ses larmes. « Merci », dit-elle, et il pouvait entendre la sincérité dans sa voix. « Merci de m'avoir dit tout ça. Même si je ne sais pas encore quoi en faire… merci. »
« Je t'aime, Tina », dit-il, sa voix douce mais ferme. « Je t'ai toujours aimée. Je t'aimerai toujours. »
« Je sais », dit-elle, sa voix se brisant. « Moi aussi… je t'aime. »
Et là-dessus, elle raccrocha, le laissant seul dans la rue déserte, l'air froid mordant sa peau, la ville silencieuse autour de lui. Il remit son téléphone dans sa poche, le cœur lourd mais l'esprit bien plus clair.
Il ne savait pas ce qui allait se passer ensuite, s'il allait la rappeler dans quelques jours et qu'elle lui dirait qu'elle était prête à sauter le pas, ou si elle déciderait que c'était trop, trop

risqué. Mais pour la première fois depuis longtemps, il avait l'impression d'avoir été honnête, d'avoir tout mis sur la table. Et tandis qu'il arpentait les rues tranquilles de Paris, l'air froid de la nuit piquant ses joues, il trouva une certaine paix dans cette honnêteté, même si elle l'avait laissé se sentir plus vulnérable que jamais.

Now these thoughts are haunting me
Of how complete I used to be
And in these times that we're apart
I'll hear this song that breaks my heart
And think of you
And I think of you

XXI

Look into my eyes
You will see, what you mean to me
Search your heart, search your soul
When you find me there, you'll search no more

Deux jours s'étaient écoulés depuis cet appel nocturne, et il avait passé chaque moment éveillé à le rejouer dans sa tête, se demandant à quoi pensait Tina, si elle était aussi déchirée et incertaine que lui. Il avait essayé de se distraire en écrivant, mais les mots ne venaient pas. Il avait essayé de sortir, de marcher dans la ville, de se perdre dans la foule, mais il ne pouvait penser qu'à elle, et à tout ce qu'il avait finalement dit.
C'était un après-midi froid, et il était assis près de la fenêtre de son appartement, regardant le ciel gris, quand son téléphone vibra. Il baissa les yeux et vit son nom sur l'écran. Son cœur sauta un battement, et pendant un moment, il hésita, comme si répondre allait tout changer. Mais il prit une profonde inspiration et appuya sur "accepter".
« Salut », dit-il, essayant de garder sa voix calme, même si son cœur battait à tout rompre. « Comment tu vas ? »
« Salut », répondit-elle, sa voix douce mais ferme. « Ça va. Et toi ? »
« J'ai… beaucoup réfléchi », avoua-t-il, ne sachant pas trop quoi dire. « Mais je suis content que tu appelles. »
« Ouais », dit-elle, et il y eut un bref silence avant qu'elle ne continue. « Moi aussi j'ai beaucoup réfléchi. Et je pense qu'on ne devrait pas avoir cette conversation au téléphone. »
Sa poitrine se serra, et il se prépara à tout ce qui allait venir. « Qu'est-ce que tu veux dire ? »
« Je veux dire », dit-elle, sa voix un peu plus assurée maintenant, « qu'on doit en parler en face à face. Je veux te voir, vraiment parler de tout ça, en personne. »
Il ressentit un mélange de soulagement et d'anxiété. « D'accord. J'aimerais bien aussi. Quand est-ce que tu veux qu'on se voie ? »

Il y eut une autre pause, et il l'entendit prendre une respiration, comme pour se préparer. « J'ai réussi à éviter un séjour au ski que Boris avait prévu », dit-elle, son ton presque décontracté, comme si elle parlait de quelque chose de bien plus simple que ça. « Il voulait qu'on aille skier, mais je lui ai dit que je n'aimais pas le froid, et que je préférais passer du temps avec mes amis. »
Il cligna des yeux, essayant de comprendre ce qu'elle disait. « Donc… tu n'y vas pas ? »
« Non », dit-elle, et il pouvait presque entendre le léger sourire dans sa voix. « Je vais plutôt à Barcelone. Avec mes amis. Enfin, c'est ce que je lui ai dit. »
Son cœur commença à s'emballer à nouveau, mais cette fois c'était d'anticipation, d'espoir. « Tu seras vraiment là avec tes amis ? » demanda-t-il, sa voix prudente.
« Non », dit-elle, sa voix douce mais claire. « Je serai là pour te voir. Si tu veux venir. »
« Bien sûr que je veux venir », dit-il, incapable de cacher l'excitation dans sa voix. « Je serai là. Dis-moi juste quand.»
« La semaine prochaine », dit-elle, et il put entendre le soulagement dans son ton, comme si elle avait attendu qu'il accepte. « J'y serai quelques jours. On pourra tout discuter.»
Il sourit, une chaleur se répandant dans sa poitrine. « D'accord. La semaine prochaine, Barcelone. Je peux faire ça. »
Ils restèrent silencieux un instant, et il aurait aimé pouvoir la voir, lire son expression, mais il pouvait entendre l'émotion dans sa voix quand elle parla à nouveau. « J'ai encore peur, tu sais. Je ne veux rien promettre au téléphone, mais… tu me manques. Tu m'as manqué pendant longtemps. »
« Je sais », dit-il doucement. « Toi aussi, tu me manques. Et je ne m'attends pas à ce que tu aies tout compris. Je veux juste te voir, être avec toi, même si ce n'est que pour quelques jours. »

« Moi aussi, je veux ça », dit-elle, sa voix à peine un murmure. « Et... je t'aime. J'ai essayé de ne pas le dire, mais c'est vrai. »
Il ferma les yeux, laissant ces mots l'envahir, ressentant la chaleur et la sincérité derrière eux. « Moi aussi, je t'aime, Tina. Depuis toujours. »
« Je sais », dit-elle, et il pouvait entendre le sourire dans sa voix. « On se voit la semaine prochaine ? »
« La semaine prochaine », répéta-t-il, son cœur plus léger qu'il ne l'avait été depuis longtemps. « J'ai hâte. »
Ils restèrent en ligne encore quelques secondes, aucun des deux ne voulant raccrocher, mais finalement, elle rompit le silence. « Je dois y aller. Mais... merci. Pour tout ce que tu as dit. Pour ton honnêteté. »
« Merci de m'avoir écouté », répondit-il. « À très bientôt. »
« À très bientôt », dit-elle, sa voix douce et pleine d'espoir. « Bonne nuit. »
« Bonne nuit Tina », dit-il, avant de finalement mettre fin à l'appel.
En posant son téléphone, il ressentit un étrange sentiment de calme, une sensation qu'il n'avait pas connue depuis une éternité. Il restait encore tant de questions, tant de choses à discuter, mais au moins, il sentait qu'il y avait une voie à suivre, une chance de voir où tout cela pouvait mener.
Et alors qu'il regardait le ciel s'assombrir, les lumières de la ville s'allumant une à une, il se retrouva à sourire, l'idée de Barcelone déjà remplissant son esprit de possibilités. Une semaine, ce n'était pas si long, et pour une fois, il était prêt à attendre.

Don't tell me it's not worth fighting for
I can't help it, there's nothing I want more
You know it's true
Everything I do
I do it for you

XXII

Sometimes you picture me
I'm walking too far ahead
You're calling to me, I can't hear
What you've said
Then you say, "go slow"
And I fall behind
The second hand unwinds

Les jours passèrent dans une sorte de brouillard d'anticipation. Il essayait de se concentrer sur son écriture, espérant combler le temps et empêcher son esprit de s'emballer, mais c'était une lutte. Certains jours, les mots venaient facilement, l'histoire se déroulait devant lui comme si elle avait attendu ce moment, mais d'autres jours, il se retrouvait à fixer l'écran, ses pensées revenant sans cesse à Barcelone, à Tina, à tout ce qu'ils allaient se dire quand ils se reverraient enfin.

Il avait réservé son billet de train il y a quelques jours, décidant de partir un jour plus tôt. Il aimait l'idée d'être là en premier, de l'attendre à l'aéroport quand elle arriverait, un visage familier dans une ville étrangère. Cela lui semblait être un petit geste, mais un geste important. Il voulait lui montrer qu'il était sérieux, qu'il était prêt à être là, à attendre, à faire fonctionner les choses.

L'hôtel avait été un peu plus difficile à choisir. Il avait passé des heures à défiler parmi les options, essayant de trouver le bon équilibre entre confortable et décontracté, un endroit où ils pourraient parler, où ils pourraient se détendre, où ils pourraient faire semblant, ne serait-ce que pour quelques jours, que tout était simple. Il avait finalement opté pour un petit hôtel stylé près de la plage, le genre d'endroit où ils pourraient regarder les vagues et écouter la mer, où le monde semblait ralentir un peu.

À mesure que la date approchait, son excitation grandissait, mais ses nerfs aussi. Il se surprenait à remettre en question sa

décision de réserver l'hôtel, de tout planifier, se demandant si ça ne paraîtrait pas forcé, si ça ne mettrait pas trop de pression sur une situation déjà fragile et incertaine. Mais chaque fois que ces doutes s'infiltraient, il se rappelait leur dernière conversation, la façon dont elle avait dit qu'il lui manquait, qu'elle avait accepté de le rencontrer. Il y avait de l'espoir, et il était déterminé à s'y accrocher.
La veille de son voyage, il était assis à son bureau, sa valise prête, son billet de train bien rangé dans son portefeuille. Il prit son téléphone et appela Tina, son cœur s'emballant quand elle répondit.

« Salut, » dit-elle, sa voix lumineuse et chaleureuse. « Prêt pour le voyage ? »
« Oui », dit-il, souriant au son de sa voix. « Je prends le train demain matin, donc je serai là un jour plus tôt. Je pensais pouvoir te rencontrer à l'aéroport quand tu arrives. »
Il y eut une brève pause, et il pouvait presque la voir sourire de l'autre côté de la ligne. « Tu vas venir me chercher ? »
« Bien sûr », dit-il, se sentant un peu timide maintenant qu'il l'avait dit à haute voix. "Je veux dire, je me suis dit que ça pourrait te plaire. C'est une ville nouvelle, et j'ai pensé que ce serait bien si... enfin, si j'y étais. »
« Ça sonne parfait », dit-elle doucement. « J'aimerais vraiment ça. »
Il sentit une vague de soulagement l'envahir, et il se pencha en arrière dans son fauteuil, se laissant aller un peu. « 'ai aussi réservé un hôtel. Il est près de la plage, à quelques minutes à pied de supers endroits. Je pensais qu'on pourrait... tu sais, prendre notre temps, profiter de la ville, et voir où ça nous mène. »
« Ça a l'air incroyable », dit-elle, sa voix teintée d'excitation. Je craignais que ce soit bizarre, mais en t'entendant en parler… C'est tout simplement bien. »
Il sourit, sentant une chaleur se répandre dans sa poitrine. « Je suis content. Je veux que ce soit facile, Tina. Je ne veux

pas qu'on se sente obligés de tout comprendre tout de suite. Je veux juste... être avec toi. »
« Moi aussi », dit-elle d'une voix douce. « J'y ai beaucoup réfléchi, et je ne sais toujours pas ce qui va se passer, mais je suis excité. J'ai hâte de te voir. »
« Moi aussi », dit-il, sa voix à peine au-dessus d'un murmure. « Je compte les heures. »
ls tombèrent dans un silence confortable, celui qui semblait toujours trouver sa place dans leurs conversations. Il pouvait entendre le bourdonnement léger de la circulation de son côté, les sons lointains de la ville, et il l'imagina assise dans son appartement, probablement en train de lire un livre, comme elle le faisait souvent tard le soir.
« Barcelone », dit-elle au bout d'un moment, comme si elle testait le mot. « C'est un peu drôle, n'est-ce pas ? Que nous le fassions enfin... là-bas. »
Il gloussa doucement. « Oui, je suppose que c'est le cas. Mais ça me semble juste. Un nouvel endroit, un nouveau départ. »
« J'aime ça », dit-elle, et il pouvait entendre le sourire dans sa voix. « Un nouveau départ. »
Ils continuèrent à parler un peu plus longtemps, mais pas de choses importantes—juste les choses habituelles, des détails de leur journée, la météo, le livre qu'elle lisait. C'était facile, familier, et cela lui donnait l'impression qu'ils étaient déjà plus proches, que la distance entre eux rétrécissait à chaque mot.
Alors qu'ils s'apprêtaient à se dire au revoir, elle hésita, et il pouvait l'entendre prendre une inspiration, comme pour se préparer.
« Je t'aime, tu sais », dit-elle doucement, les mots suspendus dans l'air entre eux. « Je voulais juste le redire. Au cas où j'aurais peur en te voyant et que j'oublierais de le dire. »
« Je t'aime aussi, Tina », répondit-il, la voix ferme. « Tout ira bien. Je te le promets. »

« D'accord », dit-elle, et il pouvait entendre le sourire dans sa voix, même s'il y avait une pointe de nervosité. "Bon voyage. Et... Merci. Pour attendre. Pour tout cela. »
« Toujours », dit-il doucement. « Bonne nuit, Tina. »
« Bonne nuit », dit-elle d'une voix douce. « À très bientôt. »
Il raccrocha et posa son téléphone, regardant par la fenêtre la ville plongée dans l'obscurité. Il n'avait aucune idée de ce qui se passerait quand ils se retrouveraient, aucune idée si tout tomberait en place ou si tout s'effondrerait. Mais au moins, il avait de l'espoir.
Il ferma les yeux, imaginant Tina sortir de l'avion, ses yeux s'éclairant en le voyant, et il laissa cette image le porter toute la nuit.

If you're lost you can look and you will find me
Time after time
If you fall, I will catch you, I'll be waiting
Time after time

XXIII

Oh my baby, baby, I want you so it scares me to death
I can't say any more than "I love you"
Everything else is a waste of breath

L'aéroport était bondé, comme toujours, mais il ne remarquait presque pas la foule. Il se tenait près de la porte des arrivées, le cœur battant à tout rompre, les yeux fixés sur le flot de passagers qui émergeaient des portes vitrées. Chaque fois que quelqu'un passait, son souffle se suspendait, puis se relâchait, jusqu'à ce qu'enfin, il la voie.
Elle était là, sortant dans le terminal animé, ses pieds touchant à peine le sol. Son cœur sauta un battement. Elle était encore plus belle qu'il ne s'en souvenait, bien qu'il y ait eu des changements subtils – les rides autour de ses yeux un peu plus profondes, ses cheveux plus courts qu'ils ne l'avaient été, mais rien de tout cela n'avait d'importance. Elle était toujours Tina, et en la voyant maintenant, après tout ce temps, il se rendit compte que rien n'avait changé dans la façon dont il se sentait. Elle était la seule femme dont il avait besoin dans sa vie, la seule qui pouvait le rendre vraiment heureux, celle avec qui il voulait passer le reste de ses jours.
Dès qu'elle l'aperçut, ses yeux s'illuminèrent et elle se mit à courir, un large sourire se répandant sur son visage. Il ouvrit ses bras, et elle lui sauta littéralement dessus, la force de son étreinte faillit presque le faire basculer. Il la serra fort, enfouissant son visage dans ses cheveux, respirant son parfum familier, sentant la chaleur de son corps contre le sien.
« Tu m'as tellement manqué », murmura-t-il, ses lèvres effleurant son oreille alors qu'il l'attirait encore plus près. Elle frissonna, et alors qu'elle inclinait la tête, leurs lèvres se retrouvèrent dans un baiser lent et doux qui s'approfondit rapidement. C'était doux au début, hésitant, comme s'ils avaient tous les deux peur de lâcher prise, mais ensuite c'est

devenu plus intense, plus urgent alors qu'ils versaient tout ce qu'ils avaient retenu dans ce moment.
Ses mains glissèrent le long de son dos, caressant sa colonne vertébrale, tandis que les doigts de Tina s'emmêlaient dans ses cheveux, l'attirant plus près. Le baiser semblait durer une éternité, comme si le temps s'était arrêté juste pour eux, le reste du monde s'évanouissant dans un flou de couleurs et de sons. Ce n'est que lorsqu'ils se retirèrent enfin, à bout de souffle, qu'ils réalisèrent combien de temps ils étaient restés là, embrassés l'un dans l'autre.
Elle leva les yeux vers lui, ses yeux étincelants, un peu essoufflée, et sourit. « Salut. »
« Salut », répondit-il, lui rendant son sourire. Il l'embrassa sur le front, et ils se serrèrent de nouveau, se tenant l'un l'autre comme s'ils craignaient que le moment leur échappe.
« Allez », dit-il, d'une voix douce et pleine d'affection. « Allons chercher ta valise. »

Ils traversèrent l'aéroport main dans la main, se jetant de temps en temps des regards, échangeant de petits sourires, comme s'ils n'arrivaient pas tout à fait à croire que c'était réel. Une fois sa valise récupérée, ils se dirigèrent vers la station de taxis, et bientôt, ils étaient en route vers l'hôtel qu'il avait réservé près de la plage.
Sur la banquette arrière, ils s'étaient rapprochés, leurs mains entrelacées, leurs doigts effleurant doucement la peau de l'autre. De temps en temps, il se tournait pour la regarder, et elle souriait, un sourire qui faisait gonfler son cœur de joie.
« Je n'arrive pas à croire que nous sommes ici », dit-elle doucement, sa voix à peine audible par-dessus le ronronnement du moteur. « Tu m'as tellement manqué. »
« Toi aussi, tu m'as manqué », répondit-il en lui serrant la main. « Je suis tellement heureux que tu sois venue. »
Elle appuya sa tête contre son épaule, et il embrassa ses cheveux, fermant les yeux un instant, savourant la sensation de sa chaleur contre lui.

« Je t'aime », murmura-t-elle.
« Moi aussi, je t'aime, Tina », dit-il, sa voix pleine d'émotion.
Elle leva la tête, et leurs regards se croisèrent, et à cet instant, plus rien d'autre n'avait d'importance. La ville, le passé, l'incertitude de l'avenir—tout s'évanouit, ne laissant qu'eux deux, enfin réunis.

Le taxi s'arrêta devant l'hôtel, un bâtiment moderne et élégant avec vue sur la plage, et ils réglèrent rapidement les formalités, pressés d'échapper aux regards curieux du monde et de se retirer dans leur havre de paix privé.
Dès qu'ils furent dans leur chambre, Tina posa sa valise et se tourna vers lui, un sourire espiègle sur les lèvres. « Je vais prendre une douche rapide », dit-elle, se dirigeant déjà vers la salle de bain.
Il hocha la tête, la regardant disparaître derrière la porte, et dès qu'il entendit l'eau couler, il s'assit sur le bord du lit, son cœur battant toujours à tout rompre. Il n'arrivait presque pas à croire qu'elle était vraiment là, qu'ils étaient vraiment en train de vivre ça. Cela semblait être un rêve, mais chaque fois qu'il fermait les yeux, il pouvait encore sentir la pression de ses lèvres, la chaleur de son corps, et il savait que c'était bien réel.
Quand elle sortit enfin de la salle de bain, ses cheveux encore humides et sa peau brillante, il se leva, incapable d'attendre une seconde de plus. Il traversa la pièce en quelques pas rapides et l'attira dans un baiser, ses mains encadrant son visage, ses lèvres glissant le long de son cou, laissant une traîne de baisers doux et urgents sur sa clavicule, son épaule, sa gorge.
« Mon Dieu, tu m'as manqué », murmura-t-il entre deux baisers, ses mains parcourant son corps, se glissant sous sa robe, sentant la douceur de sa peau sous ses doigts. « Je n'arrive pas à croire que tu es là. »

Elle gémit doucement, ses mains glissant autour de sa taille, l'attirant plus près. « Je suis là », murmura-t-elle, sa voix basse et essoufflée. « Et je suis toute à toi. »
Ils se déplacèrent vers le lit, se déshabillant lentement, savourant la sensation de peau contre peau, la façon dont leurs corps s'emboîtent, la façon dont ils s'étaient toujours emboîtetés. Et quand ils ont finalement fait l'amour, c'était avec une passion qui les a laissés tous les deux haletants, gémissant, leurs corps se cambrant l'un contre l'autre, chaque contact, chaque baiser, plus intense que le précédent.
C'était comme la culmination de tout ce qu'ils avaient retenu, tout le désir, tout l'amour qui avait bouillonné sous la surface pendant si longtemps. Ils bougèrent ensemble, en parfaite harmonie, et quand ils atteignirent le sommet, il eut l'impression de tomber, de tomber en elle, en tout ce qu'elle était, tout ce qu'elle avait toujours été pour lui.

Le soleil s'était couché depuis longtemps lorsqu'ils s'allongeèrent enfin, épuisés et satisfaits, emmêlés dans les draps, leurs membres entrelacés. Ils parlaient doucement, leurs voix à peine plus que des chuchotements, partageant des histoires, des souvenirs, des petits bouts d'eux-mêmes qu'ils n'avaient pas partagés auparavant. Ils souriaient, ils riaient, et de temps en temps, l'un d'eux se penchait pour un baiser, incapable de résister à l'attraction de l'autre.
Au fur et à mesure que la nuit avançait, et qu'ils restaient là, chauds et comblés, elle se tourna vers lui, sa tête reposant sur sa poitrine, et le regarda, ses yeux brillants. « Je pensais que nous allions visiter Barcelone », dit-elle, une note taquine dans la voix.
Il gloussa en passant ses doigts dans ses cheveux et l'embrassa sur le front. « Peut-être demain », dit-il doucement. « Bonne nuit, mon amour. »
Elle sourit, ses yeux se fermant alors qu'elle se blottissait contre lui. « Bonne nuit », murmura-t-elle, sa voix pleine de chaleur et d'affection. « Je t'aime. »

« Moi aussi, je t'aime », répondit-il en resserrant ses bras autour d'elle. Et alors qu'il était allongé là, la serrant contre lui, écoutant le son de sa respiration, il avait l'impression que toutes les pièces d'un puzzle s'assemblaient enfin. Quoi qu'il arrive ensuite, quoi que l'avenir lui réserve, il savait qu'il chérirait ce moment, cette nuit, pour le reste de sa vie.
Et avec cette pensée, il s'endormit, la tenant toujours, tandis que la ville de Barcelone s'étendait tranquillement autour d'eux, les vagues s'écrasant doucement contre le rivage, une berceuse pour deux âmes qui retrouvaient enfin le chemin l'une vers l'autre.

I want you
The truth can't hurt you, it's just like the dark
It scares you witless
But in time you see things clear and stark
I want you

XXIV

I want the world to stop (I want the world to stop)
Give me the morning (Give me the understanding)
I want the world to stop (I want the world to stop)
Give me the morning, give me the afternoon
The night, the night

Le soleil du matin traversait les rideaux, inondant la chambre d'hôtel d'une douce lumière dorée. Il se réveilla en sentant le corps de Tina recroquevillé contre le sien, sa tête reposant sur son épaule, son bras drapé sur sa poitrine. L'espace d'un instant, il resta allongé là, laissant la réalité de sa présence s'imprégner, savourant la chaleur de sa peau contre la sienne. Elle bougea, ouvrant lentement les yeux, et quand elle le vit la regarder, elle sourit, un doux sourire ensommeillé qui fit battre son cœur un peu plus vite. « Bonjour », murmura-t-elle, la voix encore épaisse par le sommeil.
« Bonjour, ma belle », répondit-il en se penchant pour embrasser son front. « Bien dormi ? »
« Mieux que je ne l'ai fait depuis longtemps », dit-elle, s'étirant paresseusement, ses doigts effleurant son côté. « Et je suis encore plus enthousiaste pour aujourd'hui. »
« Moi aussi », ses yeux s'illuminant. « Allons-nous préparer et découvrir la ville. »

Ils quittèrent l'hôtel peu après, sortant dans les rues lumineuses et animées de Barcelone. La ville était pleine d'énergie, touristes et locaux se mélangeant, les sons des musiciens de rue remplissant l'air. Il attrapa sa main, entremêlant ses doigts avec les siens, et elle serra sa main en retour, lui souriant.
Ils commencèrent leur journée à la Sagrada Família, la basilique imposante se dressant majestueusement contre le ciel bleu clair. En se promenant dans l'intérieur somptueux et complexe, les vitraux colorés projetant des motifs vibrants sur les murs, il ne pouvait s'empêcher de voler des regards à

Tina. Chaque fois qu'elle le surprenait en train de la regarder, elle souriait, et ils se mettaient à rire tous les deux, se sentant comme les deux seules personnes au monde.
De là, ils se rendirent au Parc Güell, gravissant les sentiers sinueux, admirant les mosaïques et les vues imprenables sur la ville en contrebas. Ils prirent des photos, posèrent devant la fameuse statue du dragon, et quand ils atteignirent un endroit calme surplombant la ville, il la tira contre lui et l'embrassa doucement. C'était comme s'ils étaient des adolescents à nouveau, découvrant l'amour pour la première fois, insouciants et pleins de joie, sans aucune préoccupation au monde.
Ils se sont promenés dans les rues étroites et labyrinthiques du quartier gothique, s'arrêtant dans de petites boutiques, feuilletant des livres, des bijoux et des bibelots faits à la main. À un moment donné, ils sont tombés sur un artiste de rue jouant de la guitare espagnole, la mélodie obsédante et belle. Ils restèrent là, à écouter, se balançant doucement au rythme de la musique, son bras enroulé autour de sa taille, sa tête reposant sur son épaule.
Pour le déjeuner, ils trouvèrent un bar à tapas cosy, caché loin des zones touristiques. Ils commandèrent un assortiment de plats—patatas bravas, croquetas, gambas al ajillo—avec une bouteille de vin, et passèrent les deux heures suivantes à manger, discuter et rire, leurs mains ne s'éloignant jamais longtemps l'une de l'autre. De temps en temps, elle lui volait des bouchées dans son assiette, et il faisait semblant d'être agacé, mais le sourire espiègle sur son visage le trahissait.
Après le déjeuner, ils marchèrent à travers les rues, incapables de se lâcher. Ils se tenaient la main, s'embrassaient, se serraient dans les bras, riaient, et chaque fois qu'ils trouvaient un coin tranquille, il la tirait contre lui, la pressait contre le mur et l'embrassait avec passion, savourant le goût de ses lèvres. C'était comme un rêve, comme tout ce qu'il avait toujours voulu, et il n'arrivait pas à croire que c'était enfin réel.

Le soleil commença à se coucher alors qu'ils se dirigeaient vers la plage, le ciel prenant une douce teinte de rose et d'orange, les vagues léchant doucement le rivage. Ils enlevèrent leurs chaussures et marchèrent pieds nus sur le sable, l'eau fraîche inondant leurs pieds. Elle se pencha vers lui, enroulant ses bras autour de sa taille, et il embrassa le haut de sa tête, se sentant au sommet du monde.
« C'est parfait », dit-elle doucement, en le regardant. « Je ne veux pas que ça se termine. »
« Ça n'a pas besoin de s'arrêter », dit-il, lui levant le menton pour plonger son regard dans le sien. « On peut avoir ça, Tina. On peut tout avoir. »
Elle sourit, les yeux brillants d'émotion. « Je l'espère, » murmura-t-elle, avant de se mettre sur la pointe des pieds pour l'embrasser, lentement et tendrement, tandis que les vagues s'écrasaient doucement derrière eux.

Ils rentrèrent à l'hôtel tard dans la soirée, les joues rouges, le cœur plein, les mains encore entrelacées. Dès que la porte se referma derrière eux, il l'attira dans ses bras, l'embrassant profondément, ses mains glissant dans son dos, sous sa chemise, ayant besoin de la sentir, d'être le plus près possible d'elle.
Ils se déshabillèrent lentement, savourant chaque instant, chaque caresse, comme s'ils rattrapaient tout le temps qu'ils avaient passé séparés. Lorsqu'ils tombèrent enfin dans leur lit, ce fut avec une passion qui les laissa tous les deux essoufflés, leurs corps se mouvant en parfaite harmonie, leurs mains explorant chaque courbe, leurs lèvres se retrouvant encore et encore.
Ils ont fait l'amour lentement au début, savourant l'intimité, la proximité, puis avec une intensité qui les a laissés tous les deux gémir, leurs corps se cambrant l'un contre l'autre, leurs mains s'agrippant, tirant, désirant. C'était tout ce dont il avait rêvé, tout ce qui lui avait manqué, et il ne pouvait pas se

lasser d'elle, de ce qu'elle ressentait, de la façon dont elle le regardait, comme s'il était la seule personne au monde.
Ils sont restés ainsi pendant des heures, se perdant l'un dans l'autre, faisant l'amour, parlant, puis faisant l'amour à nouveau, la nuit s'étirant, la ville dehors calme et immobile. Il l'embrassait partout, ses lèvres, son cou, ses épaules, ses seins, son nombril, ses cuisses... – murmurant son nom comme une prière, comme une promesse.
Et quand ils se sont enfin allongés, épuisés et satisfaits, emmêlés dans les draps, elle a posé sa tête sur sa poitrine, ses doigts traçant des motifs paresseux sur sa peau. Elle sourit, les yeux fermés, et pendant un instant, elle sembla sur le point de dire quelque chose d'autre, puis elle soupira simplement, satisfaite, et se blottit plus près de lui. « Bonne nuit », murmura-t-elle, sa voix à peine audible. « Je t'aime. »
« Je t'aime aussi », répondit-il, ses mots remplis de plus d'émotion qu'il ne pouvait en exprimer. Et alors qu'il était allongé là, la tenant dans ses bras, sentant son cœur battre contre le sien, il réalisa que c'était tout ce qu'il avait toujours voulu.
Le reste du monde pouvait attendre. Pour l'instant, ils étaient là, ensemble, et rien d'autre n'avait d'importance.

Let me step out of my shell
That's wrapped in sheets of milky winter disorder
Let me feel the air again, the talk of friends
The mind of someone my equal

XXV

I spend the night
Yeah, looking for my inside in a hotel room
Waiting for you
We're gonna make it tonight
Yeah, something in the air tells me that time is right
So we've better get it on

Le lendemain matin, ils se réveillèrent au son des mouettes devant leur fenêtre, le soleil pénétrant, projetant une lumière chaude sur la pièce. Il fut le premier à ouvrir les yeux, et pendant un instant, il resta simplement allongé là, regardant Tina dormir, ses cheveux ébouriffés, son visage serein, un petit sourire satisfait aux lèvres.
Elle bougea, se réveillant doucement, et quand elle le vit la regarder, elle s'étira et sourit, ses yeux encore à demi fermés.
« Bonjour », dit-elle, d'une voix douce et endormie.
« Bonjour, mon amour », répondit-il en se penchant pour l'embrasser. « Prêt pour une autre journée d'aventures ? »
« Toujours », dit-elle en riant en sortant du lit. « Mais d'abord, le café. »

Ils passèrent la journée à explorer la ville, tout comme ils l'avaient fait la veille, mais cette fois, c'était encore mieux, plus intime, comme si la nuit qu'ils avaient passée ensemble avait effacé toute la distance qui n'avait jamais existé entre eux. Ils flânaient dans les rues vibrantes et animées, s'arrêtaient dans des cafés, visitaient des marchés, se promenaient dans les parcs, main dans la main, s'échangeant des baisers chaque fois qu'ils pensaient que personne ne les regardait.
Ils firent une promenade en bateau le long du Port Vell, la brise fraîche jouant avec leurs cheveux alors qu'ils se tenaient proches, pointant du doigt les points d'intérêt, riant et plaisantant avec le guide du bateau. Quand le bateau passa près de la plage, elle le poussa gentiment avec un sourire

malicieux. « Tu crois qu'on y arrivera cette fois ? » Il sourit. « Peut-être demain », dit-il, sur un ton taquin. « Il y a encore tellement de choses à voir. »
Ils passèrent l'après-midi à arpenter les galeries d'art et les musées, admirant les œuvres de Picasso, Miró, et Gaudí. Il se retrouvait fasciné, non seulement par l'art, mais aussi par la façon dont elle le regardait, comment ses yeux s'illuminaient d'admiration, la manière dont elle inclinait légèrement la tête, comme pour comprendre l'intention de l'artiste. C'était comme s'il voyait le monde à travers ses yeux, et tout lui paraissait nouveau et excitant.
Ils partagèrent une glace en se promenant dans les rues étroites d'El Born, et quand elle en eut un peu sur le nez, il rit et l'essuya, se penchant pour un baiser rapide. « Je passe un moment formidable », dit-elle, ses yeux étincelants. « Je crois que je n'ai jamais été aussi... heureuse. »
« Moi aussi », dit-il en lui serrant la main. « J'aimerais que cela puisse durer éternellement. »
Elle sourit, l'expression douce. « Je le souhaite aussi », dit-elle, et il sentit une chaleur se répandre dans sa poitrine, un sentiment d'espoir qui rendait tout possible.

Quand le soir tomba, ils décidèrent de se faire plaisir avec un dîner tardif dans un petit restaurant intime, niché dans un coin tranquille de la ville. L'endroit était paisible, avec un éclairage tamisé et des bougies vacillantes sur chaque table, le genre d'endroit où les conversations traînent et où le temps semble ralentir. Ils commandèrent une sélection de plats à partager, et tandis qu'ils mangeaient, ils parlaient et riaient, leurs jambes se touchant sous la table, leurs mains se frôlant en se passant les assiettes.
Quand ils terminèrent leur dîner, il était presque minuit, mais aucun d'eux n'était prêt à ce que la nuit se termine. « J'ai envie de danser », dit soudain Tina, ses yeux brillants d'excitation. « On peut aller dans un club ? »

Il sourit en hochant la tête. « Tout ce que tu veux, mon amour. »

Le club qu'ils trouvèrent était bondé, la musique forte, l'air rempli des battements réguliers de la basse et du bourdonnement des conversations. Ils se frayèrent un chemin à travers la foule, s'accrochant l'un à l'autre, jusqu'à trouver un endroit sur la piste de danse. Alors que la musique pulsait autour d'eux, il l'attira contre lui, ses mains reposant sur ses hanches, leurs corps se balancés au rythme.

Ils dansèrent pendant des heures, leurs mouvements fluides, naturels, comme s'ils étaient faits pour être proches, pour être en harmonie. Il ne pouvait pas la quitter des yeux, sa façon de bouger, ses cheveux tombant autour de ses épaules, son sourire levé vers lui, ses lèvres légèrement entrouvertes, ses yeux pleins de malice et de désir. De temps en temps, il se penchait pour l'embrasser, leurs lèvres se rejoignant en de brèves étincelles passionnées qui faisaient battre son cœur plus vite, avant qu'ils ne reprennent leur danse, perdus dans le rythme, l'un dans l'autre.

Ils firent des pauses pour prendre des verres, des shots de tequila qui brûlaient en descendant, les faisant rire tous les deux, puis ils retournaient sur la piste de danse, leurs mains ne se quittant jamais. À un moment, elle lui murmura quelque chose à l'oreille, quelque chose qui le fit rire, puis elle l'attira dans un baiser, profond et lent, là, au milieu de la foule. Il se fichait de qui pouvait les voir, tout ce qui comptait, c'était ce qu'il ressentait avec elle, la façon dont elle le faisait se sentir vivant.

Les heures filèrent, et avant qu'ils ne s'en rendent compte, les premières lueurs de l'aube commençaient à percer les fenêtres du club, projetant une légère lueur bleutée sur la piste de danse. « On devrait y aller », dit-il, sa voix enrouée à force de parler fort par-dessus la musique. « Il est presque matin. »

Elle hocha la tête, ses yeux toujours étincelants, et ils sortirent du club, bras dessus bras dessous, leurs pas légers mais déséquilibrés. Les rues étaient calmes, la ville encore à moitié endormie, et tandis qu'ils rentraient à l'hôtel, ils parlaient doucement, leurs voix basses et intimes, partageant des secrets, des promesses, des rêves.

Quand ils arrivèrent enfin à l'hôtel, le soleil était juste en train de se lever, baignant la ville d'une lumière dorée. Ils entrèrent dans leur chambre, enlevant leurs chaussures, et s'écroulèrent sur le lit, trop fatigués pour faire autre chose que de se blottir l'un contre l'autre.
Elle soupira, posant sa tête sur sa poitrine, ses doigts traçant des motifs paresseux sur sa peau. « C'était parfait », murmura-t-elle, la voix somnolente. « Je ne veux pas que ça se termine. »
Il embrassa le sommet de sa tête, ses yeux se fermant alors qu'il la serrait un peu plus fort contre lui. « Ça n'a pas à s'arrêter », murmura-t-il. « On a tout le temps du monde. »
« Tu crois ? » demanda-t-elle, d'un ton pensif, mais il y avait un sourire dans sa voix, une sorte de contentement tranquille.
« Oui », dit-il doucement, ses lèvres effleurant ses cheveux. « Oui, je suis certain. »
Ils se turent, et pendant un instant, le seul son était le rythme doux et régulier de leur respiration, en parfaite harmonie, comme s'ils étaient deux moitiés du même tout. Tandis que le soleil continuait de se lever, remplissant la pièce de chaleur, ils s'endormirent, leurs corps enlacés, leurs cœurs battant à l'unisson.

DJ, play a song for the lovers, tonight
Please, play a song for the lovers, tonight

XXVI

Give me all your true hate, and I'll translate it in our bed
Into never-seen passion, never-seen passion
That's why I am so mad about you
Mad about you

Le soleil était chaud sur sa peau quand il se réveilla, la lumière se répandant sur la pièce en doux rayons dorés. Il s'est tourné vers Tina à ses côtés, encore à moitié endormie, ses cheveux ébouriffés, son corps blotti contre le sien. Il l'a simplement regardée, se laissant imprégner de sa présence— la façon dont ses lèvres s'entrouvraient légèrement lorsqu'elle respirait, la façon dont sa peau brillait sous la lumière du soleil.

Lentement, elle a bougé, ses yeux papillonnant pour s'ouvrir, et quand elle l'a vu la regarder, elle a souri, son expression douce et tendre. « Bonjour », murmura-t-elle, sa voix encore chargée de sommeil.

« Bonjour », a-t-il répondu, se penchant pour l'embrasser. « Bonjour », répondit-il en se penchant pour l'embrasser. Lorsque leurs lèvres se rencontrèrent, le baiser s'approfondit rapidement, la chaleur de sa bouche envoyant une vague de désir en lui. Ils s'embrassaient lentement, savourant chaque instant, laissant leurs mains explorer, parcourant leurs corps avec une familiarité et une faim qui ne s'étaient pas atténuées, même après ces derniers jours.

Bientôt, ils étaient enlacés, leurs corps bougeant ensemble dans un rythme lent et passionné, leurs mains s'accrochant, leurs souffles se mélangeant. C'était délibéré, intense, et quand ils ont finalement atteint leur paroxysme, il l'a tenue contre lui, sentant son cœur battre contre sa poitrine, avec l'impression qu'il ne voulait jamais la laisser partir. Ils sont restés ainsi un moment, enroulés l'un autour de l'autre, jusqu'à ce qu'elle se recule enfin, souriant en traçant ses doigts le long de sa mâchoire. « Je pourrais m'habituer à me réveiller comme ça », dit-elle, ses yeux brillants.

« Moi aussi », répondit-il, en replaçant une mèche de cheveux derrière son oreille. « Mais je pense qu'on devrait manger quelque chose, sinon on ne sortira jamais de ce lit. » Elle rit, et ils se sont finalement arrachés l'un à l'autre, se levant pour aller au café de l'hôtel. Ils prirent un brunch tranquille, se piquant des morceaux dans les assiettes de l'autre, leurs jambes se frôlant sous la table, leurs mains ne s'éloignant jamais. C'était simple, familier, et c'était comme s'il n'y avait rien d'autre au monde à part eux deux.

Après le brunch, ils décidèrent de passer la journée à la plage. Il faisait beau, le ciel d'un bleu éclatant, la mer calme et invitante. Ils choisirent un coin tranquille, loin de la foule, et étirèrent une couverture sur le sable. Il avait préparé un petit pique-nique, et ils passèrent le reste de la journée à se prélasser sous le soleil, à parler, à rire, à profiter de la compagnie l'un de l'autre.

Ils marchèrent ensemble, dessinèrent et écrivirent des messages dans le sable, et quand ils furent fatigués, ils se laissèrent tomber sur la couverture, laissant le soleil sécher leur peau, son bras passé autour de ses épaules, sa tête reposant contre sa poitrine. Tout semblait parfait, comme si le monde s'était réduit à eux deux, comme si le temps s'était arrêté, et plus rien ne comptait.

En mangeant leur pique-nique—des sandwichs, des fruits, et une bouteille de vin blanc frais—il la regardait, son cœur se serrant avec un mélange d'amour et d'anxiété. Demain, ils retourneraient tous les deux à leurs vies respectives, à leurs villes respectives, et il ne pouvait s'empêcher de penser à ce que ça signifiait. Il voulait lui parler, lui demander ce qu'elle voulait, ce qu'ils allaient faire après ça, mais chaque fois qu'il ouvrait la bouche, les mots restaient coincés dans sa gorge.

Finalement, il ne pouvait plus le garder pour lui. « Tina », dit-il doucement, se tournant vers elle, « on doit parler de... ce qui se passera après demain. »

Elle le regarda, son expression douce mais sérieuse, et pendant un instant, il crut qu'elle allait répondre. Mais elle tendit la main, posant sa main sur la sienne, son pouce caressant doucement le dos de sa main. « Pas maintenant », dit-elle, sa voix tendre mais ferme. « Profitons simplement d'aujourd'hui, d'accord ? On aura le temps d'en parler après le dîner. Je ne veux pas gâcher ce moment. »
Il hésita, voulant insister, mais il vit ensuite le regard dans ses yeux, la façon dont elle essayait si fort de maintenir le bonheur du moment, et il hocha la tête, lui adressant un petit sourire compréhensif. « D'accord », dit-il. « Après le dîner. »
Elle sourit, soulagée, et se pencha pour l'embrasser, ses lèvres chaudes et douces contre les siennes. « Merci », murmura-t-elle, et il pouvait entendre l'émotion dans sa voix, la gratitude et la peur, et il comprenait. C'était aussi difficile pour elle que pour lui, et elle voulait juste un peu plus de temps avant qu'ils ne soient obligés d'affronter ce qui les attendait.

Le reste de l'après-midi passa dans un flou de soleil et de rires. Ils se promenèrent le long du rivage, ramassant des coquillages, leurs mains toujours en contact, toujours à la recherche l'une de l'autre. À un moment donné, ils trouvèrent un endroit tranquille près des rochers, et il l'attira contre lui, l'embrassant à pleine bouche, ses mains glissant sous son haut, sentant la chaleur de sa peau. Elle gémit doucement contre ses lèvres, et pendant un instant, il pensa qu'ils pourraient faire l'amour là, sur la plage, mais elle rit, s'éloignant, ses yeux brillants de malice. « Plus tard », dit-elle en souriant. « On a toute la nuit. »
Quand le soleil commença à se coucher, ils ramassèrent leurs affaires et retournèrent à l'hôtel, leurs mains toujours entrelacées, leurs cœurs pleins.

Ils décidèrent de dîner dans un restaurant moderne et romantique près de la plage, le genre d'endroit parfait pour des conversations tranquilles et intimes. La nourriture était

délicieuse, et ils prolongèrent leur repas, parlant, riant, se volant des bouchées dans les assiettes. Mais au fur et à mesure que la soirée avançait, la conversation commença à ralentir, les silences devenant plus longs, la tension non dite flottant dans l'air entre eux.
Il pouvait le sentir, le poids de tout ce qu'ils n'avaient pas dit, qui pesait sur lui, rendant la respiration difficile. Il la regardait sans cesse, espérant qu'elle dirait quelque chose, qu'elle lui donnerait un signe, mais elle se contentait de sourire, ses yeux doux, comme si elle essayait de le rassurer, de garder le moment le plus longtemps possible.
Ils terminèrent leur repas et marchèrent jusqu'à l'hôtel, l'air de la nuit frais sur leur peau, le son des vagues s'écrasant doucement au loin. Ils ne parlaient pas beaucoup, échangeant seulement de petits sourires nerveux, leurs mains serrées l'une contre l'autre, comme s'ils avaient peur de lâcher prise.
Lorsqu'ils atteignirent leur chambre, il ouvrit la porte et entra, sentant son cœur commencer à battre plus vite. C'était le moment. Le moment qu'ils avaient évité, la conversation qu'ils savaient tous deux qu'ils devaient avoir. Il se tourna vers elle, sa main toujours sur la poignée de la porte, et vit la même peur, la même incertitude dans ses yeux.
Elle prit une profonde inspiration, s'approchant, et il pouvait voir ses mains trembler légèrement, voir comment elle essayait de se stabiliser, de trouver les bons mots. « Je suppose qu'on ne peut plus l'éviter », dit-elle doucement, sa voix à peine plus qu'un murmure.
« Non », dit-il, sa propre voix tremblante. « On ne peut pas. »
Ils restèrent là un moment, la tension épaisse entre eux, l'air lourd de tout ce qu'ils n'avaient pas dit. Puis elle prit sa main, la serra fort, et l'entraîna vers le lit, s'asseyant, le tirant à côté d'elle.
« Parlons », dit-elle, sa voix ferme, mais il y avait aussi une vulnérabilité, une peur de ce qui pourrait venir ensuite. « Plus d'évitement. Plus de prétention. »

Il hocha la tête, le cœur serré, et en la regardant dans les yeux, il ressentit un élan d'amour, d'espoir, de désespoir. Peu importe ce qui se passerait ensuite, il savait qu'il devait l'écouter, comprendre ce qu'elle voulait, ce qu'ils voulaient tous les deux.
Mais pour l'instant, ils restaient assis là, se tenant la main, attendant que les mots arrivent, attendant que le moment commence enfin.

Trouble is my middle name
But in the end I'm not too bad
Can someone tell me if it's wrong to be so mad about you?

XXVII

Through the storm, we reach the shore
You give it all, but I want more
And I'm waiting for you
With or without you
With or without you, ah-ah
I can't live with or without you

La chambre était silencieuse, le seul bruit étant le faible bourdonnement de la climatisation, mais pour lui, l'air semblait épais de tension, comme le calme avant une tempête. Ils étaient assis au bord du lit, se tenant encore la main, mais il y avait maintenant une distance entre eux, un espace qui n'avait pas été là avant. Il le voyait dans ses yeux, la façon dont elle détournait le regard, comme si elle luttait pour trouver les bons mots.

Enfin, Tina prit une profonde inspiration et se tourna vers lui, ses yeux doux, mais remplis d'une tristesse qui lui serrait le cœur. « J'ai besoin de dire quelque chose », commença-t-elle, sa voix à peine plus qu'un murmure. « Et je ne sais pas comment tu vas le prendre, mais j'ai besoin que tu écoutes, d'accord ? »

Il hocha la tête, la gorge serrée, ses mains tremblant légèrement alors qu'il tenait les siennes. « D'accord », dit-il, sa voix rauque. « Je t'écoute. »

Elle fit une pause, prenant une autre inspiration, comme pour se préparer à ce qui allait suivre. « Ces derniers jours... ont été parfaits », dit-elle doucement. « Plus parfaits que je n'aurais jamais pu imaginer. Et j'ai aimé chaque instant. J'ai aimé me réveiller à côté de toi, marcher dans la ville, juste... être avec toi. C'était tout ce qui me manquait depuis si longtemps. »

Il sourit, un petit sourire plein d'espoir, mais il pouvait sentir la peur monter en lui, pouvait sentir les mots qui allaient suivre, et il ne savait pas comment les arrêter. « Ça a été

parfait pour moi aussi », dit-il, sa voix presque suppliante. « C'était tout ce que je voulais. »
Elle baissa les yeux, ses doigts jouant avec les siens, et quand elle parla à nouveau, sa voix était plus basse, plus fragile. « Je t'aime », dit-elle, et ces mots étaient comme une dague, doux et douloureux à la fois. « Je t'ai toujours aimé, et je t'aimerais toujours. Mais... je ne me vois pas passer ma vie avec toi. »
Son cœur sombra, et il eut l'impression que le sol s'était dérobé sous lui. « Quoi ? » murmura-t-il, à peine capable de prononcer le mot. « Tina, non... ne dis pas ça. »
« Je dois le dire », répondit-elle, et maintenant il pouvait voir les larmes monter dans ses yeux, pouvait voir à quel point cela lui faisait mal de le dire. « Je t'aime, mais je te connais, probablement mieux que personne d'autre. Et je me connais aussi. Je ne sais pas comment être avec toi maintenant, et je ne sais pas si je le saurai un jour. C'est pourquoi j'ai trop peur de commencer une relation avec toi. »
« Mais pourquoi ? » demanda-t-il, sa voix se brisant, ses mains se resserrant autour des siennes. « On est parfaits ensembles, Tina. On a toujours été parfaits ensembles. Ces derniers jours... ça a été si juste, comme si c'était destiné à être. Comment peux-tu dire ça ? »
« J'ai peur », dit-elle en tremblant. « J'ai peur que si on essaie d'être ensemble, si on essaie vraiment de faire fonctionner les choses, et que ça ne marche pas... je te perde pour toujours. Et je ne peux pas te perdre. Tu es la personne la plus importante de ma vie, et je veux que tu en fasses toujours partie. Mais je ne sais pas comment faire si on devient un couple et que tout s'effondre. »
Il secoua la tête, les larmes lui piquant les yeux, son cœur se brisant à chaque mot qu'elle prononçait. « On n'a pas à avoir peur », dit-il, sa voix pressante, désespérée. « On peut faire fonctionner les choses, Tina. Il faut lancer les dés, prendre le risque. Rien dans ma vie n'a jamais été aussi juste que ces derniers jours. On peut avoir ça. On peut tout avoir. »

Elle pleurait maintenant, des larmes silencieuses coulant sur ses joues, et elle le regardait avec tant d'amour, tant de douleur, que cela lui donnait envie de crier. « Je veux y croire », dit-elle, sa voix tremblante. « Je le veux vraiment. Mais j'ai peur. Je crains tellement que si on essaie, et que ça ne marche pas, je te perde complètement. Et je préfère t'avoir comme ça, de temps en temps, que risquer de te perdre pour toujours. »

« Tina, non », dit-il, sa voix se brisant alors que les larmes commençaient à couler. « S'il te plaît... ne fais pas ça. On peut avoir tout. Je sais qu'on peut. Donne-nous juste une chance. »

« Je ne sais pas comment », dit-elle, secouant la tête, sa voix pleine d'angoisse. « Je ne sais pas comment être avec toi sans me perdre moi-même. On a toujours été ce... ce fantasme parfait, ce rêve. Mais que se passe-t-il si la réalité ne correspond pas à ça ? Et si la vie nous mangeait, nous mastiquait et nous recrachait comme n'importe quel autre couple ? Et si cette passion et cet amour s'estompent, et qu'on finit par se disputer pour des choses du quotidien ? Et si nos conversations se réduisent à des sujets comme les hypothèques, les factures et les impôts ? Et si on se faisait du mal ? Et si on finissait par se détester ? »

l tendit la main, prenant son visage entre ses mains, ses pouces essuyant doucement ses larmes. « On ne laissera pas ça arriver », dit-il, sa voix farouche, mais ses yeux étaient remplis de tristesse. « Je ne laisserai pas ça arriver. Je t'aime, Tina. Je t'ai toujours aimé, et je suis prêt à faire tout ce qu'il faut pour que ça marche. S'il te plaît... donne-moi juste une chance. Donne-nous une chance. »

Pendant un moment, elle se pencha contre sa main, fermant les yeux, se laissant croire à la possibilité. Mais ensuite, elle se recula, secouant la tête, ses lèvres tremblantes. « Je suis désolée », dit-elle, sa voix étouffée par l'émotion. « Je ne peux pas. Je ne peux pas t'offrir plus que ça... quelques jours ici et là, quand on peut juste être ensemble, juste nous. Mais

je ne peux pas te donner tout. Et je sais que ce n'est pas juste pour toi. »
l avait l'impression de ne plus pouvoir respirer, comme si le monde s'effondrait autour de lui, et il ne savait pas comment l'arrêter. « Je me fiche de ce qui est juste », dit-il, sa voix tremblante. « Ce qui m'importe, c'est toi. Je te veux. Et si c'est tout ce que je peux avoir, je le prendrai, mais je veux plus. Je veux une vie avec toi. »
Elle le regarda, ses yeux pleins de larmes, et pendant un moment, il pensa qu'elle pourrait dire oui, qu'elle pourrait céder, mais elle secoua la tête, ses épaules s'affaissant comme si le poids du monde pesait sur elle. « Je suis désolée », murmura-t-elle. « J'aimerais être plus courageuse. J'aimerais pouvoir dire oui. Mais j'ai trop peur, et je ne peux pas le faire. Je ne peux pas te donner plus que ça. »
Il sentit les larmes couler sur ses joues, et il n'essaya pas de les arrêter. « Je ne sais pas comment avancer après ça », dit-il, sa voix à peine audible. « Je ne sais pas comment revenir à ce que c'était avant. »
Elle tendit la main, prenant les siennes, les serrant fermement. « Moi non plus », dit-elle, sa voix douce, brisée. « Mais je t'aime. Je t'aime tellement, et je ne veux pas te perdre. Peut-être... peut-être qu'on trouvera un moyen de faire fonctionner tout ça, même si ce n'est pas ce qu'on espérait. »
Il ferma les yeux, ressentant la douleur, le désir, l'amour qui le déchirait. « Je t'aime », dit-il, sa voix à peine plus qu'un murmure. « Et je ne veux pas te perdre non plus. »
Ils restèrent assis là, leurs mains entrelacées, leurs larmes se mêlant, tandis que le poids de leurs mots s'abattait sur eux. Puis, lentement, il se pencha, ses lèvres trouvant les siennes dans un baiser à la fois désespéré et tendre, un baiser qui ressemblait à une supplique, à une promesse, à un adieu.
Ils s'embrassèrent longtemps, leurs mains s'agrippant, leurs corps se pressant l'un contre l'autre, comme s'ils essayaient de retenir le moment, de le faire durer. Et lorsqu'ils se

détachèrent enfin, ils pleuraient tous les deux, leurs visages mouillés de larmes, leurs cœurs brisés.
« Je suis désolée », murmura-t-elle, sa voix tremblante. « J'aimerais être plus forte. »
« J'aimerais pouvoir te faire changer d'avis », dit-il, sa voix empreinte d'émotion. « Mais je ne te pousserai pas. Je... je ne sais juste pas comment avancer. »
Ils restèrent assis là, le silence pesant entre eux, puis elle se coucha lentement, l'attirant contre elle, ses bras l'entourant, le tenant serré. « On trouvera une solution », dit-elle doucement, sa voix à peine plus qu'un souffle. « Je ne sais pas comment, mais on y arrivera. Je te le promets. »
Il ne dit rien, enfouissant simplement son visage dans ses cheveux, laissant la chaleur de son corps, le rythme régulier de sa respiration, l'apaiser d'une fragile sensation de paix. Et alors qu'ils restaient là, enlacés, leurs cœurs douloureux, il savait que, quoi qu'il arrive ensuite, quel que soit l'avenir, il l'aimerait toujours.
Ils se tinrent l'un contre l'autre, leurs larmes s'apaisant lentement, jusqu'à ce qu'ils s'endorment, toujours enlacés, l'obscurité de la nuit les enveloppant, comme pour les protéger de la douleur de ce qui allait venir.

My hands are tied, my body bruised
She got me with nothing to win
And nothing left to lose

XXVIII

I loved you in the morning, our kisses deep and warm
Your hair upon the pillow like a sleepy golden storm
Yes, many loved before us, I know that we are not new
In city and in forest they smiled like me and you
But now it's come to distances and both of us must try
Your eyes are soft with sorrow
Hey, that's no way to say goodbye

Le soleil du matin passait à travers les rideaux, diffusant une douce lumière dorée dans la chambre. Il s'éveilla, sentant le corps de Tina blotti contre le sien, sa chaleur se propageant à travers les draps fins. Il resta là, profitant simplement de la sensation, essayant de repousser le souvenir de leur conversation de la veille.

Elle se réveilla doucement, s'étirant et baillant, ses yeux papillonnant pour s'ouvrir. Quand elle le vit la regarder, elle sourit, se penchant pour l'embrasser, un baiser doux et prolongé qui fit battre son cœur avec douleur. « Bonjour », murmura-t-elle, comme si rien n'avait changé.

« Bonjour », répondit-il d'une voix douce en lui rendant son baiser.

Ils se levèrent, prirent une douche et s'habillèrent, se mouvant dans la chambre avec un rythme familier, confortable, sans mentionner la discussion qui les avait laissés en larmes la nuit précédente. C'était comme s'ils s'étaient silencieusement mis d'accord pour laisser cela de côté, pour prétendre, au moins un instant, que tout allait bien.

Ils descendirent au café de l'hôtel pour le petit déjeuner, assis tout près l'un de l'autre, leurs jambes se frôlant sous la table, leurs mains se cherchant de temps en temps. Ils parlèrent de tout et de rien, des endroits qu'ils avaient visités, des repas qu'ils avaient partagés, et des petits moments qui avaient fait de leur séjour à Barcelone un rêve. Pendant un instant, il était presque possible d'oublier, de prétendre qu'ils avaient plus de temps.

Après le petit déjeuner, ils firent leurs valises et quittèrent l'hôtel. Il porta sa valise jusqu'au taxi, et bientôt, ils étaient en route vers l'aéroport. Le trajet fut silencieux, mais ce n'était pas un silence inconfortable ; c'était un silence rempli de mots non-dits, de regards partagés et de sourires doux.
En arrivant à l'aéroport, il vérifia le tableau des départs, notant l'heure de son vol, et ils se dirigèrent vers le terminal. Ils trouvèrent un coin tranquille près de la porte d'embarquement, et elle s'assit sur ses genoux, enroulant ses bras autour de son cou, ses doigts jouant avec ses cheveux.
Il lui sourit, ses mains reposant sur sa taille, et elle se pencha pour l'embrasser, un baiser taquin et espiègle qui le fit rire. « Quoi ? » demanda-t-elle en souriant. « On a du temps à tuer, et je ne veux pas en perdre une seconde. »
« Je ne me plains pas », dit-il en la tirant plus près, l'embrassant à nouveau, ses lèvres effleurant les siennes, douces et tendres.
Ils passèrent l'heure suivante ainsi, à parler, à rire, à s'embrasser, comme s'ils essayaient de profiter au maximum de chaque instant qui leur restait. Ils parlaient de petites choses—des blagues, des souvenirs, des plans qui ne se réaliseraient peut-être jamais—tout pour éviter la réalité imminente qui planait sur eux.
Mais à mesure que l'heure de l'embarquement approchait, il voyait le changement dans ses yeux, la façon dont ils s'assombrissaient, dont son sourire vacillait, et il sentait la panique commencer à monter, une oppression dans sa poitrine qui le faisait peiner à respirer.
Lorsque l'appel final de l'embarquement fut annoncé, elle descendit de ses genoux, prenant son sac, son expression soudain sérieuse. Elle le regarda, ses yeux doux, tristes, et il se leva, prenant ses mains dans les siennes, essayant de la retenir aussi longtemps que possible.
Ils partagèrent un dernier baiser passionné, un baiser rempli de tout ce qu'ils n'avaient pas dit, de tout ce qu'ils craignaient

de perdre. Quand ils se séparèrent enfin, leurs visages étaient proches, leurs fronts se touchant, et elle murmura : « J'ai passé un moment merveilleux ici. J'espère vraiment qu'on pourra refaire ça bientôt. Et je suis désolée de... »
Il l'arrêta avec un court baiser doux, coupant ses mots. « Ne t'en fais pas, Tina », dit-il, sa voix ferme, même si son cœur se brisait. « J'ai passé un très bon moment aussi. Et on verra comment les choses se passent. Bon voyage et appelle-moi en arrivant. »
Elle le regarda, ses yeux brillants, et pendant un moment, il crut qu'elle allait pleurer, mais elle réussit à se contenir, hochant la tête en souriant à travers sa tristesse. « D'accord », murmura-t-elle. « Je t'appellerai. Promis. »
Il embrassa son front, ses mains toujours agrippées aux siennes, ne voulant pas la laisser partir. « Je t'aime », dit-il doucement, sa voix à peine audible.
« Je t'aime aussi », répondit-elle, puis, après un dernier baiser, elle se tourna et commença à marcher vers la porte d'embarquement. Il la regarda partir, ses yeux la suivant jusqu'à ce qu'elle disparaisse derrière le poste de sécurité, son cœur se serrant un peu plus à chaque pas qu'elle faisait.
Il resta là, fixant l'endroit où elle avait disparu, espérant, de manière irrationnelle, qu'elle se retournerait, qu'elle reviendrait, mais elle ne le fit pas. Et dès qu'elle fut hors de vue, l'oppression dans sa poitrine devint insupportable, et il sentit son souffle se couper, sa vision se brouiller.
La panique monta en lui, vive et accablante, et il pouvait à peine respirer. Il se retourna, s'éloignant en titubant de la porte d'embarquement, traversant le terminal jusqu'à se retrouver dehors, l'air froid le frappant comme une gifle. Il prit une profonde inspiration tremblante, essayant de se calmer, mais son cœur battait à tout rompre, ses mains tremblaient, et tout ce à quoi il pouvait penser, c'était qu'il la perdait, qu'il l'avait déjà perdue.
Il resta là, haletant, tentant de se calmer, mais la panique ne s'en allait, il avait l'impression que le monde s'effondrait

autour de lui, que tout lui échappait, et il ne savait pas comment arrêter ça.
« Et maintenant ? » murmura-t-il, sa voix à peine plus qu'un souffle, alors qu'il regardait l'étendue d'asphalte et le ciel sans fin devant lui. « Et maintenant ? »
Mais il n'y avait pas de réponse, juste le bruit lointain des avions qui décollaient, le bourdonnement du trafic, et la douleur inlassable d'un cœur brisé, une fois de plus, par la seule femme qui avait vraiment compté pour lui.

I'm not looking for another as I wander in my time
Walk me to the corner, our steps will always rhyme
You know my love goes with you as your love stays with me
It's just the way it changes, like the shoreline and the sea
But let's not talk of love or chains and things we can't untie
Your eyes are soft with sorrow
Hey, that's no way to say goodbye

XXIX

Tell me your secrets and ask me your questions
Oh, let's go back to the start
Running in circles, coming up tails
Heads on a science apart

Il est rentré à Paris par un après-midi gris et pluvieux, la ville enveloppée d'une brume qui semblait refléter son état d'esprit. Alors que le train entrait en gare, il ressentit un profond sentiment d'appréhension, un poids lui écrasant la poitrine. La ville qui autrefois lui semblait vivante, pleine de possibilités, paraissait maintenant froide, vide, indifférente.
Il rentra à son appartement, traînant sa valise derrière lui, son corps agissant en pilote automatique. Lorsqu'il franchit enfin la porte, il fut frappé par l'odeur familière du café, des livres, et la légère senteur persistante de l'eau de toilette qu'il avait portée lors de son voyage à Barcelone. Il laissa tomber son sac près de l'entrée, retira ses chaussures et s'effondra sur le canapé, la tête entre les mains, alors que la réalité de tout ce qu'il avait perdu commençait à s'imposer à lui.
Pendant des jours, il bougea à peine. Il errait dans son appartement comme un fantôme, d'une pièce à l'autre, essayant de se distraire avec l'écriture, la musique, tout ce qui pourrait faire taire les pensées constantes et douloureuses de Tina. Mais rien ne fonctionnait. Chaque mot qu'il essayait d'écrire sonnait creux, chaque chanson qu'il jouait était un cruel rappel du temps passé ensemble, de tout ce qu'il avait espéré qu'ils pourraient être.
Il s'était mis à boire, versant verre après verre de whisky, essayant d'engourdir la douleur, d'étouffer la voix dans sa tête qui répétait sans cesse la même question : « Et maintenant ? » L'alcool adoucissait les bords de son chagrin, lui permettait de prétendre qu'il ne s'effondrait pas, mais la douleur ne s'estompait pas. Au contraire, elle s'amplifiait, élargissant le sentiment de perte, de vide, jusqu'à ce qu'il ait l'impression de se noyer.

Il s'asseyait près de la fenêtre tard dans la nuit, regardant les rues sombres et vides, la ville silencieuse et immobile, et il pensait à Tina. Il pensait à son rire, à la façon dont elle le regardait lorsqu'ils marchaient main dans la main à Barcelone, à la façon dont elle lui avait dit qu'elle l'aimait, même quand elle ne pouvait pas lui promettre plus. Il repassait leur dernière conversation en boucle dans sa tête, essayant de comprendre, d'en tirer un sens, mais tout ce qu'il ressentait était la douleur dans sa poitrine, le vide, la douleur de savoir qu'elle n'était pas à lui, et qu'elle ne le serait peut-être jamais.

Tous les deux ou trois jours, elle l'appelait, sa voix joyeuse, lui demandant comment il allait, comment avançait son écriture. Il essayait de faire semblant, d'avoir l'air normal, de prétendre que tout allait bien, mais il entendait l'hésitation dans sa voix, sentait qu'elle savait que quelque chose n'allait pas.

« Tina, » disait-il, forçant un sourire même si elle ne pouvait pas le voir. « Je vais bien, vraiment. J'ai juste été occupé, c'est tout. »

« Tu es sûre ? » demandait-elle, sa voix douce, pleine d'inquiétude. « Tu n'as pas l'air toi-même. »

« Je vais bien, » insistait-il, prenant une gorgée de son verre, essayant de garder une voix stable. « Juste un mauvais moment. Je vais m'en sortir. »

Elle marquait une pause, comme si elle voulait dire plus, mais elle finissait par laisser tomber, ne voulant pas le pousser. « D'accord, » finissait-elle par dire. « Mais tu sais que tu peux me parler, hein ? De n'importe quoi. »

« Je sais, » répondait-il, sa voix à peine un murmure. « Je sais. »

Un soir, après une autre longue journée solitaire passée à siroter une bouteille de whisky, il ne pouvait plus continuer la comédie. Elle appela, comme toujours, et lorsqu'il entendit sa voix, pleine de chaleur, ce fut comme un poignard qui se tordait dans sa poitrine.

« Salut, » dit-elle, sa voix pleine de douceur. « Comment ça va ? »
Il hésita, avalant avec peine, essayant de forcer les mots à sortir. « Je ne vais pas très bien, Tina, » finit-il par dire, sa voix se brisant. « Mais je vais aller mieux. »
Il y eut un long silence de l'autre côté, et pendant un instant, il pensa que la ligne avait été coupée. Mais elle parla, sa voix tremblante, pleine de tristesse. « Je suis tellement désolée, » murmura-t-elle. « Je suis tellement, tellement désolée. Je déteste te voir souffrir. Je n'ai jamais voulu ça. »
Il ferma les yeux, laissant échapper un souffle tremblant, essayant de retenir les larmes qui menaçaient de couler. « Je sais, » dit-il doucement. « Je sais que tu ne voulais pas. Et je ne t'en veux pas. Tu as été vraie avec toi-même, et tu as été honnête avec moi. C'est tout ce que je pouvais demander. Je te respecte pour ça... et je t'aime pour ça. »
« Je t'aime aussi, » dit-elle, sa voix se brisant, et il pouvait entendre les larmes dans ses mots, sentir sa douleur même si elle était à des milliers de kilomètres de là. « Je voudrais juste... Je voudrais pouvoir être ce dont tu as besoin. Mais je ne peux pas, et ça me tue de savoir que je te fais souffrir. »
« Tu n'as pas à être désolée, » dit-il, essayant de garder sa voix stable, essayant d'être fort pour elle même s'il avait l'impression de s'effondrer. « Tu as fait ce que tu devais faire. Et je vais aller bien. J'ai juste... besoin de temps. »
« Prends tout le temps qu'il te faut, » dit-elle doucement. « Je suis là. Je ne vais nulle part. »
Il sourit amèrement, essuyant une larme sur sa joue. « Je sais. Et ça rend les choses à la fois plus faciles et plus difficiles. »
Ils restèrent en silence un moment, la distance entre eux palpable, mais aucun d'eux ne voulait raccrocher, aucun d'eux ne voulait lâcher prise. Finalement, elle parla à nouveau, sa voix douce, presque suppliante. « Je t'aime, » dit-elle. « S'il te plaît, n'oublie pas ça. Peu importe ce qui se passe, peu importe à quel point nous sommes loin. Je t'aime.»

« Je n'oublierai pas, » dit-il, sa voix à peine plus qu'un murmure. « Je t'aime aussi. »
Ils se dirent au revoir, et quand il raccrocha enfin, il ressentit une étrange sensation de calme, comme si la conversation avait été à la fois un soulagement et un rappel de tout ce qu'il avait perdu. Il resta là, fixant son téléphone, le verre vide sur la table à côté de lui, et il avait l'impression de se tenir au bord d'un précipice, regardant dans un vide sombre et sans fin.
Il voulait être en colère, voulait crier, jeter le verre contre le mur, faire quelque chose, n'importe quoi, qui ferait disparaître la douleur. Mais tout ce qu'il pouvait faire était rester là, les larmes coulant sur ses joues, le monde autour de lui se brouillant, jusqu'à ce qu'il ait l'impression de disparaître, de s'éclipser.
Les jours se confondirent après cela, une longue et interminable suite d'heures grises et vides. Il essayait d'écrire, mais les mots ne venaient pas. Il essayait de se distraire, de se perdre dans le bruit et le chaos de la ville, mais cela ne faisait que le rendre plus seul. Et chaque fois qu'il pensait à elle, chaque fois qu'il se rappelait son sourire, son rire, la façon dont elle le regardait, il avait l'impression d'être déchiré, morceau par morceau.
Mais quelque part, au fond de lui, il savait qu'il devait continuer. Il savait qu'il devait trouver un moyen d'avancer, même s'il ne savait pas comment, même si cela lui semblait impossible. Et peut-être, juste peut-être, pourrait-il trouver un moyen de la garder dans sa vie, de s'accrocher à la seule chose qui avait toujours compté le plus pour lui, même si ce n'était pas de la manière dont il l'avait espéré.
Pour l'instant, cependant, il était perdu, et tout ce qu'il pouvait faire était d'attendre, d'espérer et d'essayer de se retenir, même si tout en lui était en train de s'effondrer.

Nobody said it was easy
It's such a shame for us to part
Nobody said it was easy
No one ever said it would be this hard
Oh, take me back to the start

XXX

If you see her, say hello
She might be in Tangier
She left here last early spring
Is livin' there, I hear
Say for me that I'm all right
Though things get kind of slow
She might think that I've forgotten her
Don't tell her it isn't so

Les jours continuaient de passer dans une sorte de brume, et il se retrouvait à dériver à travers eux, désorienté, comme un homme qui avait perdu son chemin. Le vide en lui ne s'était pas dissipé, mais il était devenu meilleur pour le cacher, pour prétendre que tout allait bien, même lorsqu'il avait l'impression de tomber en morceaux. Il pensait toujours à Tina, ressentait toujours la douleur de l'avoir perdue, mais il avait appris à l'enfouir, à la dissimuler sous des couches de distractions.

Alors, il avait commencé à sortir à nouveau, glissant dans les vieux schémas familiers qui lui avaient autrefois apporté du réconfort. Il passait ses soirées dans des bars et des salles de concert, buvant plus qu'il ne le devrait, laissant l'alcool engourdir les bords de sa douleur. La vie nocturne de la ville l'avalait tout entier, lui offrant un moyen d'oublier, ne serait-ce que pour un moment.

La première nuit où il sortit, il se retrouva dans un bar faiblement éclairé près de la Seine, l'air épais de fumée et le son du jazz jouant doucement en fond. Il s'assit au comptoir, sirotant un whisky, ses yeux scrutant la pièce, cherchant quelque chose, quelqu'un, pour lui faire oublier la douleur lancinante dans sa poitrine.

l engagea la conversation avec une femme assise à côté de lui, ses cheveux châtains laissés défaits, ses lèvres rouges courbées en un sourire séduisant. Ils parlèrent, ils flirtèrent, et après quelques verres de plus, ils quittèrent le bar

ensemble, leurs bras enroulés l'un autour de l'autre, leurs rires échouant dans la rue déserte.
Ils finirent chez elle, un petit appartement non loin du bar, et ils tombèrent dans le lit, leurs mains maladroites, leurs baisers brutaux et pressés. Mais même lorsqu'ils se perdirent dans la chaleur du moment, il ne pouvait pas se débarrasser de l'impression que quelque chose manquait. Cela semblait creux, mécanique, comme s'il suivait les mouvements sans vraiment ressentir quoi que ce soit.
Il partit avant l'aube, s'éclipsant de son lit pendant qu'elle dormait encore, et tandis qu'il rentrait chez lui, marchant dans les rues silencieuses et désertes, il se sentit plus seul que jamais.

Les nuits se confondirent ensuite, l'une après l'autre, chacune étant une variation de la même routine. Il sortait, il buvait, il flirtait, et il couchait avec des femmes dont il ne prenait même pas la peine de retenir les prénoms. C'était un cycle, un schéma, une façon de se distraire du vide qui semblait grandir chaque jour. Mais peu importe le nombre de verres qu'il buvait, peu importe le nombre de femmes avec qui il couchait, la douleur en lui ne disparaissait jamais.
Une nuit, il se retrouva de nouveau dans une salle de concert familière, la même où il avait rencontré la femme tatouée pour la première fois. Le groupe jouait fort, la musique pulsant dans la salle bondée, et il se laissa emporter, fermant les yeux, laissant la basse vibrer dans ses os, essayant de noyer les pensées qui le tourmentaient.
Et puis il la vit. La femme tatouée, debout près du bar, ses yeux sombres scrutant la salle. Elle avait la même allure que la dernière fois qu'il l'avait vue, et lorsque leurs regards se croisèrent, elle sourit, un sourire espiègle et complice qui fit naître en lui un élan de quelque chose, un souvenir des nuits qu'ils avaient partagées.

l se dirigea vers elle, et ils reprirent là où ils s'étaient arrêtés, la conversation était facile, familière, même s'il avait l'impression d'être une personne différente maintenant. Elle le sentait aussi, la façon dont il était plus silencieux, moins joueur, ses yeux plus sombres, plus distants.
« Ça va ? » demanda-t-elle doucement, se penchant près de lui pour qu'il l'entende par-dessus la musique. « Tu as l'air... différent. »
« Ça va, » répondit-il en forçant un sourire. « Juste fatigué, je suppose. »
Elle haussa un sourcil, manifestement peu convaincue, mais elle ne le pressa pas. Au lieu de cela, elle tendit la main, prenant la sienne, et l'entraîna dehors, loin du bruit vers un coin plus calme de la salle. Ils restèrent là un moment, fumant, parlant, l'air frais de la nuit étant un soulagement bienvenu après la chaleur de la foule à l'intérieur.
Ils finirent de nouveau chez elle, comme avant, mais cette fois, c'était différent. La passion était toujours là, l'intensité aussi, mais elle était teintée de quelque chose de plus sombre, de quelque chose de désespéré. Il l'embrassait plus fort, ses mains la serraient plus étroitement, comme s'il essayait de s'accrocher à quelque chose, n'importe quoi, qui pourrait lui donner l'impression d'être vivant.
Ensuite, elle s'allongea à côté de lui, sa tête posée sur sa poitrine, ses doigts traçant le tatouage sur son bras. « Tu ne vas vraiment pas bien, n'est-ce pas ? » dit-elle doucement.
Il ne répondit pas tout de suite, fixant simplement le plafond, son esprit un tourbillon de pensées et de souvenirs. « Non », dit-il finalement, sa voix vide. « Mais je le serai. »

And though our separation
It pierced me to the heart
She still lives inside of me
We've never been apart

XXXI

Wine is fine but whiskey's quicker
Suicide is slow with liquor
Take a bottle and drown your sorrows
Then it floods away tomorrows
Away tomorrows

La boisson continuait, les nuits dehors, la succession interminable de rencontres avec des femmes dont il oubliait les noms aussitôt qu'il quittait leur lit. C'était un cycle, une routine, et ça le détruisait lentement, mais il ne savait pas comment s'arrêter. Il essayait de fuir la douleur, de l'engourdir, mais elle trouvait toujours un moyen de le rattraper, tapie dans l'ombre, attendant un moment de calme pour surgir.

Tina l'appelait de temps en temps, sa voix chaleureuse et joyeuse, demandant comment il allait, comment se passait son écriture, s'il prenait soin de lui. Il essayait de paraître enjoué, de prétendre que tout allait bien, mais il savait qu'elle ne le croyait pas.

« Je vais mieux », disait-il, forçant un sourire, même si elle ne pouvait pas le voir. « Vraiment. Tout ira bien. »

« Tu es sûr ? » demandait-elle, sa voix douce, pleine d'inquiétude. « Tu n'as pas l'air d'aller bien. »

« Je vais bien, Tina », insistait-il, même si cela sonnait faux. « Laisse-moi juste un peu de temps. »

Elle faisait une pause, et il pouvait presque l'entendre chercher les bons mots, essayer de trouver comment l'aider, mais à la fin, elle se contentait de soupirer et de dire : « D'accord. Mais si tu as besoin de parler, je suis là. N'importe quand. »

Il appréciait cela, vraiment, mais chaque fois qu'ils parlaient, c'était comme s'il rouvrait une plaie qui venait à peine de commencer à guérir. Elle lui manquait, plus qu'il ne pouvait l'exprimer, et entendre sa voix ne faisait qu'accentuer le vide en lui. Mais il ne voulait pas qu'elle s'inquiète, il ne voulait

pas qu'elle se sente coupable, alors il continuait de prétendre, de lui dire qu'il allait bien, même si ce n'était pas vrai.
Un soir, il se retrouva dans un pub bondé près de Montmartre appelé Corcoran's, le genre d'endroit où les gens venaient pour se perdre, où les lumières étaient tamisées, la musique forte, et où personne ne se souciait si vous buviez jusqu'à l'oubli. Il trouva une place au bar, commanda un verre, et laissa la brûlure familière du whisky glisser dans sa gorge, atténuant les bords de ses pensées.
Il en était à moitié de son deuxième verre quand quelqu'un lui tapa sur l'épaule, et il se tourna pour voir la femme tatouée devant lui, un regard curieux sur le visage. « Tu aimes vraiment cet endroit, hein ? » dit-elle en souriant.
Il haussa les épaules, prenant une autre gorgée de son verre. « C'est aussi bien qu'un autre », dit-il.
Ils parlèrent un moment, la conversation fluide, et après quelques verres de plus, elle suggéra qu'ils rentrent chez elle. Il hésita, juste un instant, puis acquiesça, et ils quittèrent le bar ensemble, sortant dans la nuit fraîche et calme.
Mais cette fois, même en chemin vers l'appartement de la jeune femme, même lorsqu'ils s'embrassèrent en franchissant la porte, cela semblait différent. Il était plus silencieux, plus réservé, et elle le ressentait. « Tu ne vas vraiment pas bien, n'est-ce pas ? » dit-elle encore, alors qu'ils étaient enlacés dans son lit, la pièce sombre et silencieuse autour d'eux.
Il soupira, fermant les yeux. « Non », dit-il doucement. « Je ne vais pas bien. Mais j'essaie. »
Elle ne dit rien, tendit simplement la main et prit la sienne, la serrant fort, comme pour lui offrir un peu de réconfort. « J'espère que tu trouveras ce que tu cherches », dit-elle doucement. « Vraiment. »
« Merci », murmura-t-il, sa voix étouffée. « Moi aussi. »
Tandis qu'il restait là, les yeux fixés au plafond, écoutant sa respiration, il réalisa que peu importaient le nombre de nuits qu'il passait ainsi, peu importaient le nombre de verres qu'il buvait, cela ne suffirait jamais à combler le vide que Tina

avait laissé. Mais il ne savait pas comment s'arrêter, il ne savait pas comment avancer.
Alors, il continuerait, il continuerait de prétendre, de tenter de se convaincre qu'il allait mieux, même s'il n'était pas sûr d'y arriver un jour.

Evil thoughts and evil doings
Cold, alone you hang in ruins
Thought that you'd escape the reaper
You can't escape the master keeper

XXXII

Well now my door was standing open
Security were laid back and lax
But it was only my heart that got broken
You must have had a pass key made out of wax

Il se réveilla tard, la lumière pâle de l'après-midi filtrant à travers les rideaux de son appartement. Sa tête tambourinait, une douleur sourde et persistante, devenue trop familière ces dernières semaines. Il resta allongé là un moment, fixant le plafond, essayant de trouver l'énergie pour se lever, mais la lourdeur dans sa poitrine le maintenait cloué au lit.

Finalement, il tendit la main vers la table de chevet, cherchant à tâtons son paquet de cigarettes. Ne le trouvant pas, il jura entre ses dents, roulant hors du lit et fouillant dans son jean de la veille. Il trouva le paquet dans sa poche, mais en le sortant, un petit morceau de papier s'en échappa et tomba au sol.

Il le ramassa, plissant les yeux devant l'écriture brouillonne, essayant de comprendre le gribouillis. ‘ ***Appelle-moi, en journée. Sonia XO*** ‘

Il fixa le mot, le nom le prenant au dépourvu. Sonia. Il ne connaissait même pas son nom jusqu'à présent. Pas qu'il ait demandé ; il avait à peine réussi à se souvenir de son visage dans le flou de l'alcool et des nuits floues. Mais il était là, écrit de sa propre main, avec un numéro de téléphone.

Il s'assit sur le bord du lit, tournant le mot entre ses mains, essayant de se souvenir de comment la nuit s'était terminée. Il pouvait se rappeler des éclats—ses yeux sombres, la façon dont elle l'avait regardé, comme si elle pouvait voir à travers lui—mais tout le reste était flou. Il se demandait pourquoi elle avait laissé son numéro, ce qu'elle attendait de lui, et pendant un instant, il pensa à froisser le mot et le jeter.

Mais quelque chose l'arrêta. Peut-être était-ce la curiosité, ou peut-être était-ce ce sentiment persistant qu'il était en train de perdre le contrôle, qu'il se perdait d'une manière qu'il ne

pouvait même plus ignorer. Il hésita un moment de plus, puis attrapa son téléphone, composant le numéro, ses mains tremblant légèrement alors qu'il portait le combiné à son oreille.
La ligne sonna deux fois avant qu'elle ne réponde. « Allô ? » Sa voix était douce, mais il y avait un soupçon de surprise, comme si elle ne s'attendait pas vraiment à ce qu'il appelle.
« Salut... c'est moi », dit-il, se sentant un peu maladroit, ne sachant pas quoi dire. « J'ai trouvé ton mot. »
Il y eut une brève pause de l'autre côté, puis elle rit, un rire léger et mélodieux qui le fit se sentir un peu moins mal à l'aise. « Je ne pensais pas que tu le ferais, » dit-elle. « Mais je suis contente que tu m'as appelé. »
« Pourquoi l'as-tu laissé ? » demanda-t-il, la question lui échappant avant qu'il ne puisse se retenir. « Je veux dire... je ne connaissais même pas ton nom jusqu'à maintenant. »
« Je sais », répondit-elle, et il pouvait presque l'entendre sourire. « C'était un peu le but. Je t'ai vu plusieurs fois, tu sais ? Et hier soir... eh bien, tu avais l'air de quelqu'un qui pourrait avoir besoin de parler. Quelqu'un qui n'est pas juste là pour le coup d'un soir. »
Il ressentit une pointe de gêne, comme si elle avait vu quelque chose qu'il ne voulait pas que quiconque voie. « Je vais bien », dit-il, un peu trop vite, un peu trop sur la défensive. « Je traverse juste une mauvaise passe, c'est tout. »
« Vraiment ? » demanda-t-elle, sa voix douce, mais avec un ton qui indiquait qu'elle ne croyait pas ses excuses. « Parce que de mon point de vue, on dirait que tu es sur une voie plutôt dangereuse. Et je pense que tu le sais, même si tu ne veux pas l'admettre. »
Il ne dit rien, se contentant de fixer le mot dans sa main, laissant le poids de ses paroles s'enfoncer. Elle avait raison, bien sûr. Il avait prétendu, se cachant derrière les verres, les femmes, les nuits tardives, essayant de se convaincre qu'il

allait bien, mais tout commençait à s'effondrer, et il était terrifié de ce qu'il trouverait quand ça arriverait.
« Écoute », dit-elle, rompant le silence, « Je ne suis pas là pour te faire la morale. Je t'aime bien. Je pense que tu es un gars bien, et j'aimerais aider si je peux. Mais ça n'arrivera que si tu es prêt à être honnête avec moi, et avec toi-même. »
Il hésita, son esprit s'affolant, essayant de comprendre comment répondre. Il n'avait été honnête avec personne—pas avec Tina, pas avec lui-même, pas avec l'interminable défilé d'inconnues avec qui il avait couché en tentant d'oublier. Mais il y avait quelque chose dans la voix de Sonia, la manière calme et simple dont elle parlait, qui lui donnait envie de s'ouvrir.
« Je ne sais pas quoi dire », murmura-t-il finalement. « Je ne vais pas bien. J'essaye, mais je ne vais pas bien. »
« Merci de l'avoir dit », répondit-elle, et il pouvait entendre le soulagement dans sa voix, comme si elle avait retenu son souffle, attendant qu'il soit honnête. « C'est un début. Tu veux en parler ? »
Il hésita, incertain de combien il était prêt à partager, mais ensuite il pensa aux dernières semaines, à la façon dont il était égaré, perdu et seul, et il réalisa qu'il n'avait plus rien à perdre. « Je ne sais pas par où commencer », dit-il, sa voix se brisant. « Tout semble... décalé. Comme si je me désintégrais, et je ne sais pas comment y remédier. »
« Je comprends », dit-elle doucement. « Je suis passée par là aussi. Et ça fait peur, mais ça n'a pas à être la fin du monde. Parfois, il suffit que quelqu'un te rappelle que tu n'es pas seul. »
Il avala avec peine, les mots lui restant dans la gorge. « Je ne sais pas si ça suffira. »
« C'est un début », répéta-t-elle, son ton doux mais ferme. « Et on peut en parler davantage si tu veux. Peut-être autour d'un déjeuner ? Demain ? »
Il resta silencieux un moment, l'idée de s'asseoir et de parler avec elle, vraiment parler, lui inspirant autant d'espoir que de

peur. Mais ensuite, il pensa à la solitude qui le rongeait dernièrement, à quel point il avait besoin de quelque chose—n'importe quoi—qui le ferait se sentir moins seul, et il se retrouva à hocher la tête, même si elle ne pouvait pas le voir.
« D'accord », dit-il. « Le déjeuner, ça me va. »
« Génial », dit-elle, et il pouvait entendre le sourire dans sa voix. « On se retrouve à La Main Noire, c'est près de notre salle de concert adorée à Montmartre, vers midi ? »
« J'y serai », répondit-il, ressentant une étrange sensation de soulagement, comme si un petit poids avait été levé de sa poitrine. « Merci, Sonia. »
« Ne me remercie pas encore », dit-elle, son ton joueur. « Viens juste. Et sois prêt à parler. »
« Je le serai », promit-il, et lorsqu'il raccrocha, il ressentit une légère lueur d'espoir qu'il n'avait pas ressentie depuis longtemps—un espoir faible, mais présent. Il rangea le mot dans sa poche, prit une profonde inspiration, et alluma une cigarette, la fumée s'élevant vers le plafond tandis qu'il expirait.

I don't know how it happened
It all took place so quick
But all I can do is hand it to you
And your latest trick

XXXIII

He deals the cards to find the answer
The sacred geometry of chance
The hidden law of a probable outcome
The numbers lead a dance

La Main Noire était un petit endroit charmant, niché dans une rue tranquille, avec des tables alignées le long du trottoir et le parfum du café fraîchement préparé flottant dans l'air. Il était arrivé un peu en avance, ses nerfs le rendant agité, et il trouva une table à l'extérieur, commandant un espresso en attendant que Sonia arrive.

Il n'eut pas à attendre longtemps. Quelques minutes plus tard, il la vit marcher dans la rue, ses cheveux bleu nuit attachés en arrière, une écharpe légère drapée autour de son cou. Elle le repéra et lui sourit, et il ressentit un étrange mélange de soulagement et d'anxiété l'envahir. Cela faisait longtemps qu'il ne s'était pas permis d'être aussi vulnérable, et il ne savait pas s'il était prêt pour ça. Mais il y avait quelque chose chez Sonia—quelque chose de calme, de stable, qui lui donnait l'impression qu'il pouvait peut-être enfin baisser sa garde.

« Salut », dit-elle en s'approchant, s'asseyant sur la chaise en face de lui. « Tu es en avance. Nerveux ? »

« Un peu », admit-il en lui rendant son sourire. « Mais je suis content que tu sois venue. »

« Bien sûr », dit-elle, faisant signe au serveur de commander une boisson. « Je t'avais dit que je viendrais. Et puis, je suis curieuse. Je veux comprendre ce qui se passe chez toi. »

Ils commandèrent le déjeuner, et au début, la conversation était légère, décontractée, avec Sonia qui le taquinait sur son addiction évidente au café et lui qui plaisantait sur le décor douteux du café. C'était facile, naturel, et pendant un moment, il avait presque oublié pourquoi ils étaient là. Mais ensuite, après que la nourriture fut arrivée, Sonia posa sa fourchette et le regarda, ses yeux sérieux.

« D'accord », dit-elle, se penchant légèrement en avant. « On a eu nos banalités. Maintenant, dis-moi—qu'est-ce qui se passe vraiment ? Pourquoi as-tu l'air de porter le poids du monde sur tes épaules ? »

Il hésita, baissant les yeux vers son assiette, ne sachant pas par où commencer. Ce n'était pas qu'il ne voulait pas lui dire ; il ne savait juste pas comment mettre tout cela en mots. « C'est une longue histoire », dit-il finalement, sa voix calme.

« J'ai le temps », répondit-elle, son ton doux mais ferme. « Commence par où tu veux. »

Il prit une profonde inspiration, la relâchant lentement, puis il commença à parler. Au début, les mots vinrent lentement, avec hésitation, tandis qu'il lui parlait de Claire, comment ils s'étaient rencontrés, comment tout semblait parfait au début mais avait lentement dérapé. Il lui raconta les nuits qu'ils avaient passées ensemble, les conversations, les rires, puis la distance grandissante, la sensation qu'il ne pouvait jamais vraiment lui donner ce dont elle avait besoin.

« Elle voulait plus que ce que je pouvais lui offrir à ce moment-là », dit-il, fixant ses mains, ses doigts jouant avec le bord de la nappe. « Et je ne lui en veux pas d'être partie. J'aurais juste aimé pouvoir être différent pour elle. »

Sonia écouta en silence, ses yeux ne quittant jamais les siens, et quand il eut fini, elle hocha la tête, prenant une gorgée de son café. « On dirait que tu tenais beaucoup à elle », dit-elle doucement. « Mais on dirait aussi que tu te retenais. Pourquoi ? »

Il hésita, sentant le nœud familier se resserrer dans sa poitrine. « Parce que c'était le cas », dit-il, sa voix à peine plus qu'un murmure. « Je ne pouvais pas... Je ne pouvais pas vraiment être là pour elle parce que j'étais toujours amoureux de quelqu'un d'autre. »

Sonia ne dit rien, se contentant d'attendre, lui donnant l'espace dont il avait besoin pour continuer.

Alors il le fit. Il lui raconta tout—Tina, leur amitié qui durait depuis des années, la façon dont ils avaient toujours dansé autour de quelque chose de plus, sans jamais réussir à le concrétiser. Il lui raconta les fois où ils avaient couché ensemble, la façon dont ils semblaient toujours se retrouver, peu importe la distance, et le voyage à Barcelone, où il lui avait enfin tout avoué, pour se retrouver le cœur brisé encore une fois.

« C'était parfait », dit-il, sa voix se brisant en se souvenant des jours passés main dans la main, des nuits passées enlacés. « C'était tout ce que j'avais toujours voulu. Mais elle avait peur. Elle a dit qu'elle ne pouvait pas prendre le risque de me perdre, qu'elle ne savait pas comment être avec moi, et moi... je ne savais pas comment la convaincre que ça valait la peine. »

Sonia tendit la main, la posant sur la sienne, et il sentit une vague de gratitude l'envahir, le simple contact rassurant lui donnant la force de continuer. « J'essaye d'avancer », dit-il, sa voix rauque. « Mais je ne sais pas comment. Chaque fois que je pense aller mieux, je... je me retrouve exactement au point de départ. Et j'ai l'impression de m'écrouler. »

Pendant un moment, ils restèrent assis là, les bruits du café s'estompant en arrière-plan, le monde se réduisant à eux deux. Les yeux de Sonia étaient doux, empreints d'empathie, et elle ne s'éloigna pas, n'essaya pas de proposer des réponses faciles ou des platitudes. Elle le laissa simplement parler, le laissa déverser tout ce qu'il gardait en lui, et il eut l'impression de pouvoir enfin respirer.

Après le déjeuner, ils décidèrent de continuer à marcher. C'était un après-midi frais et clair, le ciel d'un bleu éclatant, et alors qu'ils erraient dans les rues de Paris, de Montmartre aux Champs-Élysées et le long des quais de la Seine, il se retrouva à s'ouvrir de plus en plus, à lui raconter des choses qu'il n'avait même pas admises à lui-même. Il lui parla des nuits passées à boire, de la suite sans fin d'aventures d'un soir, de la façon dont il avait essayé de se perdre dans le bruit et le

chaos de la ville, mais n'avait fait que se sentir encore plus perdu.
« Je pensais que ça aiderait », dit-il alors qu'ils marchaient le long du fleuve, l'eau scintillant sous le soleil de fin d'après-midi. « Je pensais que si je pouvais juste continuer à avancer, continuer à me distraire, ce serait plus facile. Mais ça ne l'a pas été. C'est comme si... peu importe jusqu'où je vais, je reviens toujours au même point de départ. »
« Je pense que tu essaies de fuir la douleur », dit Sonia doucement. « Mais le truc, c'est qu'on ne peut pas la fuir. Il faut l'affronter, même si ça fait mal. »
« Je ne sais pas si je peux », avoua-t-il, sa voix brûlante. « Je ne sais pas comment faire. »
Elle s'arrêta de marcher, se tournant vers lui, posant ses mains sur ses épaules, le forçant à rencontrer son regard. « Tu l'as déjà fait », dit-elle doucement. « Tu as commencé à en parler. C'est plus que ce que la plupart des gens peuvent faire. Et tu n'as pas à le faire seul. »

Lorsqu'ils atteignirent son appartement, le soleil commençait à se coucher, baignant la ville d'une lumière chaude et dorée. Ils restèrent dehors un moment, aucun des deux n'étant vraiment prêt à dire au revoir, et il se sentit plus léger qu'il ne l'avait été depuis des semaines, comme si un poids avait été levé de sa poitrine.
« Merci », dit-il, sa voix sincère. « Je ne sais pas ce que j'aurais fait si... si je n'avais pas parlé avec toi aujourd'hui. »
Elle sourit, tendant la main pour replacer une mèche de cheveux derrière son oreille. « Je suis contente que tu l'aies fait », dit-elle. « Et je pensais ce que j'ai dit—tu n'as pas à traverser ça seul. Je suis là. On peut parler, sortir, aller à des concerts, ou juste se promener dans la ville. Tout ce dont tu as besoin. »
Il sourit, ressentant une chaleur se répandre dans sa poitrine, mais ensuite elle hésita, son expression devenant plus sérieuse. « Mais je pense qu'il est important que ce soit clair

entre nous », dit-elle, sa voix douce mais ferme. « On ne couchera plus ensemble. Pas maintenant que nous sommes connectés à ce niveau. »
Il fut surpris, mais il comprit. Il hocha la tête, son sourire s'effaçant pour devenir quelque chose de plus doux, de plus reconnaissant. « Je comprends », dit-il. « Et je respecte ça. »
« J'espère que tu le feras », dit-elle, tendant la main pour prendre la sienne, la serrant doucement. « Parce que je tiens à toi, et je veux t'aider. Mais je pense que ce sera plus facile si on garde les choses... claires et simples. »
Il la regarda, la sincérité dans ses yeux, et ressentit un sentiment de gratitude qu'il n'arrivait pas tout à fait à exprimer. « Merci », dit-il encore, sa voix à peine plus qu'un murmure. « Pour tout. »
Elle sourit, et pendant un moment, il sembla que tout allait bien à nouveau, comme s'il y avait de l'espoir, même si ce n'était qu'une lueur. « De rien », dit-elle. « Et ne sois pas un étranger, d'accord ? Je le pensais—je suis là si tu as besoin de moi. »
Il hocha la tête, puis, après un dernier regard prolongé, il se retourna et commença à s'éloigner, son cœur se sentant un peu plus léger, un peu plus fort. Tandis qu'il traversait les rues de Paris, il réalisa que pour la première fois depuis longtemps, il pouvait voir un rayon de lumière au bout du sombre tunnel qu'il avait traversé. Ce n'était pas grand-chose, mais c'était suffisant pour le faire avancer.
Et c'était tout ce dont il avait besoin.

If I told her that I loved you
You'd maybe think there's something wrong
I'm not a man of too many faces
The mask I wear is one

XXXIV

Forever blue 'cause you love her
But she doesn't love you
You did your best
Life did the rest
You're left forever blue

Le soleil brillait intensément sur Paris ce matin-là, enveloppant la ville d'une douce lueur dorée. Le Jardin du Luxembourg était déjà animé—des enfants couraient dans tous les sens, des couples se promenaient main dans la main, des gens lisaient sur les bancs, le visage illuminé par la chaleur douce du soleil. Il était arrivé un peu en avance, trouvant un endroit tranquille sous un arbre d'où il pouvait observer le monde, essayant de vider son esprit avant que Sonia n'arrive.

Il n'eut pas à attendre longtemps. Elle apparut, portant un petit sac en papier dans une main et deux tasses de café dans l'autre, un sourire éclatant illuminant son visage. « Salut, » dit-elle en s'approchant, lui tendant une des tasses. « J'ai apporté des viennoiseries. Je me suis dit qu'un petit plaisir nous ferait du bien. »

« Merci, » dit-il, souriant en prenant la tasse. « Tu n'étais pas obligée. »

« Je sais, » répondit-elle en s'asseyant à côté de lui, ouvrant le sac pour révéler quelques croissants et pains au chocolat. « Mais j'avais envie. Et puis, qui peut résister à une bonne viennoiserie ? »

Ils restèrent là un moment, sirotant leur café, grignotant les viennoiseries, parlant de tout et de rien. Il pouvait sentir le soleil sur son visage, chaud et apaisant, et pendant un instant, il se sentit bien, comme s'il pouvait juste rester là et faire semblant que rien n'avait changé. Mais il savait mieux que ça, et Sonia aussi.

Au bout d'un moment, elle se tourna vers lui, son expression douce mais sérieuse. « Je suis contente que tu m'aies appelée, » dit-elle, sa voix douce. « J'étais inquiète pour toi. »
« Je suis content de t'avoir appelée aussi, » admit-il, baissant les yeux vers sa tasse de café, la faisant tournoyer distraitement. « C'était... agréable de parler avec toi. Je ne me rendais pas compte à quel point j'en avais besoin. »
Elle sourit, tendant la main pour toucher son bras, un geste simple mais rassurant. « Je suis contente de l'entendre. Mais je dois te demander... comment vas-tu vraiment ? Depuis notre dernière conversation, as-tu trouvé des réponses ? »
Il hésita, la question suspendue entre eux, et il sentit le nœud familier se resserrer dans sa poitrine. « Je ne sais pas, » finit-il par dire. « Je sais que je dois avancer, mais... c'est difficile. C'est comme si j'étais coincé, et peu importe ce que je fais, je ne peux pas en sortir. »
« Je comprends, » dit-elle en hochant la tête. « Mais parfois, la seule façon d'avancer est de lâcher prise sur ce qui nous retient. Même si ça fait mal. »
Il ne dit rien, se contentant de prendre une autre gorgée de café, son esprit essayant déjà de deviner où cette conversation allait mener. « Tu parles de Tina, » dit-il doucement.
« Oui, » répondit-elle, son ton à la fois doux et ferme. « Écoute, je ne veux pas te brusquer, et je ne dis pas ça pour te faire du mal. Mais je pense que tu sais déjà ce que je vais dire. Si tu veux avancer, tu dois couper les ponts avec Tina. Tu dois la laisser partir. »
Ses mots le frappèrent comme un coup de poing, et il sentit sa poitrine se serrer, ses mains tremblant légèrement autour de la tasse. « Je ne sais pas si je peux faire ça, » dit-il, sa voix à peine audible. « Je ne sais pas comment. »
« Je sais que c'est difficile, » dit-elle, et il y avait une douceur dans ses yeux, une compassion qui montrait qu'elle ne le jugeait pas. « Mais tu ne vas pas aller mieux si tu continues à t'accrocher à elle. Tu as fait tout ce que tu pouvais. Tu lui

as dit ce que tu ressentais, tu t'es mis à nu, et elle n'a pas pu te donner ce dont tu avais besoin. Pas directement, mais... elle a fait son choix. »

Il détourna le regard, fixant l'herbe, les gens qui passaient, n'importe quoi pour éviter de croiser son regard. « Je ne comprends juste pas. Pourquoi est-elle venue à Barcelone si elle ne voulait pas être avec moi ? Pourquoi m'a-t-elle dit qu'elle m'aimait si elle n'était pas prête à essayer ? »

« Parce qu'elle t'aime, » dit doucement Sonia. « Mais l'amour ne suffit pas toujours. Parfois, les gens ne sont pas prêts, ou ils ont trop peur, ou ils ne peuvent tout simplement pas donner ce dont l'autre personne a besoin. Et ce n'est pas un reflet de toi. Cela ne veut pas dire que tu ne mérites pas d'être aimé. Ça veut juste dire qu'elle n'est pas celle qui peut te donner ce dont tu as besoin en ce moment. »

Il sentit une boule se former dans sa gorge, et il lutta pour l'avaler, son cœur douloureux sous un mélange de frustration, de tristesse et de désir. « Mais comment suis-je censé juste... la laisser partir ? » demanda-t-il, sa voix se brisant. « Elle fait partie de ma vie depuis si longtemps. Je ne sais pas comment vivre sans elle. »

« Je ne dis pas que ce sera facile, » dit Sonia, sa voix ferme mais pleine de bienveillance. « Ce ne le sera pas. Mais tu mérites d'être heureux, et tu ne trouveras pas cela si tu es toujours en train de regarder en arrière, d'attendre quelque chose qui ne viendra peut-être jamais. Tu dois te donner une chance de guérir, de trouver quelque chose de nouveau, quelque chose qui peut vraiment te rendre heureux. »

Il prit une grande inspiration, essayant de se calmer, d'assimiler ce qu'elle disait. Au fond de lui, il savait qu'elle avait raison. Il le savait depuis longtemps, mais l'entendre à haute voix, venant de quelqu'un d'autre, le rendait réel d'une manière qu'il n'était pas prêt à affronter. « Je ne pense pas être prêt à couper les ponts avec elle, » dit-il enfin, sa voix faible, presque suppliante. « Pas complètement. Pas encore. »

« Je comprends, » dit-elle, hochant la tête. « Je ne m'attendais pas à ce que tu le sois. Mais je suis contente que tu y penses. Et quand tu seras prêt, je serai là. On pourra parler, se voir, faire ce que tu veux. Sache juste que tu n'es pas obligé de faire ça seul. »

Ils restèrent là un moment, la conversation ralentissant, le silence entre eux confortable mais lourd, comme le calme après la tempête. Il se sentait épuisé, mais il y avait aussi une étrange sensation de clarté, comme un brouillard qui s'était levé, lui permettant enfin de voir la route devant lui, même si elle restait longue et difficile.

Alors que l'après-midi avançait, ils décidèrent de se promener dans le parc, errant le long des allées, le soleil filtrant à travers les feuilles, projetant des ombres mouchetées sur le sol. Ils parlèrent d'autres choses—de musique, de livres, de blagues aléatoires—tout pour alléger l'atmosphère, pour lui donner une pause après l'intensité de leur conversation précédente. Et tandis qu'ils marchaient, il se retrouva à rire, à sourire, à se sentir plus léger qu'il ne l'avait été depuis des semaines.

Quand le soleil commença à disparaître à l'horizon, baignant la ville d'une douce lumière dorée, ils se retrouvèrent devant l'immeuble de Sonia. Elle se tourna vers lui, son expression douce, et tendit la main pour serrer la sienne. « Merci pour aujourd'hui, » dit-elle. « Pour t'être ouvert. Je sais que ce n'était pas facile. »

« Merci, » répondit-il, sa voix sincère. « Pour m'avoir écouté. Pour... tout. Je ne sais pas ce que j'aurais fait si tu n'avais pas été là. »

« Je suis contente d'avoir pu aider, » dit-elle en souriant. « Et souviens-toi, je suis là pour toi. On peut parler, aller à des concerts, ou simplement se promener comme aujourd'hui. Tout ce dont tu as besoin. Mais sois juste... honnête avec toi-même, d'accord ? »

Il hocha la tête, sentant une chaleur se répandre dans sa poitrine, un éclat d'espoir qu'il n'avait pas ressenti depuis

longtemps. « Je le ferai, » dit-il. « Et... je pense que je vais appeler Tina. Quand je rentrerai chez moi. »
Le sourire de Sonia s'adoucit, et elle hocha la tête, comme si elle s'y attendait. « D'accord, » dit-elle. « J'espère que ça se passera bien. Mais souviens-toi—peu importe ce qui se passe, tu vas t'en sortir. Tu es plus fort que tu ne le penses. »
Il sourit, et pendant un instant, il se sentit capable d'y croire. « Merci, Sonia, » dit-il. « À bientôt. »
« Prends soin de toi, » dit-elle, et avec un dernier sourire rassurant, elle se retourna et disparut dans son immeuble, le laissant debout sur le trottoir, l'air frais du soir caressant sa peau.
Tandis qu'il retournait à son appartement, il ressentait un étrange mélange d'émotions—de la peur, de la tristesse, de l'espoir, et quelque chose qui ressemblait presque à la paix. Il savait que la conversation avec Tina serait difficile, qu'elle serait peut-être la chose la plus dure qu'il ait jamais faite. Mais cette fois, il avait l'impression d'avoir le choix, de voir un chemin vers l'avant, même si ce n'était qu'une lueur dans le lointain.

No reason left for living
Still, theres a lot to do
New tears to cry
Old songs to sing
And feel forever blue
And be forever...
Blue

XXXV

So, what in the world's come over you?
What in heavens name have you done?
You've broken the speed of the sound of loneliness
You're out there runnin'
Just to be on the run

Dès qu'il entra dans son appartement, il jeta ses clés sur la table et s'assit sur le canapé, son cœur battant à tout rompre dans sa poitrine. Il savait ce qu'il devait faire, mais cela ne rendait pas la tâche plus facile. Il prit une profonde inspiration, sortit son téléphone et fit défiler ses contacts jusqu'à ce qu'il trouve son nom. Un instant, il hésita, son pouce flottant au-dessus du bouton d'appel, puis il le pressa, portant le téléphone à son oreille.

Ça sonna deux fois avant qu'elle ne décroche, sa voix lumineuse, joyeuse. « Salut ! Je pensais justement à toi, » dit Tina, et il pouvait entendre le sourire dans sa voix. « Ça fait quelques jours. Je commençais à me demander si tu m'avais oublié. »

Il sourit, un petit sourire doux-amer. « Salut, Tina. Non, je ne pourrais jamais t'oublier. »

Elle rit doucement, un son qui lui fit mal au cœur. « Bien. Alors, comment tu vas ? Tu as l'air... mieux. »

« Je vais mieux, » dit-il, essayant de garder une voix stable. « Je commence à m'en sortir, je pense. »

« C'est super, » répondit-elle, et il pouvait entendre le soulagement dans sa voix. « Je suis tellement contente de l'entendre. J'étais inquiète pour toi. »

Ils parlèrent un moment, de rien d'important—du temps qu'il faisait, d'un nouveau restaurant qu'elle avait découvert à Osijek, du livre qu'il essayait (et échouait) de terminer. C'était facile, familier, comme retrouver une routine confortable, au point qu'il en oublia presque pourquoi il avait appelé au départ. Mais la conversation marqua une pause, et il sut que c'était le moment.

« Il y a quelque chose que je dois te dire, » dit-il, sa voix calme mais ferme. « Quelque chose d'important. »
« Qu'est-ce que c'est ? » demanda-t-elle, son ton doux, une pointe d'inquiétude perçant.
« C'est au sujet de... quelqu'un que j'ai rencontré, » commença-t-il, sentant les mots se coincer dans sa gorge. « Elle s'appelle Sonia. On s'est vu plusieurs fois, et elle m'a... aidé. Elle m'a aidé à gérer tout ça. »
« Oh, » dit Tina, et il pouvait entendre la surprise dans sa voix, suivie d'une pause, d'une hésitation. « Est-elle... C'est ta nouvelle petite amie ? »
Il pouvait entendre la question non dite, la touche de jalousie qui restait sous ses mots, et il secoua rapidement la tête, même si elle ne pouvait pas le voir. « Non, non, ce n'est pas comme ça, » dit-il, sa voix ferme. « On a couché ensemble une ou deux fois au début, mais... c'était juste physique. On est juste amis maintenant. Elle m'aide, elle me parle, elle veille à ce que je ne... me perde pas. C'est tout. »
« D'accord, » dit Tina, et il l'entendit expirer, comme si elle avait retenu son souffle. « Je suis contente. Enfin, je suis contente que tu aies quelqu'un à qui parler. On dirait qu'elle a été bonne pour toi. »
« Elle l'a été, » admit-il. « Et c'est justement de ça que je voulais te parler. »
Il y eut une autre pause, et il pouvait presque sentir sa tension à travers le téléphone. « Qu'est-ce que tu veux dire ? » demanda-t-elle, sa voix prudente.
Il prit une profonde inspiration, se préparant à ce qu'il devait dire. « Ces dernières semaines ont été... parmi les plus dures de ma vie, » dit-il lentement, prudemment. « J'ai pensé que je pouvais continuer, que je pouvais faire semblant que tout allait bien, mais je ne peux pas. J'ai essayé d'avancer, mais je me fais toujours tirer en arrière, et j'ai réalisé que si je veux vraiment aller mieux, je dois... je dois lâcher prise. »
« Lâcher prise ? » répéta Tina, sa voix tremblante. « Qu'est-ce que tu dis ? »

« Je dis que j'ai besoin de temps, » dit-il, sa voix se fissurant légèrement. « Du temps pour moi, pour comprendre les choses. Et je pense... que ce serait mieux si on ne se parlait pas pendant un moment. »
Il y eut un long et lourd silence de l'autre côté de la ligne, et il pouvait entendre sa respiration, faible et irrégulière, comme si elle essayait de digérer ce qu'il venait de dire. « Tu... tu veux qu'on arrête de se parler ? » demanda-t-elle, sa voix tremblante. « Mais... pourquoi ? »
« Parce que j'ai besoin de guérir, Tina, » dit-il, et il sentit les larmes lui monter aux yeux, sa gorge se serrant. « Et je ne peux pas faire ça si j'attends toujours tes appels, si je pense constamment à ce qui aurait pu être. J'ai besoin de trouver un moyen d'avancer, et je ne peux pas le faire si je m'accroche encore à toi. »
Elle ne dit rien, et il l'entendit lutter pour retenir ses propres larmes. « Je suis tellement désolée, » murmura-t-elle finalement, sa voix brisée. « Je suis tellement, tellement désolée. Je n'ai jamais voulu te blesser. Je t'aime, et je souhaite... je souhaite que les choses soient différentes. »
« Je sais, » dit-il doucement, sa voix à peine audible. « Et tu n'as pas besoin de t'excuser. Tu as été honnête avec moi, et je respecte ça. Je ne peux simplement pas continuer comme ça. Je ne peux pas continuer à souffrir comme ça. »
« Mais ce n'est pas la fin, n'est-ce pas ? » demanda-t-elle, et il y avait une note de désespoir dans sa voix, une supplication pour être rassurée. « On fait juste une pause, pas vrai ? Tu ne dis pas adieu ? »
Il voulait lui dire que tout irait bien, qu'ils se retrouveraient, que ce n'était qu'une pause temporaire, mais la vérité, c'est qu'il ne savait pas. Il ne savait pas s'il ne pourrait jamais revenir à ce qu'ils étaient, s'il ne pourrait jamais être juste ami avec elle à nouveau. Mais il ne pouvait pas se résoudre à lui dire ça, pas maintenant, pas alors qu'elle souffrait déjà.
« Ce n'est pas un adieu, » dit-il enfin, sa voix étranglée par l'émotion. « J'ai juste... besoin de temps. Et quand je serai

prêt, quand j'aurai compris tout ça, on se reparlera. Je te le promets. »
Il y eut un autre long silence, et quand elle parla à nouveau, sa voix était douce, fragile, comme si elle avait peur de ce qui allait arriver ensuite. « D'accord, » dit-elle. « Si c'est ce dont tu as besoin... alors je te le donnerai. Mais je veux que tu saches que je t'aime. Je t'ai toujours aimé, et je t'aimerai toujours. Peu importe ce qui se passe. »
« Je t'aime aussi, » dit-il, et il sentit son cœur se briser une fois de plus. « Plus que tu ne sauras jamais. »
Ils restèrent là un moment, tous deux essayant de retenir leurs larmes, sachant que c'était la chose la plus difficile qu'ils aient jamais eu à faire. Puis, lentement, à contrecœur, ils se dirent au revoir, leurs voix tremblantes, comme s'ils craignaient que ce soit la dernière fois qu'ils se parlaient.
« Tu vas me manquer, » murmura-t-elle, sa voix à peine plus qu'un souffle. « S'il te plaît... prends soin de toi. »
« Je le ferai, » dit-il, sa voix se brisant. « Toi aussi. Au revoir, Tina. »
« Au revoir, » dit-elle, puis la ligne se coupa, le silence qui suivit ressemblant à un couteau qui se tordait dans sa poitrine.
Il resta là longtemps, fixant son téléphone, la réalité de ce qui venait de se passer s'imposant lentement à lui. Il l'avait fait. Il avait dit ce qu'il devait dire, et il avait l'impression qu'une partie de lui avait été arrachée, laissant une blessure crue et douloureuse à sa place.
Mais au fond de lui, il savait que c'était la bonne chose à faire. Cela faisait plus mal que tout ce qu’il n’avait jamais vécu, mais il devait croire que c'était un pas vers la guérison, un pas vers le fait de se retrouver lui-même.
Il prit une profonde inspiration, essayant de se calmer, puis se leva, se dirigeant vers la fenêtre et regardant la ville en contrebas. Le soleil commençait à se coucher, projetant une douce lumière dorée sur les toits, et il se permit d'espérer qu'il trouverait peut-être un moyen d'avancer, même s'il ne savait pas encore à quoi cela ressemblerait.

Il ferma les yeux, prit une autre profonde inspiration et murmura : « Tout ira bien. »

Well, I got a heart that burns with a fever
And I got a worried and a jealous mind
Well how can a love
That will last forever
Get left so far behind

XXXVI

Shadows are fallin' and I'm runnin' out of breath
Keep me in your heart for a while
If I leave you, it doesn't mean I love you any less
Keep me in your heart for a while

La nuit semblait interminable. Après avoir raccroché avec Tina, il était resté assis sur le canapé, l'esprit tourbillonnant, le cœur douloureux. La ville derrière sa fenêtre était sombre et silencieuse, le vrombissement occasionnel d'une voiture qui passait étant le seul bruit à rompre le silence. Il tendit la main vers la bouteille de whisky qu'il avait laissée sur la table, mais il s'arrêta, sa main planant juste au-dessus. Pour une raison quelconque, l'alcool ne semblait pas être la solution cette fois-ci. Cela ressemblait à abandonner, et ça il en avait déjà fait plus que trop.

Alors il resta là, seul avec ses pensées, rejouant la conversation encore et encore dans sa tête. Il pouvait encore entendre sa voix, douce et triste, lui disant qu'elle était désolée, lui disant qu'elle l'aimait. Il pouvait encore voir la façon dont elle l'avait regardé la dernière fois qu'ils avaient été ensemble, la manière dont ses yeux s'étaient remplis de larmes lorsqu'elle avait dit au revoir à l'aéroport.

Il pensa à la première fois qu'ils s'étaient rencontrés, à Osijek, quand ils étaient tous deux plus jeunes, plus brillants, pleins d'espoir et de possibilités. Il se souvenait de la façon dont elle lui avait souri, ce sourire timide, hésitant, qui avait fait battre son cœur plus vite. Il se souvenait des nuits qu'ils avaient passées à parler, à rire, leurs mots coulant sans effort, comme s'ils se connaissaient depuis des années. Il se souvenait des moments où ils avaient couché ensemble, de la manière dont son corps se sentait contre le sien, chaud et familier, et de la façon dont elle s'était toujours un peu éloignée, comme si elle avait peur de s'attacher trop.

Et il se souvenait de Barcelone. La façon dont elle avait couru dans ses bras à l'aéroport, la manière dont ils s'étaient embrassés, lentement, profondément, comme s'ils avaient tout le temps du monde. La manière dont elle avait murmuré « Je t'aime » dans le noir, sa voix douce et tremblante, comme si elle avait peur de ce que cela signifiait. Cela avait ressemblé à un rêve, un rêve parfait et fugace, et il s'était laissé croire que cela pourrait peut-être être réel.

Mais ça ne l'était pas. Et maintenant, il ne lui restait plus que des souvenirs, des fragments d'un amour qui n'avait jamais vraiment été complet, un amour qui avait toujours été juste hors de portée.

Les heures s'étirèrent, et il se retrouva à fixer le plafond, la lumière changeant lentement, passant de la lueur pâle des réverbères à la douce lumière grise de l'aube. Il était épuisé, son corps lourd de fatigue, mais son esprit ne le laissait pas se reposer. Il continuait de penser à elle, à tout ce qu'ils avaient traversé, à tout ce qu'ils avaient dit et n'avaient pas dit, et il avait l'impression de se noyer, comme s'il était entraîné vers le fond par le poids de tout cela.

Quand le soleil commença enfin à se lever, il se leva, se fit une tasse de café et s'assit à la table, ses mains entourant la tasse chaude, essayant de se stabiliser. Il savait qu'il avait besoin de parler à quelqu'un, quelqu'un qui pourrait l'aider à donner un sens à ce chaos dans sa tête, et il n'y avait qu'une seule personne qui lui vint à l'esprit.

Il prit son téléphone et composa le numéro de Sonia, ses doigts tremblant légèrement alors qu'il appuyait sur le bouton d'appel. Il était encore tôt, et il s'attendait à moitié à ce qu'elle dorme, mais elle décrocha au deuxième son, sa voix endormie mais chaleureuse.

« Salut, » dit-elle, étouffant un bâillement. « Ça va ? »

« Ouais, » répondit-il, bien que cela ne semblait pas convaincant, même pour lui. « J'avais juste besoin de parler. C'est possible ? »

« Bien sûr, » répondit-elle, et il l'entendit s'agiter, comme si elle se levait du lit. « Qu'est-ce qui se passe ? »

Il prit une profonde inspiration, essayant de trouver les bons mots. « J'ai parlé à Tina hier soir, » dit-il, sa voix basse. « Je lui ai dit... je lui ai dit que j'avais besoin de temps, qu'on ne devait pas se parler pendant un moment. »
Sonia resta silencieuse un instant, et il pouvait presque l'entendre réfléchir, analyser ce qu'il venait de dire. « Comment l'a-t-elle pris ? » demanda-t-elle doucement.
« Elle était triste, » dit-il, sa voix se brisant légèrement. « Mais elle a compris. Je pense qu'elle a toujours su que ça arriverait, même si aucun de nous ne voulait l'admettre. »
« Je suis fière de toi, » dit Sonia, et il y avait une chaleur dans sa voix qui serra sa poitrine, un mélange étrange de gratitude et de tristesse. « Je sais à quel point ça a dû être difficile pour toi. Mais tu as fait la bonne chose. Tu dois prendre soin de toi. »
« Je ne sais pas si c'était la bonne chose, » dit-il, sa voix à peine plus qu'un murmure. « Je me sens juste... comme si je l'avais perdue. Et je ne sais pas comment avancer. »
« Tu ne l'as pas perdue, » dit Sonia doucement. « Elle fait toujours partie de ta vie, même si ce n'est pas de la façon dont tu voulais. Mais si tu t'accroches à ce qui aurait pu être, tu ne sauras jamais ce qui pourrait être. Tu mérites d'être heureux, et tu mérites de trouver quelqu'un qui puisse te donner tout ce dont tu as besoin. Et tu le trouveras. »
Il ne dit rien, regardant simplement son café, ses mains tremblant légèrement alors qu'il essayait de digérer ses mots. « J'aimerais pouvoir y croire, » finit-il par dire.
« Tu le feras, » dit-elle, sa voix ferme, rassurante. « Je sais que ça ne semble pas être le cas maintenant, mais tu le feras. La douleur semble insupportable pour l'instant, comme si elle ne finirait jamais, mais elle finira par s'atténuer. Et quand ce sera le cas, tu en ressortiras plus fort. Plus heureux que jamais. Tu dois juste te donner du temps. »
Il ferma les yeux, laissant ses mots l'envahir, et il sentit un éclat d'espoir, une petite étincelle fragile qui lui donnait l'impression qu'il pourrait survivre à tout cela. « Merci, » dit-

il, sa voix étranglée par l'émotion. « Je ne sais pas ce que je ferais sans toi. »
« Tu n'as pas à me remercier, » dit doucement Sonia. « Je suis là pour toi. Et je ne vais nulle part. On passera à travers tout ça ensemble, d'accord ? On prendra les choses un jour à la fois, et avant que tu ne t'en rendes compte, les choses iront mieux. »
Il sourit, un petit sourire fatigué, et hocha la tête, même si elle ne pouvait pas le voir. « D'accord, » dit-il. « Un jour à la fois. »
Ils parlèrent encore un peu, de rien de particulier, une conversation légère et réconfortante qui le faisait se sentir un peu moins seul. Sonia lui parla d'un nouveau groupe qu'elle avait découvert, d'un concert auquel elle pensait aller, et il se surprit à rire, un son étranger et étrange, mais bienvenu.
Quand ils se dirent enfin au revoir, il se sentit plus léger, comme si un poids avait été levé de sa poitrine. Il posa son téléphone, finit son café et s'allongea sur le canapé, son corps lourd de fatigue mais son esprit enfin apaisé.
Pour la première fois depuis des semaines, il se sentait capable de respirer, capable de fermer les yeux sans être hanté par le passé. Et c'est ce qu'il fit, se laissant dériver, la voix de Sonia résonnant encore dans son esprit, le réconfortant, le guidant vers le bord du sommeil.

Il dormit toute la journée, se réveillant brièvement seulement pour changer de position, ses rêves flous de couleurs et de sons, rien dont il se souvînt en se réveillant à nouveau. Mais il s'en fichait. Il avait enfin réussi à se reposer, à fermer les yeux et à oublier, même si ce n'était que pour un moment.
Quand il se réveilla le lendemain matin, le soleil filtrait à travers les rideaux, remplissant la pièce d'une lumière chaude et dorée. Il se sentait groggy, désorienté, mais il ressentait aussi quelque chose d'autre—quelque chose qu'il n'avait pas ressenti depuis longtemps.
De l'espoir.

Et alors qu'il restait allongé là, fixant le plafond, il réalisa qu'il pourrait peut-être traverser tout ça. Ce ne serait pas facile, et cela ne se ferait pas du jour au lendemain, mais il pouvait sentir le plus faible éclat de lumière au bout du tunnel.
Il ferma les yeux, prit une profonde inspiration et se laissa y croire.

Hold me in your thoughts
Take me to your dreams
Touch me as I fall into view
When the winter comes
Keep the fires lit
And I will be right next to you

XXXVII

People say I'm the life of the party
'Cause I tell a joke or two
Although I might be laughing loud and hearty
Deep inside, I'm blue

La première fois qu'il est ressorti, c'était pour un concert. Sonia l'avait appelé, sa voix pleine d'enthousiasme, et avait insisté pour qu'il se joigne à elle. « Il y a un super groupe qui joue ce soir, et je pense que tu vas les aimer, » avait-elle dit. « Allez, ça va être sympa. On peut juste traîner, boire un verre et profiter de la musique. Pas de pression. »

Il avait hésité, sentant encore le poids des dernières semaines peser lourdement sur ses épaules, mais quelque chose dans son ton lui donnait envie de dire oui. Alors, il l'a fait. Et cette nuit-là, après un long moment, il se retrouva dans une salle bondée et bruyante, les lumières tamisées, l'air chargé d'une énergie électrique d'anticipation. Il se sentait un peu déplacé, un peu incertain, mais Sonia était là, et sa présence le faisait se sentir en sécurité.

Le groupe a commencé à jouer, et la musique a rempli la salle, forte et brute, vibrant à travers ses os. Il ferma les yeux un instant, laissant le son l'envahir, et pendant une brève seconde de bonheur, il oublia tout—Tina, le cœur brisé, la confusion. Il n'y avait que la musique, le pouls de la basse, le rythme des tambours, les riffs des guitares, et le sentiment d'être vivant.

Sonia dansait à côté de lui, ses cheveux se balançant, ses yeux fermés, un sourire insouciant sur les lèvres. Elle ouvrit les yeux et le surprit en train de la regarder, et elle sourit, attrapant sa main et le tirant plus près. « Allez, » cria-t-elle par-dessus la musique. « Arrête de penser et laisse-toi aller ! »

Et il l'a fait. Il la laissa le guider, se laissa emporter par la musique, l'énergie de la foule, la façon dont tout semblait se fondre en un kaléidoscope de couleurs et de sons. Il n'avait

pas l'habitude de ce genre de liberté, de cet abandon insouciant, mais ça faisait du bien. Ça ressemblait à un pas en avant.
Au cours des semaines suivantes, il recommença à sortir plus souvent. Parfois, c'était juste lui et Sonia, se rendant à un concert ou prenant un verre dans un bar sympa, et d'autres fois, elle l'invitait à des fêtes avec ses amis. Il restait méfiant, toujours prudent, mais il commençait à se rappeler ce que c'était de s'amuser, de rire, de faire partie de quelque chose.
Les fêtes étaient différentes. Au début, il se sentait comme un étranger, comme s'il regardait tout à travers une vitre, mais Sonia était toujours là, le présentant aux gens, s'assurant qu'il était inclus. Elle avait cette façon de le faire sortir de sa coquille, de lui faire sentir moins seul, et il en était reconnaissant. Peu à peu, il commençait à se détendre, à s'ouvrir, et il se surprenait à apprécier sincèrement la compagnie des autres.
Il y avait encore des moments, bien sûr, où la douleur revenait, aiguë et soudaine, comme un couteau se tordant dans sa poitrine. Des moments où il voyait un couple rire, se tenant la main, et il pensait à Tina, à la façon dont elle l'avait regardé, à la manière dont elle l'avait embrassé à Barcelone, et le désir le frappait à nouveau. Mais ces moments devenaient de moins en moins nombreux, et lorsqu'ils survenaient, il constatait qu'il pouvait les respirer, qu'ils ne le renversaient plus comme avant.
Il commençait à reprendre le contrôle de sa vie. Il buvait, mais seulement occasionnellement, et jamais au point d'oublier. Il avait commencé à aller à la salle de sport, ce qu'il n'avait pas fait depuis des années, et même si les séances d'entraînement étaient dures, il constatait qu'elles lui éclaircissaient l'esprit, le rendaient plus fort, plus présent. Il essayait toujours de se retrouver, de naviguer dans le chaos de ses émotions, mais il avançait, un pas à la fois. Et bien qu'il ait encore des difficultés avec son roman, il a écrit une

petite nouvelle intitulée "Petits miroirs ronds", quelque chose qu'il n'avait pas fait depuis longtemps :

All alone, on the floor, next to your twin bed box spring and mattress
The door is ajar. From afar, you can hear bands practicing
And when they dream, they all dream of somebody like you
Somebody who takes what they make
Twice as seriously as they could ever hope to
And when you dream, you dream of a day
When you find something you can love
Half as much as you love all your little round mirrors

Il se réveille. Dans le flou, comme d'habitude. Samedi matin, ou après-midi. C'est une zone grise. Que faisait-il la nuit dernière ? Était-il seul ? Est-ce vraiment important ? À la fin de la journée (enfin, de la nuit), si vous vous réveillez seul, quelle différence cela fait-il comment avez-vous passé la nuit ? Surtout si vous ne vous en souvenez pas.
Ses draps, marinés dans du vin et du tabac (et quelques autres odeurs) suggèrent qu'il n'était probablement pas seul. Mais il est trop fatigué pour même essayer de se souvenir. Et, encore une fois, quelle est la différence ?
Il regarde ses petits miroirs ronds en essayant de trouver celui qui l'aidera à commencer cette journée. Croyez-moi, c'est beaucoup plus difficile qu'il n'y paraît. Surtout quand il voit son reflet dans l'un d'entre eux.

See yourself reflected in one:
There's a hole in the middle you can't seem to fill

Comment est-il arrivé ici ? Il a tout ce dont il a toujours rêvé. Un super boulot, un bel appartement dans la meilleure ville du monde, sa liberté, des possibilités infinies... Et pourtant, le bonheur lui échappe.

Est-il possible que le désir de quelque chose soit meilleur que de l'avoir réellement ? La satisfaction est-elle vraiment la mort du désir ? Ou bien rêvait-il les mauvais rêves ? Finalement, il "New Skin for the Old Ceremony" de Cohen. Qui commence par "Is this what you wanted?" Oh, l'ironie...

Après une énorme quantité de café, il vérifie son compte Songkick sur son téléphone pour trouver un concert à voir ce soir. Il trouve une jam session dans ce petit club qu'il aime. Ça ne peut pas être mauvais. En fait, la plupart du temps, ça s'avère étonnamment bon.
Il passe le reste de la journée à moitié endormi avant de devoir se préparer à sortir.

Une fois là-bas, il trouve son endroit préféré près du bar avec la bonne acoustique. Le premier groupe était moyen, mais le second était vraiment groovy. Super musique, fantastique vocal et bon choix de chansons.
Les groupes suivants n'étaient pas extraordinaires, donc il a passé la plupart de la nuit à discuter avec une jolie serveuse qui étudiait (ou étudie) le russe et la BSCM. Ce qui, à sa grande déception, n'avait rien de sexuel, contrairement à ce que l'on pourrait légitimement supposer.

Il l'a emmenée dans un hôtel voisin payé à l'heure et l'a laissée là quelques minutes après qu'elle s'est endormie. Ne lui laissant rien d'autre que de l'argent pour un taxi.
Bien qu'il sût que l'expression "un matin gênant vaut mieux qu'une nuit de solitude" était vraie, il préférait éviter les deux. Chaque fois qu'il le pouvait.

And even if they stay in touch, the past stays in the past
But every time you crash a little bit harder than the last
And every time you crash, don't you
Want to find something you can love
Half as much as you love all your little round mirrors?

En marchant sur les belles avenues de la ville de l'amour, il se sentait tellement seul. Bien trop seul pour un gars qui venait de faire l'amour avec une fille de haute gamme, d'au moins 15 ans sa cadette. Mais quelque part sur ce chemin, il se rappela les mots de son auteur fictif préféré : "Aucune quantité de chatte de haute qualité ne peut rivaliser avec l'amour d'une bonne femme." Il savait qu'il devait être heureux ; il pensait qu'il le serait, mais il ne l'était tout simplement pas.
Et bien que cette ville offre des possibilités infinies de trouver toutes sortes d'amours jetables, elle faisait vraiment tout son possible pour cacher le véritable amour pur. Ou cherchait-il simplement aux mauvais endroits ?

Il marcha pendant des heures, arrivant chez lui à l'aube. Alla directement au lit, où il se réveillera un peu plus tard. Regardant ses petits miroirs ronds

So, take a good look at my face
You'll see my smile looks out of place
If you look closer, it's easy to trace
The tracks of my tears

XXXVIII

I saw her today at the reception
A glass of wine in her hand
I knew she was gonna meet her connection
At her feet was her footloose man

Un dimanche matin, il se réveilla avec un message de Sonia : « **Hey ! Brunch plus tard ? J'ai une surprise pour toi**. » Il répondit simplement « **Bien sûr** », curieux de savoir ce qu'elle avait prévu, et quelques heures plus tard, ils étaient assis au Zig Zag sur le boulevard Garibaldi, le soleil brillant sur Paris, la ville vibrante de vie.

« Quelle est la surprise ? » demanda-t-il, alors que le serveur leur apportait leurs cafés.

Sonia sourit, plongeant la main dans son sac et en sortant un morceau de papier plié. « Ça, » dit-elle en le glissant de l'autre côté de la table. « J'ai imprimé ta nouvelle. Je veux la lire. »

Il cligna des yeux, pris au dépourvu. « Tu... tu l'as imprimée ? Pourquoi ? »

« Parce que je te connais, » dit-elle, son ton enjoué mais ferme. « Tu ne me la laisserais jamais lire si je ne te forçais pas la main. Et je veux la lire. Je veux voir ce que tu as écrit. »

Il hésita, son instinct de résistance, de cacher son travail, se manifestant, mais ensuite il vit l'expression dans ses yeux, cet encouragement discret, et il sentit quelque chose en lui s'adoucir. « D'accord, » dit-il, un peu à contrecœur. « Mais ne sois pas trop dure, d'accord ? »

Elle rit, dépliant le papier et commençant à lire. Il l'observa pendant qu'elle lisait, son cœur battant, un mélange d'anxiété et d'anticipation lui tordant l'estomac. Cela faisait longtemps qu'il n'avait laissé quelqu'un lire son travail, et il se sentait vulnérable, exposé, comme s'il attendait qu'elle juge une partie de son âme.

Quand elle eut fini, elle leva les yeux, les yeux brillants, un sourire jouant sur ses lèvres. « C'est magnifique », a-t-elle simplement dit. "C'est brut et honnête, et il y a tellement d'émotion dedans. J'adore ça.

Il ressentit un soulagement, suivi d'une chaleur qui se répandit dans sa poitrine, remplissant les espaces vides qui étaient là depuis si longtemps. « Vraiment ? » demanda-t-il, sa voix un peu tremblante. « Tu ne dis pas ça juste pour me faire plaisir ? »

« Vraiment, » dit-elle en se penchant en avant, son expression sérieuse. « Je le pense. Je vois bien que tu y as mis beaucoup de toi-même, et c'est ce qui le rend si puissant. Tu devrais en être fier. »

Il ne savait pas quoi dire. Pendant si longtemps, il avait douté de lui-même, douté de sa capacité à écrire, à créer, à exprimer quoi que ce soit qui en vaille la peine, mais entendre ses mots, voir la sincérité dans ses yeux, c'était comme un petit pas timide vers la foi en lui-même à nouveau.

« Merci, » dit-il doucement, sa voix épaissie par l'émotion. « Je... je ne sais pas ce que j'aurais fait sans toi ces dernières semaines. »

« Tu n'as pas à me remercier, » dit-elle en souriant. « Je suis juste contente que tu te laisses enfin voir. Et je suis là pour toi, à chaque étape du chemin. »

Sonia prit une gorgée de son café, puis s'adossa à sa chaise, l'étudiant. « Alors, comment va le roman ? » demanda-t-elle, son ton décontracté mais curieux. « Est-ce que je vais reconnaître mon nom dedans ? »

Il rit doucement, secouant la tête. « Non, je change toujours les noms. Mais ne sois pas surprise si tu reconnais le personnage. »

« Ah, je vois comment c'est, » dit-elle, un sourire en coin. « Donc, si je trouve une fille spirituelle et tatouée qui donne du fil à retordre au protagoniste, je saurai sur qui elle est basée ? »

« Peut-être, » dit-il en souriant. « Ou peut-être que ce sera quelqu'un de complètement différent. Tu devras attendre pour voir. »
Elle haussa un sourcil, visiblement intriguée. « Et ça avance bien ? Tu fais des progrès ? »
Il hésita, son sourire vacillant un instant. « J'ai encore du mal, » avoua-t-il. « Certains jours, les mots viennent, et d'autres jours... c'est comme si je ne pouvais pas les trouver du tout. Mais j'ai quelques idées, et j'espère que lorsque mon esprit sera un peu plus clair, je pourrai les mettre en mots. »
Sonia hocha la tête, son expression pensive. « Eh bien, je suis contente que tu travailles toujours dessus. Et j'espère que tu l'écriras. Tu as tellement de choses à dire, et je pense que les gens ont besoin de l'entendre. »
« Merci, » dit-il, ressentant une vague de gratitude. « J'espère trouver la bonne façon de le dire. »

Ils passèrent le reste de la journée ensemble, errant dans les rues de Paris, s'arrêtant dans de petites boutiques, prenant des desserts italiens à la Pasticceria Simona, riant de blagues idiotes. C'était naturel, facile, comme s'il retrouvait une version de lui-même qu'il pensait perdue pour toujours.
Lorsque la soirée arriva, ils se retrouvèrent au Supersonic, un endroit qu'ils aimaient tous les deux, où des groupes locaux rendaient hommage à Queen. Ils prirent des boissons, trouvèrent une place près de la scène, et lorsque le premier groupe commença à jouer, il ressentit ce frisson familier, l'excitation de la musique live, la façon dont elle faisait tout le reste disparaître. Il ne pensait pas à Tina, au passé, aux choses qu'il ne pouvait pas changer. Il ne pensait à rien. Il était simplement là, dans l'instant, avec Sonia à ses côtés, la musique forte et vibrante, la ville vivante autour de lui.
En rentrant chez eux ce soir-là, il ressentit un sentiment de paix, une paix calme et fragile, mais une paix néanmoins. Ce n'était pas parfait, et il savait qu'il y avait encore des jours difficiles à venir. Il commençait à se retrouver, morceau par

morceau, et il apprenait à s'accrocher aux choses qui lui faisaient se sentir entier.
Quand ils se quittèrent, Sonia le prit dans ses bras, un long câlin serré qui lui fit du bien. « Continue d'écrire, » murmura-t-elle en s'écartant. « Tu as tellement de choses à dire. Et je veux tout lire. »
Il hocha la tête, souriant, et en rentrant chez lui, il sentit un éclat d'espoir, une petite flamme timide qui lui fit croire qu'il pourrait retrouver le chemin du bonheur.

No, you can't always get what you want
You can't always get what you want
You can't always get what you want
But if you try sometime, you'll find
You get what you need

XXXIX

I've felt you coming, girl, as you drew near
I knew you'd find me, cause I longed you here
Are you my destiny?
Is this how you'll appear?
Wrapped in a coat with tears in your eyes?
Well take that coat, babe, and throw it on the floor
Are you the one that I've been waiting for?

La galerie était animée lorsqu'il arriva, le doux bourdonnement des conversations se mêlant aux légers airs de musique classique en arrière-plan. Il entra, balayant la pièce du regard jusqu'à ce qu'il aperçoive Sonia, debout près d'une de ses peintures, en pleine discussion avec un couple d'invités. Elle avait l'air différente ce soir—plus sophistiquée, plus posée, mais dégageant toujours la même chaleur et le même charme qu'il avait appris à apprécier.

Pendant un instant, il hésita, se sentant un peu déplacé parmi les amateurs d'art qui allaient de tableau en tableau, murmurant avec admiration. Mais ensuite, Sonia leva les yeux, croisa son regard, et son visage s'illumina d'un sourire qui lui fit sentir qu'il était à sa place.

« Tu es venu ! » dit-elle en s'avançant vers lui, ses yeux brillants d'excitation. « Je commençais à penser que tu m'avais lâchée. »

« Je n'aurais raté ça pour rien au monde, » répondit-il en s'approchant pour l'embrasser sur la joue. « Alors, c'est ta grande soirée, hein ? »

« Oui, » dit-elle, son sourire s'élargissant. « Ma première exposition solo. C'est un peu surréaliste, pour être honnête. »

Il regarda autour de lui, prenant en compte les peintures qui ornaient les murs—des œuvres abstraites vibrantes, remplies de couleurs tourbillonnantes et de motifs complexes. Chacune semblait raconter une histoire, capturer un moment, une émotion, et il se sentit attiré par elles, captivé par la façon dont elles semblaient pulser de vie.

« Elles sont incroyables, Sonia, » dit-il, se tournant vers elle, sa voix pleine d'admiration sincère. « Pourquoi tu ne m'as jamais montré tout ça avant ? »
Elle rit, lui donnant un petit coup de coude en plaisantant. « Oh, tu sais... pour la même raison que tu ne m'as jamais laissé lire tes écrits jusqu'à ce que je te le force. C'est personnel. Vulnérable. Je ne savais pas comment tu réagirais. »
« Eh bien, je réagis plutôt bien, » dit-il en souriant. « Sérieusement, c'est incroyable. Je n'avais aucune idée que tu étais aussi talentueuse. »
Elle rougit, visiblement touchée, et pendant un instant, il vit un éclat de vulnérabilité dans ses yeux, comme si elle n'était pas tout à fait habituée aux compliments. « Merci, » dit-elle doucement. « Ça me touche beaucoup. »
Ils passèrent l'heure suivante à déambuler dans la galerie, parlant de son travail, de son inspiration, et des longues heures frustrantes qu'elle avait passées dans son atelier, essayant de donner vie à sa vision. Elle lui présenta certains de ses amis, d'autres artistes et amateurs d'art, et il se surprit à apprécier les conversations, même s'il ne comprenait pas toujours les subtilités de leurs discussions sur la technique et le style.
Ça lui faisait du bien de la voir dans son élément, de voir son travail être apprécié, et il était fier d'elle d'une manière à laquelle il ne s'attendait pas. Elle avait été là pour lui quand il traversait des moments difficiles, quand il était perdu, et maintenant, il voyait une autre facette d'elle, une facette forte, confiante, et pleine de passion.

Au cours de la soirée, il prit un verre de vin auprès d'un des serveurs et s'éloigna un peu, laissant Sonia se mêler à ses invités. Il erra de peinture en peinture, essayant de comprendre les formes abstraites, les couleurs audacieuses, les significations cachées qui semblaient vaciller juste hors de portée.

Et puis il la vit—une femme blonde à couper le souffle, debout près d'une grande peinture vive, ses cheveux coiffés en chignon haut, ses yeux bleus captivants fixés sur l'œuvre. Elle était élégante, posée, mais il y avait une pointe d'amusement dans son expression, comme si elle voyait quelque chose que personne d'autre ne voyait.
Il s'approcha d'elle, sentant une étincelle de curiosité, et lorsqu'elle le regarda, il lui adressa un sourire amical. « Alors, qu'en pensez-vous ? » demanda-t-il, désignant la peinture. « Un usage audacieux des couleurs, un jeu subtil de lumière, une vraie déclaration sur la condition humaine... ou quelque chose comme ça. »
Elle haussa un sourcil, visiblement amusée. « Êtes-vous critique d'art ? » demanda-t-elle, son ton joueur.
« Oh, absolument, » dit-il, feignant le sérieux. « Je suis un connaisseur renommé, en fait. Je critique l'art depuis des années. Principalement dans l'intimité de ma propre maison, sans public et avec beaucoup de vin. Mais je suis très bien considéré par moi-même. »
Elle éclata de rire, un rire chaleureux et sincère qui fit plisser ses yeux aux coins. « Eh bien, dans ce cas, j'aimerais entendre votre opinion d'expert sur cette pièce. Quel est le verdict ?
Il se tourna vers le tableau, faisant semblant de l'étudier attentivement, comme s'il y réfléchissait réellement. « Voyons voir... je dirais que c'est une exploration stupéfiante du chaos et de l'ordre, de la tension entre le connu et l'inconnu. Ou peut-être que ce ne sont que de jolies couleurs jetées ensemble. Dans tous les cas, je suis impressionné. »
« Vous-êtes très douée pour ça », dit-elle, ses yeux pétillants. « Je ne peux pas dire si vous êtes sérieux ou si vous inventez tout au fur et à mesure. »
« Un peu des deux, » admit-il en souriant. « J'essaie de paraître comme si je savais de quoi je parle, mais en réalité, je suis juste là pour le vin. »
Elle rit à nouveau, et il sentit un frémissement de quelque chose—un intérêt, une attirance, une curiosité. Cela faisait

longtemps qu'il n'avait pas ressenti ça pour quelqu'un, et ça le prit par surprise, mais ce n'était pas désagréable.
« Je m'appelle Laura, » dit-elle en tendant la main. « Et je ne suis définitivement pas critique d'art, mais j'aime bien prétendre en être une. »
« Enchanté, Laura, » dit-il en lui serrant la main. « Moi... disons que je suis un écrivain en difficulté. »
« Un écrivain en difficulté, hein ? » dit-elle en penchant légèrement la tête, le scrutant. « J'aime ça. Ça sonne romantique, dans un genre d'artiste torturé et incompris. »
« Je vais prendre ça comme un compliment, » dit-il en levant son verre vers elle. « Aux artistes en difficulté, incompris ou non. »
Elle tinta son verre contre le sien en souriant, et ils prirent tous les deux une gorgée, le moment s'étendant entre eux, facile et confortable. Et il se sentait un peu plus léger, un peu plus à l'aise, comme s'il pouvait peut-être oublier tout le reste, ne serait-ce que pour un moment.
« Alors, dites-moi, monsieur l'écrivain en difficulté », dit Laura en se penchant un peu plus près, la voix basse et conspiratrice. « Que pensez-vous que cette pièce signifie vraiment ? »
Il jeta un coup d'œil à la peinture, puis se tourna vers elle, un sourire espiègle se dessinant sur son visage. « Je pense que ça signifie que j'ai besoin d'un autre verre de vin, » dit-il. « Et peut-être de quelqu'un avec qui le partager. »
Elle sourit, visiblement charmée, et hocha la tête. « Je pense que je peux aider avec ça. »
Alors qu'ils se dirigeaient ensemble vers le bar, il sentit une petite lueur d'espoir, le sentiment que peut-être les choses commençaient à changer, à prendre une nouvelle direction. Il ne savait pas où cela le mènerait, ni ce qui viendrait ensuite, mais pour l'instant, il était content de laisser la soirée se dérouler, de profiter de la compagnie d'une belle inconnue, et de voir où la nuit pourrait les mener.

I think of you in motion
And just how close you are getting
And how every little thing anticipates you
All down my veins my heart-strings call
Are you the one that I've been waiting for?

XL

I've been roamin' around, always lookin' down at all I see
Painted faces fill the places I can't reach
You know that I could use somebody
You know that I could use somebody
Someone like you

La Butte Aux Piafs près de la Place d'Italie était l'un de ses restaurants préférés, il avait cette ambiance familiale, avec un éclairage tamisé et une douce musique en fond sonore. Il était arrivé un peu en avance, comme souvent, et avait trouvé une table près de la fenêtre d'où il pouvait regarder le monde passer. C'était une soirée fraîche, et il était reconnaissant pour la chaleur à l'intérieur, l'odeur du pain fraîchement cuit se mêlant à l'arôme subtil du vin.

Il n'avait pas attendu longtemps quand il vit Sonia entrer, son écharpe bien enroulée autour de son cou, ses joues rougies par le froid. Elle l'aperçut et lui fit signe, se dirigeant vers la table avec un sourire.

« Eh bien, eh bien, voilà le grand magicien de la disparition, » dit-elle en s'asseyant en face de lui, taquinant. « Je t'ai à peine vu à la galerie hier soir, et puis tu as disparu. Je devrais être offensée ? »

Il rit, secouant la tête. « Je n'ai pas disparu. J'ai juste… filé avec un rapide 'salut'. Tu étais occupée, à te mêler aux gens et à charmer tout le monde, et je ne voulais pas interrompre. »

« Hmm, » dit-elle, lui lançant un regard joueur et sceptique. « Ou peut-être que tu ne voulais simplement pas qu'on te voie t'éclipser avec la belle blonde. »

« Ah, tu as remarqué, hein ? » dit-il en souriant. « J'aurais dû m'en douter. »

« Bien sûr que oui, » répondit-elle en levant un sourcil. « J'ai des yeux partout. Alors… tu vas me dire qui elle était, ou est-ce que je dois te l'arracher ? »

Il se cala dans sa chaise, prenant une gorgée d'eau, un petit sourire sur les lèvres. « Elle s’appelle Laura, » dit-il. « On s’est rencontrés pendant que je me promenais, faisant semblant d’être un connaisseur d’art. Elle a trouvé ça amusant, alors on a commencé à discuter, et de fil en aiguille… Nous avons fini par aller prendre un verre après avoir quitté la galerie. »
Les yeux de Sonia s'illuminèrent de curiosité, et elle se pencha en avant, appuyant son menton sur sa main. « Ooh, raconte. Qu'est-ce qui s’est passé ? Est-ce qu’elle est une autre artiste torturée ? »
« Non, pas exactement, » dit-il en souriant. « Elle est… différente. Intelligente, drôle, charmante. On a beaucoup parlé, surtout d’art, de Paris, de choses un peu aléatoires. C’était facile, tu sais ? Comme si on était juste… à l’aise l’un avec l’autre. On a échangé nos numéros avant de se dire bonne nuit. »
« Et ? » demanda Sonia, ses yeux pétillant d'amusement. « Tu vas la revoir ? »
« J’espère, » admit-il, son sourire s’estompant un peu alors qu'il y pensait. « Je suis… intrigué par elle. Il y a quelque chose chez elle qui me donne envie d’en savoir plus. Mais… je ne suis pas sûr d’être prêt pour quelque chose de sérieux. »
Sonia hocha la tête, son expression s'adoucissant. « Je comprends. Après tout ce que tu as traversé, c’est logique. Mais ça ne veut pas dire que tu ne peux pas voir où ça mène, non ? »
« Oui, je suppose, » dit-il en passant une main dans ses cheveux. « Je veux dire, ça faisait du bien de lui parler, de flirter un peu… mais je ne sais pas si je suis prêt à m'ouvrir à nouveau comme ça. Une partie de moi a encore peur de souffrir. »
« Je comprends, » dit-elle, sa voix douce. « Et c’est normal de ressentir ça. Tu n’as pas à te précipiter. Mais peut-être que

c'est une bonne chose. Tu commences à te laisser ressentir à nouveau quelque chose, et c'est un progrès. »
Il la regarda, reconnaissant pour la compréhension dans ses yeux. « Tu penses ? »
« J'en suis sûre, » dit-elle en souriant. « Tu te remets en selle, tu fais des petits pas, et c'est ce qui compte. Même si c'est juste parler à quelqu'un, te laisser intriguer… c'est un début. Et qui sait ? Peut-être que cette Laura te surprendra. »
Il rit, secouant la tête. « Tu sais toujours comment me faire sentir mieux, pas vrai ? »
« C'est un don, » dit-elle en souriant. « Mais sérieusement, je suis contente pour toi. Et je suis heureuse que tu aies passé une bonne soirée hier. Juste… sois patient avec toi-même, d'accord ? Il n'y a pas de précipitation. Si ça se transforme en quelque chose, tant mieux. Si ce n'est pas le cas, c'est aussi bien. Tu trouveras ton chemin. »
Ils commandèrent leur repas, et pendant qu'ils attendaient, ils continuèrent à parler, la conversation fluide et confortable. Il se surprit à lui parler davantage de Laura—comment elle avait cet humour sec et spirituel, comment elle l'avait mis au défi de deviner la signification d'une des peintures, et comment elle avait réussi à le surprendre par sa perspicacité.
« Elle a l'air intéressante, » dit Sonia en hochant la tête pensivement. « Et je suis contente que tu te laisses explorer cela. Juste… promets-moi une chose ? »
« Quoi donc ? » demanda-t-il, curieux.
« Ne te prends pas trop la tête, » dit-elle en lui jetant un regard complice. « Profite simplement de ce que c'est, quoi que ce soit. Tu mérites d'être heureux, et tu n'as pas besoin d'avoir toutes les réponses maintenant. »
Il sourit, sentant une chaleur se répandre dans sa poitrine, une assurance tranquille et stable. « Je vais essayer, » dit-il. « Merci, Sonia. Pour tout. »

« N'importe quand, » dit-elle en levant son verre. « Aux nouveaux départs… et peut-être un peu de romance ? »

Il tinta son verre contre le sien en riant. « Je vais boire à ça. »

Pendant qu'ils mangeaient, la conversation dériva sur d'autres sujets—la musique, les livres, les concerts à venir qu'ils prévoyaient de voir. Sonia le taquina sur sa nouvelle discipline, sur le fait qu'il réduisait sa consommation d'alcool et qu'il commençait même à faire du sport, et il la taquina en retour sur son « talent artistique secret ».
Mais en dessous de tout ça, il y avait un sentiment de facilité, un sentiment qu'il commençait à retrouver son chemin. Il restait prudent, encore sur la défensive, mais il commençait à se permettre d'espérer, à croire qu'il y avait un avenir qui valait la peine d'être envisagé.
Lorsqu'ils quittèrent enfin le restaurant, la nuit était fraîche et vive, les rues de Paris animées de l'activité habituelle du soir. Sonia le serra fort dans ses bras, sa chaleur et son réconfort persistant longtemps après leur séparation.
Tandis qu'il rentrait chez lui, il se surprit à penser à Laura, se demandant si elle pensait à lui aussi, se demandant si elle allait lui envoyer un texto, ou s'il devait lui écrire le premier. Il ne savait toujours pas s'il était prêt pour quelque chose de réel, quelque chose de sérieux, mais il était prêt à faire le premier pas et se laisser porter par le vent.

Off in the night, while you live it up, I'm off to sleep
Wagin' wars to shape the poet and the beat
I hope it's gonna make you notice
I hope it's gonna make you notice
Someone like me

XLI

When you're weary, feeling small
When tears are in your eyes, I will dry them all, all
I'm on your side, oh, when times get rough
And friends just can't be found
Like a bridge over troubled water
I will lay me down

Le printemps avait enfin pris possession de Paris, et la ville semblait soupirer de soulagement alors que le froid de l'hiver fondait. Les jours s'allongeaient, l'air devenait plus doux, et les rues vibraient d'un sentiment de renouveau. C'est dans ce décor de nouveaux départs que sa relation avec Laura commença à prendre forme.

Depuis la nuit à la galerie, ils étaient restés en contact, échangeant des textos enjoués qui se transformèrent peu à peu en conversations plus longues. Il y avait une certaine aisance dans leurs échanges, une légère flirtation qui laissait entrevoir quelque chose de plus. Il ne fallut pas longtemps avant qu'ils décident de se revoir, cette fois pour un vrai rendez-vous.

Ils choisirent Le Poulbot à Montmartre, un endroit qui semblait exister depuis toujours, avec des chaises dépareillées, un escalier en colimaçon étroit, et des fenêtres qui s'ouvraient sur la rue pavée. Elle arriva avec quelques minutes de retard, vêtue d'une simple robe fleurie qui bougeait avec la brise, ses cheveux blonds champagne captant la lumière du soleil de l'après-midi. Lorsqu'elle lui sourit, il ressentit un petit frisson—un élan d'anticipation qu'il n'avait pas ressenti depuis longtemps.

« Désolée pour le retard, » dit-elle en s'installant sur la chaise en face de lui. « La circulation à Paris est encore un mystère pour moi. »

Il rit, secouant la tête. « Tu n'es même pas vraiment en retard. Et puis, j'essaie toujours de le comprendre moi aussi, et pourtant, je vis ici depuis des années. »

Ils commandèrent à boire, et la conversation coula sans effort, comme s'ils se connaissaient depuis bien plus longtemps qu'ils ne le faisaient réellement. Elle lui parla de son travail de graphiste indépendante, de la manière dont elle était tombée dans ce métier après avoir déménagé à Paris depuis le sud de la France. Elle parla des défis de concilier créativité et demandes des clients, de la façon dont elle avait parfois l'impression de perdre un peu d'elle-même chaque fois qu'elle devait faire des compromis sur un design.
« C'est frustrant, » dit-elle, en remuant distraitement son café. « J'adore ce que je fais, mais il y a des jours où j'ai l'impression de me plier juste pour correspondre à la vision de quelqu'un d'autre, tu vois ? »
Il hocha la tête, comprenant parfaitement ce qu'elle voulait dire. « Oui, je comprends. L'écriture peut être pareil. Il y a toujours cette tension entre ce que tu veux dire et ce que tu penses que les gens veulent entendre. »
Elle leva les yeux vers lui, ses yeux pétillants de curiosité. « Tu galères beaucoup avec ça ? Enfin, tu dis que tu es écrivain, mais… quel genre de choses écris-tu ? »
Il hésita un moment, puis décida d'être honnête. « Principalement de la fiction, ou de la semi-fiction, comme j'aime l'appeler. Je travaille sur un roman en ce moment, mais c'est… lent. J'ai du mal à faire sortir les mots ces derniers temps. »
Elle inclina la tête, son expression pensive. « Pourquoi ? »
Il sourit tristement, pas tout à fait prêt à se lancer dans une explication complète. « Disons que j'ai beaucoup de choses en tête. Mais j'essaie de m'y remettre. »
Ils parlèrent ainsi pendant des heures, leur conversation dérivant de l'écriture à l'art puis vers ces petites choses futiles dont les gens parlent lorsqu'ils apprennent à se connaître. Elle avait un esprit vif et sec qui le prenait au dépourvu, et il se surprit à rire plus qu'il ne l'avait fait depuis longtemps. Lorsqu'ils quittèrent le restaurant, ils avaient déjà prévu de se

revoir.

Leurs rendez-vous devinrent une habitude. Parfois, ils se retrouvaient en fin d'après-midi, errant dans les rues de Paris, s'arrêtant dans de petites boutiques et des cafés sur leur chemin. Il aimait lui montrer les coins de la ville qui n'étaient pas dans les guides touristiques—les cours cachées, les ruelles étroites, les petits bars discrets où les locaux se rassemblaient.

Un soir, ils se retrouvèrent dans le Marais, errant dans les rues animées, le ciel peint des teintes chaudes d'un coucher de soleil printanier. Elle s'arrêta devant une petite galerie d'art, jetant un coup d'œil par la fenêtre aux tableaux exposés.

« Allons-y, » dit-elle en se tournant vers lui avec un sourire. « J'ai envie de voir ce qu'il y a à l'intérieur. »

Ils passèrent l'heure suivante à errer dans la galerie, admirant les œuvres, discutant des pièces qu'ils aimaient et de celles qui les laissaient indifférents. Elle avait un regard affûté, une façon de voir les choses à laquelle il n'avait pas pensé, et il se surprit à boire ses paroles.

« Que penses-tu de celui-ci ? » demanda-t-elle en s'arrêtant devant un grand tableau abstrait.

Il l'étudia un moment, essayant de comprendre les couleurs tourbillonnantes, les lignes chaotiques. « Je pense que c'est confus, » dit-il finalement en riant un peu. « Mais peut-être que c'est le but. C'est comme… la vie. Désordonné et impossible à comprendre. »

Elle sourit, ses yeux scintillants. « J'aime ça. C'est chaotique, mais il y a quelque chose de beau dans ce chaos. C'est peut-être pour ça que je l'aime. »

Il ressentit une chaleur, une sensation de flottement dans la poitrine alors qu'elle parlait, et il se rendit compte qu'il commençait à la voir de la même manière—quelqu'un d'un peu chaotique, un peu imprévisible, mais indéniablement belle.

Un week-end, ils décidèrent de quitter la ville pour la journée, prenant un train vers un petit village de la campagne française. Ils passèrent la matinée à déambuler dans le marché local, goûtant des fromages et du pain fraîchement cuit, puis trouvèrent un endroit tranquille près d'un lac où ils purent s'asseoir et discuter.
Elle s'étira sur l'herbe, sa tête reposant sur son épaule, et il se sentit calme et serein. C'était étrange, ce sentiment de calme, comme si tout dans sa vie avait enfin ralenti suffisamment pour qu'il puisse reprendre son souffle.
« J'aime bien ça, » dit-elle, sa voix douce, presque rêveuse. « Être ici, loin de tout. C'est… facile. »
Il tourna légèrement la tête, la regardant. « Oui, c'est vrai. »
Ils restèrent allongés là longtemps, regardant les nuages passer, sans beaucoup parler. Il se rendit compte qu'il n'avait besoin de rien dire—être avec elle suffisait.

Au fur et à mesure que les jours se transformaient en semaines, il s'attachait de plus en plus à elle. Elle était différente de toutes les personnes avec qui il avait été depuis longtemps—confiante mais vulnérable, drôle mais sérieuse, un mélange de contradictions qui la rendait infiniment fascinante. Il y avait des moments où elle baissait sa garde, et il pouvait voir la fragilité sous la surface, la partie d'elle qui souffrait encore de son passé. Et chaque fois qu'elle le faisait, il ressentait une vague de protection, un désir d'être celui qui pourrait rendre les choses meilleures pour elle.
Un soir, après avoir passé la soirée dans un bar de jazz près de Châtelet, elle lui en dit plus sur son passé. Ils marchaient le long de la Seine, les lumières de la ville se reflétant sur l'eau, quand elle s'arrêta et se tourna vers lui, son expression sérieuse.
« J'ai besoin de te dire quelque chose, » dit-elle, sa voix basse. « J'ai traversé des moments difficiles. Ma dernière relation… elle n'était pas bonne. Elle m'a laissé avec beaucoup de bagages, et j'essaie encore de trier tout ça. »

« Je suis vraiment désolé d'entendre ça, » dit-il. « Mais tu sais, on a tous nos bagages. »
Elle se recula légèrement, le regardant, ses yeux brillants de larmes non versées. « Je sais, et j'essaie d'avancer, » dit-elle. « Je veux aller de l'avant, être heureuse, mais il y a des jours où j'ai l'impression d'être encore coincée dans le passé. »
Il prit son visage entre ses mains, ses pouces caressant doucement ses joues. « Tu n'es pas coincée, » dit-il. « Tu avances, même si ça ne se ressent pas toujours. Et je suis ici pour avancer sur ce chemin avec toi. »
Elle sourit, un petit sourire timide qui lui fit mal au cœur. « Merci, » dit-elle doucement. « Je suis contente de t'avoir dans ma vie. »
Pour l'instant, tout semblait parfait. La ville était vivante, les nuits étaient chaudes, et il commençait à croire qu'il pourrait retrouver le bonheur.

Sail on silver girl
Sail on by
Your time has come to shine
All your dreams are on their way
See how they shine
Oh, if you need a friend
I'm sailing right behind
Like a bridge over troubled water
I will ease your mind

XLII

It was raining from the first
And I was dying there of thirst
So I came in here
And your long-time curse hurts
But what's worse is this pain in here
I can't stay in here

Les jours se faisaient plus chauds à mesure que le printemps se transformait en début d'été, et, semaine après semaine, sa relation avec Laura semblait s'épanouir, à l'image de la ville autour d'eux. Ils avaient trouvé leur rythme—des dîners dans des bistros chaleureux, de longues balades dans les rues tranquilles, des après-midi passés à se prélasser dans les parcs, une bouteille de vin entre eux, et à passer de plus en plus de nuits l'un chez l'autre. Tout cela semblait naturel, facile, comme s'ils construisaient quelque chose qui pourrait durer.

Il aimait qu'ils puissent parler de tout et de rien. Leurs conversations allaient du sérieux au ridicule, oscillant entre des débats philosophiques profonds et des plaisanteries ludiques. Elle avait un humour acerbe, sarcastique, et il se surprenait à rire plus qu'il ne l'avait fait depuis longtemps.

Un soir chaud, ils avaient prévu de se retrouver au Causeries, un petit bar à vin qu'elle avait découvert dans le Marais. Il était caché dans une ruelle étroite, le genre d'endroit que l'on passerait sans même le remarquer si l'on ne savait pas qu'il était là. Il arriva en avance, choisissant une table au fond, où ils pourraient parler sans être dérangés. Lorsqu'elle entra, il ne put s'empêcher de sourire—elle portait une simple robe noire, ses cheveux attachés négligemment en arrière, et elle avait l'air élégante sans effort.

« Salut, toi, » dit-elle, en se penchant pour l'embrasser sur la joue avant de s'asseoir en face de lui. « Désolée, je suis en retard. Le boulot était un cauchemar. »

« Pas de souci, » dit-il, lui versant un verre de vin. « Maintenant que tu es là, c'est tout ce qui compte. »
Ils passèrent les deux heures suivantes à boire du vin et à parler, leur conversation coulant sans effort. Elle lui raconta sa journée, les exigences ridicules de l'un de ses clients, et il partagea quelques histoires à son tour, la faisant rire avec des imitations exagérées de personnes qu'il avait rencontrées. C'était l'une de ces soirées où tout semblait parfait, où le monde extérieur semblait s'évanouir, ne laissant qu'eux deux dans leur bulle.
Mais au fil de la soirée, il remarqua un changement dans son humeur. Son rire devint plus doux, ses sourires un peu plus distants, et il pouvait voir que quelque chose la préoccupait. Elle resta silencieuse un moment, fixant son verre de vin, et lorsqu'elle parla enfin, sa voix était plus basse, plus sérieuse.
« Il y a quelque chose que je dois te dire, » dit-elle, levant les yeux vers lui, ses yeux scrutant son visage. « Je ne veux pas te faire peur, mais je pense que tu devrais savoir. »
Il ressentit un frisson d'inquiétude, mais il garda son expression calme, ouverte. « Quoi que ce soit, tu peux me le dire. Je ne vais nulle part. »
Elle hésita, prenant une profonde inspiration comme pour se donner du courage. « C'est à propos de mon passé. Tu sais, je t'ai parlé de ma dernière relation… ça n'a pas été une bonne expérience. En fait, ça a été assez terrible. Et je n'en parle pas souvent, mais je pense que je te dois d'être honnête. »
Il la regarda attentivement, le cœur serré à la vulnérabilité qu'il voyait dans ses yeux. « Tu ne me dois rien, » dit-il doucement. « Mais si tu veux m'en parler, je suis là. Et je t'écouterai. »
Elle hocha la tête, ses lèvres se serrant en un sourire incertain. Un moment, elle sembla rassembler ses pensées, puis elle commença à parler, ses mots lents, mesurés, comme si elle essayait de tout dire correctement.
Ils quittèrent le bar à vin peu après minuit, décidant de marcher le long de la Seine, comme ils le faisaient souvent.

L'air était frais, le ciel dégagé, et la ville baignait dans la douce lueur dorée des réverbères. C'était calme, seuls quelques éclats de rires lointains et le clapotis doux de la rivière brisant le silence. Ils marchaient côte à côte, leurs mains se frôlant de temps en temps, jusqu'à ce que Laura s'arrête, son regard fixé sur l'eau.

« Mon ex était… contrôlant, » dit-elle, sa voix tremblante. « Au début, je ne m'en suis pas rendu compte. Il était charmant, drôle, intelligent… tout ce que je pensais vouloir. Mais ensuite, ça a changé. Lentement, si lentement que je n'ai même pas réalisé ce qui se passait jusqu'à ce qu'il soit trop tard. »

Il resta à côté d'elle, le cœur lourd, attendant qu'elle continue. Elle resta silencieuse longtemps, et lorsqu'elle parla de nouveau, il y avait un tremblement dans sa voix, comme si elle essayait de se retenir de se briser.

« Il m'a fait sentir que je n'étais rien, » dit-elle. « Comme si je ne pouvais rien faire correctement. Il disait des choses—subtiles, de petites piques qui me faisaient douter de moi-même, qui me faisaient croire que je n'étais pas assez bien. Et je l'ai cru. Je l'ai laissé m'éroder, petit à petit, jusqu'à ce qu'il ne reste presque plus rien. »

Elle le regarda, ses yeux brillants de larmes non versées. « J'essaie encore de recoller les morceaux, » dit-elle, sa voix tremblante. « Et j'ai peur de… de ne jamais être entière à nouveau. Qu'il y ait trop de dégâts. »

Il sentit une vague de tristesse l'envahir, mais aussi une profonde, farouche envie de la protéger. Sans réfléchir, il tendit la main et prit la sienne, la tirant doucement vers lui. « Je suis tellement désolé que tu aies vécu ça, » dit-il, sa voix tremblante d'émotion. « Mais tu n'es pas brisée, Laura. Tu es bien plus forte que tu ne le penses. Tu as survécu à quelque chose qui aurait détruit beaucoup de gens. Ça fait de toi quelqu'un de fort. »

Elle leva les yeux vers lui, ses yeux cherchant les siens, et pendant un instant, il vit une lueur d'espoir, quelque chose de fragile mais lumineux. « Tu le penses vraiment ? »
« Oui, » dit-il, sa voix ferme. « Et je ne dis pas ça juste pour te rassurer. Je le vois en toi—chaque fois que tu ris, chaque fois que tu te défends, chaque fois que tu te montres vulnérable. Ça demande de la force. Et ça veut dire que tu guéris, même si ça ne semble pas toujours être le cas. »
Elle sourit, un petit sourire timide, et il sentit quelque chose changer entre eux, comme un mur qui commençait lentement à s'effondrer. « Merci, » dit-elle doucement. « Je ne parle pas souvent de tout ça, mais… je suis contente de te l'avoir dit. »
Ils continuèrent à marcher, sa main toujours dans la sienne, et il se surprit à penser à quel point il voulait être là pour elle, l'aider à guérir, être celui qui pourrait la faire se sentir en sécurité et aimée. C'était une pensée dangereuse, à laquelle il avait appris à se méfier, mais il ne pouvait pas s'en empêcher. Il était attiré par elle, par la façon dont elle semblait si forte tout en étant si fragile à la fois, et il voulait voir où cela pourrait les mener.
Quelques jours plus tard, ils se retrouvèrent pour un autre rendez-vous—cette fois dans un petit parc près de chez elle. Ils avaient pris des sandwiches d'une boulangerie voisine et étalé une couverture sous un arbre, profitant de la chaleur du soleil de l'après-midi. Il remarqua qu'elle semblait plus légère, plus détendue, comme si un poids avait été levé de ses épaules.
« J'ai beaucoup pensé à ce que tu as dit l'autre soir, » dit-elle en prenant une bouchée de son sandwich. « À propos de la force, de la guérison. C'est étrange, mais… ça m'a vraiment fait du bien. Comme si je n'étais peut-être pas aussi abîmée que je le pensais. »
Il sourit, ressentant une chaleur se répandre dans sa poitrine. « Tu n'es pas abîmée, Laura. Tu es humaine. Et tu as le droit d'avoir des cicatrices. »

Elle hocha la tête, ses yeux pensifs. « Je sais. C'est juste… parfois difficile à croire. Mais j'essaie. Et je pense… je pense que je veux continuer à essayer. Avec toi. »
Ses mots restèrent suspendus dans l'air, et il ressentit un flot d'émotions—de la joie, du soulagement, mais aussi une lueur de peur. Il voulait être avec elle, voir où cela pourrait les mener, mais lui aussi était encore en train de guérir, encore en train de retrouver son équilibre. Il ne voulait pas faire de promesses qu'il ne pourrait pas tenir, mais il ne voulait pas non plus la perdre.
« Moi aussi je veux ça, » dit-il finalement, sa voix basse mais sincère. « Je suis encore en train de comprendre certaines choses, mais… je veux voir où cela nous mène. »
Elle sourit, et c'était le genre de sourire qui faisait disparaître tout le reste, ne laissant plus que tous les deux dans leur petit monde. « Bien, » dit-elle en se penchant pour l'embrasser. « Parce que je t'aime vraiment bien. Et je ne suis pas prête à renoncer à ça. »
Leur relation continua de grandir, chaque rendez-vous les rapprochant davantage, chaque conversation révélant de nouvelles couches de qui ils étaient. Ils apprenaient encore, ils tâtonnaient encore, mais il se sentait plein d'espoir. C'était comme si la ville renaissait, et avec elle, une partie de lui qu'il pensait avoir perdue pour toujours.
Il y avait encore des moments de doute, d'incertitude, mais il trouvait du réconfort dans la façon dont elle tendait la main vers la sienne, dans la façon dont elle le regardait, comme s'il était quelqu'un qui en valait la peine.

She takes just like a woman
Yes, she makes love just like a woman
Yes, she does, and she aches just like a woman
But she breaks just like a little girl

XLIII

Dance me to your beauty with a burning violin
Dance me through the panic 'til I'm gathered safely in
Lift me like an olive branch and be my homeward dove
Dance me to the end of love
Dance me to the end of love

À l'arrivée de l'été, Paris était en pleine floraison. La ville semblait vibrer d'énergie, les rues, les parcs et les cafés étaient remplis de monde. Les touristes envahissaient les lieux emblématiques, tandis que les habitants se promenaient le long de la ville, profitant des chaudes soirées détendues. Pour lui et Laura, c'était une saison de découverte, d'apprentissage l'un de l'autre et de tous les petits détails subtils et complexes qui rendaient leur lien unique.

Leur relation s'était approfondie au cours des derniers mois, et ils avaient trouvé un rythme confortable. Il avait l'impression qu'ils construisaient quelque chose de solide, tout en conservant une certaine excitation, une nouveauté à chaque rencontre. Ils passaient leurs soirées dans des bistrots et des cafés, buvant parfois du vin tard dans la nuit, d'autres fois faisant de longues promenades dans des quartiers tranquilles, main dans la main.

Un week-end, ils décidèrent de quitter la ville et prirent un train pour Giverny, un village célèbre pour ses magnifiques jardins et son lien avec Claude Monet. Laura avait toujours voulu y aller, et il était plus qu'heureux de faire le voyage avec elle. La journée était chaude, le ciel d'un bleu parfait, et alors qu'ils se promenaient dans les jardins luxuriants et colorés, c'était comme s'ils étaient entrés dans un tableau.

« C'est encore plus beau que ce que j'imaginais, » dit Laura, la voix pleine d'émerveillement en regardant les nénuphars flotter sur l'étang. « Je veux dire, regarde ça... c'est comme un rêve. »

Il sourit en la regardant. Il y avait une lueur dans ses yeux, une joie presque enfantine, et cela le réchauffait de l'intérieur.

« Je suis content qu'on soit venus, » dit-il. « Ça fait du bien de sortir un peu de la ville. »
Elle se tourna vers lui, un sourire taquin sur les lèvres. « Tu es en train de dire que tu n'aimes pas Paris ? »
« J'aime Paris, » dit-il en riant. « Mais j'aime aussi te voir comme ça—heureuse, détendue. Ça te va bien. »
Elle rougit, baissant les yeux un instant. « Je suis heureuse, » dit-elle doucement. « Ça faisait longtemps que je ne m'étais pas sentie comme ça. »
Ils passèrent le reste de la journée à se promener dans les jardins, prenant des photos, partageant des histoires. À un moment, ils trouvèrent un banc tranquille sous un arbre, et elle se pelotonna contre lui, la tête posée sur son épaule. Ils restèrent là longtemps, regardant le monde passer, sans dire grand-chose mais se sentant parfaitement heureux.

Au fil des semaines, leur relation se renforça. Ils se retrouvaient après le travail, dînaient dans des petits bistrots ou s'asseyaient au bord du canal avec des plats à emporter, regardant les bateaux dériver. Ils avaient leurs petits rituels—des blagues privées, des endroits préférés, des choses qui rendaient leur relation spéciale. Elle commença à lui laisser de petits mots dans son appartement, des dessins amusants ou des messages tendres qu'il trouvait glissés entre les pages d'un livre ou sur le frigo.
Leurs nuits étaient tendres, remplies d'une sorte de passion qui lui donnait l'impression de guérir, de se laisser être vulnérable à nouveau. Elle avait une manière de le faire se sentir en sécurité, comme s'il était possible de baisser sa garde, et il se surprenait à vouloir passer de plus en plus de temps avec elle.
Mais il y avait des moments où il voyait la tristesse dans ses yeux, une ombre qui passait sur son visage quand elle pensait qu'il ne regardait pas. Elle avait encore des cicatrices de son passé, et même si elle essayait de les cacher, il pouvait sentir quand elle était en difficulté. Il voulait l'aider, être celui qui

pourrait la rendre heureuse, mais il savait que certaines blessures ne pouvaient pas être guéries par quelqu'un d'autre.

Un soir, après avoir passé la soirée dans un club de jazz à Saint-Germain-des-Prés, ils se retrouvèrent dans son appartement. La pièce était sombre, éclairée seulement par la douce lueur des lampadaires de la rue, et elle était assise au bord de son lit, les jambes repliées sous elle. Il pouvait voir que quelque chose la préoccupait, mais il ne voulait pas la brusquer.
« J'ai réfléchi, » dit-elle soudain, sa voix n'étant qu'un murmure. « À nous. À ce que ça signifie. »
Il s'assit à côté d'elle, le cœur battant un peu plus vite. « Que veux-tu dire ? »
Elle hésita, le regardant avant de détourner les yeux. « Je ne suis pas habituée à ça, » dit-elle. « Ressentir cette proximité avec quelqu'un. Ça me fait un peu peur. »
Il tendit la main et prit la sienne, ses doigts effleurant doucement les siens. « Ça me fait peur aussi, » dit-il doucement. « Mais ça ne veut pas dire que c'est une mauvaise chose. »
Elle le regarda, les yeux scrutant son visage. « Je sais. C'est juste... j'ai été blessée avant. Et j'ai peur de me laisser ressentir ça à nouveau, pour que tout s'effondre encore. »
Il voulait lui dire qu'il ne la blesserait jamais, qu'il ferait tout pour la rendre heureuse et aimée, mais il savait que de telles promesses étaient dangereuses. Alors, au lieu de cela, il la serra dans ses bras, la tenant contre lui, laissant son cœur battre contre le sien.
« Tu n'as pas à avoir peur, » dit-il doucement. « On prendra ça un jour à la fois. Et quoi qu'il arrive, on le fera ensemble. »
Leurs rendez-vous continuèrent, chacun les rapprochant un peu plus, mais révélant aussi davantage les différences entre eux. Un soir, alors qu'ils étaient assis sur son balcon avec une bouteille de vin, elle se mit à parler de ses rêves, de l'avenir

qu'elle voulait construire. Elle parla de vouloir une famille, une vie stable, un partenaire qui serait là pour elle quoi qu'il arrive. Il pouvait voir la lueur dans ses yeux alors qu'elle parlait, l'espoir et le désir dans sa voix.
« Et toi ? » demanda-t-elle en se tournant vers lui. « Est-ce que tu penses à l'avenir ? À... ce que tu veux ? »
Il hésita, faisant tourner le vin dans son verre, incertain de la façon de répondre. « J'y pense, » dit-il finalement. « Mais je suis encore... en train de comprendre. Je veux être avec toi, mais je ne suis pas sûr d'être prêt à penser aussi loin pour l'instant. »
Elle resta silencieuse un moment, son expression indéchiffrable. « Je comprends, » dit-elle. « Mais j'ai besoin de savoir où ça va. Je ne peux pas m'investir dans quelque chose qui n'a pas d'avenir. »
Il ressentit une pointe de culpabilité, sachant qu'il se retenait, qu'il ne lui donnait pas la certitude qu'elle désirait. Il voulait être capable de dire toutes les bonnes choses, de lui dire qu'il voyait un avenir avec elle, mais il était encore en train de guérir, encore hanté par son passé, et l'idée de se précipiter dans quelque chose de nouveau le submergeait.

Il chercha du réconfort dans ses discussions avec Sonia, qui restait une présence constante dans sa vie. Un soir, après avoir passé la journée avec Laura, il retrouva Sonia pour prendre un verre dans un bar près de Bastille. Elle l'écouta tandis qu'il parlait de la façon dont les choses se passaient ; à quel point il tenait à Laura mais avait l'impression de peiner à suivre son rythme.
« Elle est incroyable, » dit-il en passant une main dans ses cheveux. « Mais parfois, j'ai l'impression de ne pas être prêt. Comme si j'essayais encore de trouver mes repères, et qu'elle... elle regarde déjà devant. Elle veut plus, et je ne sais pas si je peux lui donner ça maintenant. »
Sonia hocha la tête, les yeux pensifs. « On dirait qu'elle cherche de la stabilité, quelqu'un avec qui construire un

avenir, » dit-elle. « Et il n'y a rien de mal à ça. Mais si tu n'en es pas encore là, tu dois être honnête à ce sujet. »
« Je sais, » dit-il en soupirant. « Je ne veux juste pas la blesser. »
« Ne pas être honnête va la blesser davantage sur le long terme, » dit doucement Sonia. « C'est normal d'aller à ton propre rythme, mais tu dois être clair sur ta position. Sinon, vous allez finir par vous blesser l'un l'autre. »
Il savait qu'elle avait raison, mais cela ne rendait pas les choses plus faciles. Il ne voulait pas perdre Laura, mais il ne voulait pas non plus faire des promesses qu'il ne pourrait pas tenir. Et à mesure que l'été avançait, il commençait à réaliser que quelque chose devait changer.

La chaleur de l'été les avait rapprochés, mais elle avait aussi commencé à révéler les fissures, les choses qu'ils essayaient d'ignorer. Ils s'amusaient toujours, appréciaient toujours la compagnie l'un de l'autre, mais il y avait une tension sous la surface, une impression qu'ils allaient dans des directions différentes. Et il ne savait pas combien de temps encore ils pourraient prétendre que tout allait bien.
Il savait qu'il devait avoir une vraie conversation avec Laura, mais il avait peur—peur de ce que cela signifierait, peur de la perdre, peur d'affronter la vérité que peut-être ils voulaient des choses différentes. Mais il savait aussi qu'il ne pouvait pas continuer à éviter cela indéfiniment.
Alors qu'ils étaient allongés dans son lit un soir, sa tête posée sur sa poitrine, il se demanda combien de temps ils pourraient continuer comme ça, combien de temps ils pourraient prétendre que l'avenir ne les guettait pas, réclamant des réponses.
Pour l'instant, il essayait de s'accrocher aux bons moments—les rires, les baisers volés, la chaleur de son corps contre le sien. Mais il savait, au fond de lui, que la conversation approchait, et que quand elle arriverait, tout pourrait changer.

Dance me to the children who are asking to be born
Dance me through the curtains that our kisses have outworn
Raise a tent of shelter now, though every thread is torn
Dance me to the end of love

XLIV

I fall in love too easily
I fall in love too fast
I fall in love too terribly hard
For love to ever last

Au fur et à mesure que l'été avançait, la ville semblait vibrer d'une énergie intense. Les touristes affluaient à la Tour Eiffel, les parcs étaient remplis de pique-niqueurs, et les soirées chaudes s'étiraient, invitant à de longs dîners tranquilles qui se prolongeaient souvent jusqu'au petit matin. Pour lui et Laura, c'était une période d'exploration, d'expériences partagées qui les rapprochaient, mais aussi de tensions subtiles et croissantes qu'ils essayaient tous deux d'ignorer.
Ils avaient encore leurs moments de bonheur. Il y avait les soirées tranquilles passées sur son balcon, partageant une bouteille de vin en regardant le soleil se coucher sur les toits de Paris, sa tête reposant sur son épaule, ses doigts traçant paresseusement des motifs sur son bras. Ils riaient, se taquinaient et parlaient de tout et de rien, profitant simplement du plaisir d'être ensemble. Ces moments semblaient parfaits, et il se surprenait souvent à penser que peut-être cela pourrait devenir quelque chose de durable.
Mais il y avait aussi des moments où les fissures commençaient à apparaître, petites mais indéniables, comme les fines lignes d'une faille qui commencent à s'élargir. Ce n'était rien de flagrant au début—juste des petites choses, des éclairs de frustration, la façon dont elle soupirait quand il évitait certains sujets, la façon dont il esquivait lorsqu'elle essayait de parler de l'avenir.

Un soir, ils décidèrent de passer une soirée tranquille chez lui. Laura avait travaillé tard toute la semaine, et elle était visiblement fatiguée, mais elle insista pour venir, disant qu'elle voulait juste se détendre et passer du temps avec lui. Il commanda des plats à emporter de leur restaurant thaï

préféré, et ils mangèrent sur le canapé en regardant un vieux film.
Elle était plus silencieuse que d'habitude, et il pouvait sentir que quelque chose la préoccupait. Vers la moitié du film, elle se tourna vers lui, l'expression sérieuse. « Est-ce que je peux te poser une question ? »
« Bien sûr, » dit-il, son cœur se serrant légèrement. Il avait le sentiment de savoir ce qui allait suivre.
« Est-ce que tu te vois avec moi dans le futur ? » demanda-t-elle, sa voix douce mais ferme. « Je veux dire... est-ce que tu penses parfois à ce dont nous avons parlé ? »
Il sentit l'air quitter ses poumons, et pendant un instant, il fut à court de mots. Il voulait dire oui, lui donner la certitude qu'elle recherchait, mais il ne pouvait pas se résoudre à mentir. « J'y pense, » dit-il lentement. « Vraiment. Mais je suis encore... en train d'essayer de comprendre les choses. Je tiens beaucoup à toi, Laura. Mais je ne suis pas sûr d'être prêt à faire les promesses que tu veux entendre. »
Son visage se décomposa, et elle détourna le regard, fixant les restes de leur dîner. « Je comprends, » dit-elle. « Je comprends vraiment. Mais j'ai besoin de savoir où j'en suis. J'ai déjà vécu assez de relations où je ne savais pas ce que l'autre personne voulait, et je ne peux plus revivre ça. Je ne peux pas m'investir dans quelque chose si je ne sais pas qu'il y a un avenir. »
Il tendit la main, prenant la sienne, mais elle ne la serra pas en retour. « Je comprends, » dit-il, la gorge serrée. « Et je suis désolé. Je ne veux pas te blesser. Je suis juste... encore en train de trouver mes repères. »
Elle acquiesça, mais il pouvait voir la déception dans ses yeux, et cela le transperça comme un couteau. « Je ne te demande pas une demande en mariage, » dit-elle, sa voix tremblant légèrement. « Je veux juste... savoir que cela mène quelque part. Que nous construisons quelque chose. »
Il voulait lui dire que c'était le cas, qu'il pouvait voir un avenir avec elle, mais les mots ne venaient pas. Il était encore en

train de guérir, encore hanté par le passé, et l'idée de se précipiter dans quelque chose de nouveau lui semblait écrasante. Mais il ne savait pas comment dire cela sans que cela ne ressemble à une excuse.
« Je suis désolé, » dit-il à nouveau, sentant que ce n'était pas suffisant.

La conversation planait au-dessus d'eux comme un nuage, et au fil des semaines, les différences entre eux devinrent plus difficiles à ignorer. Laura commença à parler plus ouvertement de son désir de s'installer, de fonder une famille, et il voyait combien cela comptait pour elle. Elle parlait de vouloir de la stabilité, d'être prête à construire une vie avec quelqu'un d'aussi engagé qu'elle.
« J'ai toujours voulu une famille, des enfants, » dit-elle un soir alors qu'ils marchaient le long de la Seine, la lune se reflétant sur l'eau. « Je sais que ça sonne cliché, mais c'est vrai. Je veux trouver quelqu'un avec qui vieillir, quelqu'un qui sera là quoi qu'il arrive. Et je ne rajeunis pas. Je dois commencer à y penser sérieusement. »
Il l'écoutait, ressentant un mélange d'admiration et de crainte. Il admirait son honnêteté, la façon dont elle était si claire sur ce qu'elle voulait, mais il sentait aussi le poids de ses attentes peser sur lui, l'étouffant. Il voulait lui donner ce dont elle avait besoin, mais il n'était pas sûr de pouvoir le faire. Il essayait encore de se reconstruire, toujours hanté par les souvenirs de Tina, par les fantômes de relations qui n'avaient pas fonctionné, et l'idée de s'engager dans quelque chose de nouveau lui semblait être un saut qu'il n'était pas prêt à faire.
« Et toi ? » demanda-t-elle, se tournant vers lui. « Qu'est-ce que tu veux ? »
« Je veux être heureux, » dit-il, essayant de la rassurer. « Et je veux que tu sois heureuse. Mais... je suis encore en train de comprendre ce que cela signifie. »
Elle resta silencieuse un long moment, ses yeux cherchant la vérité sur son visage. « Je comprends, » dit-elle finalement.

« Mais je ne peux pas attendre éternellement. J'ai besoin de savoir que cette histoire entre nous est réelle. »

C'était la fin du mois d'août, et la chaleur s'était installée sur Paris comme une couverture, lorsqu'ils eurent une autre conversation qui le laissa plus perdu que jamais. Une conversation qui se répétait comme un disque rayé depuis quelques semaines. Ils étaient allongés dans son lit, les draps entremêlés autour de leurs jambes, la pièce sombre à l'exception de la douce lueur des lampadaires dehors. Laura reposait sa tête sur sa poitrine, et il pouvait sentir sa respiration, lente et régulière, mais il savait qu'elle ne dormait pas.

« J'ai besoin de savoir, » dit-elle, rompant le silence. « Est-ce que tu te vois avec moi... dans le futur ? Est-ce que tu nous vois construire une vie ensemble ? Avoir des enfants ? »

Il sentit son cœur se serrer, et il peina à trouver les bons mots. « Je tiens tellement à toi, Laura, » dit-il doucement. « Et j'aime être avec toi. Mais je suis encore... je n'ai rien de nouveau à te dire. Je ne veux pas me précipiter si je ne suis pas sûr. Et les enfants ? Ce n'est pas une décision qui se prenne facilement. »

Elle resta silencieuse un moment, puis se redressa légèrement, s'asseyant pour le regarder. « Je ne te demande pas une date exacte, » dit-elle, sa voix tremblante. « Je te demande de l'honnêteté. J'ai besoin de savoir si cela mène quelque part, ou si je suis juste... en train de perdre mon temps. »

Il voulait lui dire que cela menait quelque part, qu'il voyait un avenir avec elle, mais il savait que ce n'était pas entièrement vrai. Il essayait encore de se retrouver, encore hanté par son passé, et il ne pouvait pas se résoudre à faire des promesses. Mais il ne pouvait pas non plus supporter l'idée de la perdre, et il se sentait piégé, incapable de bouger dans aucune direction

« Je ne veux pas te blesser, » dit-il finalement, sa voix chargée d'émotion. « Mais je n'ai pas encore toutes les réponses. »
Elle le regarda, les yeux remplis de douleur, et il eut l'impression de la décevoir de la pire des manières. « Je comprends, » dit-elle, sa voix à peine plus qu'un murmure. « Mais je ne peux pas continuer à attendre. J'ai besoin de savoir où cela va. »
La pièce était silencieuse, et il pouvait sentir la distance entre eux grandir, un fossé qu'il ne savait pas comment combler. Il voulait tendre la main, la serrer contre lui, lui dire que tout irait bien, mais il savait que ce ne serait pas suffisant. Et tandis qu'elle se rallongeait à côté de lui, il sentit le poids de leurs peurs non exprimées peser sur lui, l'étouffant.
Il ne savait pas ce que l'avenir réservait, mais il savait que quelque chose devait changer. Et alors que l'été glissait vers l'automne, il ne pouvait s'empêcher de ressentir qu'il se tenait au bord de quelque chose, attendant que tout s'effondre.

My heart should be well-schooled
'Cause I've been fooled in the past
But still I fall in love so easily
I fall in love too fast

XLV

Dig if you will the picture
Of you and I engaged in a kiss
The sweat of your body covers me
Can you my darling
Can you picture this?

Les journées chaudes et paresseuses de l'été commencèrent à s'estomper, laissant place à l'air plus frais et vif du début de l'automne. Les feuilles des arbres commençaient à changer, et la ville passait lentement de l'énergie vibrante et insouciante de l'été à quelque chose de plus calme, de plus introspectif. Pour lui et Laura, ce changement reflétait leur propre relation—un passage de l'excitation initiale et de la joie à quelque chose de plus complexe, de plus incertain.
Ils passaient encore du temps ensemble, avaient encore leurs moments de rire et de connexion, mais il y avait une tension sous-jacente qu'aucun des deux ne pouvait ignorer. C'était comme s'ils marchaient sur le bord de quelque chose de fragile, essayant de ne pas le briser, mais sentant les fissures s'élargir à chaque pas.

Un samedi après-midi, ils décidèrent de se promener le long du Canal Saint-Martin. Le ciel était couvert, l'air frais, et une brise légère faisait doucement bruire les feuilles. Ils s'arrêtèrent dans un joli café au bord de l'eau, commandant des chocolats chauds et s'asseyant sur la terrasse, regardant les couples passer.
Ils parlèrent de leurs semaines, de leur travail, des petites choses qui remplissaient leurs journées. Mais au fur et à mesure que la conversation avançait, le ton de Laura devint plus sérieux, son regard plus concentré. « Je pense qu'on devrait éclaircir les choses, » dit-elle, ses doigts traçant le bord de sa tasse. « À propos de nous. De là où nous allons. »

Il ressentit une douleur familière dans la poitrine, et il essaya de garder une expression neutre, même si son esprit commençait à s'emballer. « Oui ? »
Elle soupira, regardant le canal un moment avant de se tourner vers lui. « Je tiens beaucoup à toi, » dit-elle. « Vraiment. Mais j'ai l'impression que nous ne sommes pas sur la même longueur d'onde. Je suis prête pour quelque chose de sérieux, un engagement réel, une famille, des enfants, la clôture blanche et tout ça. Et j'ai besoin de savoir si nous suivons le même chemin ou non. »
Il la regarda, essayant de trouver les bons mots. Il voulait dire oui, lui donner la certitude qu'elle recherchait, mais il ne pouvait pas se résoudre à mentir. « Je tiens à toi aussi, » dit-il lentement. « Plus que je ne peux le dire. Mais je suis encore... très loin d'une vie en famille. Je ne suis pas sûr d'être prêt pour tout ça. Je veux dire, des enfants... C'est beaucoup de responsabilités, et je ressens de la panique rien qu'en y pensant. »
Son expression s'adoucit, mais il y avait une tristesse dans ses yeux qui lui serrait le cœur. « Je comprends, » dit-elle doucement. « Mais je ne peux pas continuer comme ça. J'ai besoin que tu me dises qu'on a un avenir. Ou pas… »
Il tendit la main à travers la table, prenant la sienne. « Je ne veux pas te perdre, » dit-il, la voix brisée. « Mais je ne veux pas non plus me précipiter si je ne suis pas sûr. Je veux être avec toi, mais j'ai besoin de temps. Je ne suis pas prêt pour tout ce que tu demandes. »
Elle serra sa main, ses yeux brillants de larmes non versées. « Je ne te demande pas d'avoir tout compris, » dit-elle. « Mais j'ai besoin de savoir que nous construisons quelque chose. Que nous ne faisons pas que... dériver. »
Il hocha la tête, même s'il n'était pas sûr de pouvoir lui donner ce dont elle avait besoin. « Je comprends, » dit-il. « Et je promets que j'essaie. J'ai juste... besoin de faire ça à mon rythme. »

Au fil des semaines, la tension entre eux grandit. Ce n'était pas qu'ils cessaient de profiter de la compagnie l'un de l'autre—il y avait encore de nombreux moments où tout semblait bien, où ils riaient et s'embrassaient et se perdaient l'un dans l'autre. Mais ces moments devenaient de plus en plus rares, éclipsés par le poids croissant des peurs inexprimées et des attentes non satisfaites.

Un soir, ils avaient prévu de se retrouver pour dîner dans un restaurant qu'elle voulait essayer depuis des semaines. Il était en retard, pris dans une réunion qui s'était éternisée, et quand il arriva enfin, elle était déjà là, assise à une table près de la fenêtre, l'air tendu.

« Désolé, » dit-il, se penchant pour l'embrasser sur la joue. « Mon rendez-vous était en retard. »

« C'est bon, » dit-elle, mais son ton était sec, et il pouvait dire que ce n'était pas vraiment le cas.

Le repas commença de manière maladroite, la conversation était forcée, et il essayait sans cesse de briser la glace, de les ramener à cet endroit confortable et facile. Mais cela ne fonctionnait pas. Finalement, alors qu'ils terminaient leur plat principal, elle posa sa fourchette et le regarda, l'expression sérieuse.

« Je ne peux plus continuer comme ça, » dit-elle, la voix basse mais ferme. « J'ai besoin de savoir ce que tu veux. Parce que je suis fatiguée de me sentir comme si j'attendais quelque chose qui n'arrivera peut-être jamais. »

Il sentit son estomac se tordre, et il aurait aimé pouvoir lui donner une réponse simple, quelque chose qui arrangerait tout. Mais la vérité, c'est qu'il ne savait pas ce qu'il voulait. Il était encore en train de guérir, encore hanté par les fantômes de son passé, et il n'était pas sûr de pouvoir lui donner le type d'engagement qu'elle recherchait.

« Je ne veux pas te faire de mal, » dit-il, la voix épaisse d'émotion. « Mais je ne sais pas quoi te dire. On a cette même conversation encore et encore. Et je n'ai rien de nouveau à te

dire. Je ne suis tout simplement pas prêt pour tout ce que tu demandes. Pas encore du moins. »
Elle resta silencieuse un long moment, ses yeux cherchant son visage. « J'ai peur aussi, » dit-elle finalement. « Mais parfois, il faut faire un acte de foi. Parfois, il faut faire confiance au fait que ça va marcher. »
Il voulait lui dire qu'il était prêt à faire ce saut, mais il ne pouvait pas se résoudre à prononcer ces mots. Il avait encore trop peur, trop d'incertitudes, et il ne voulait pas l'entraîner dans le chaos de ses propres doutes. « J'ai besoin de plus de temps, » dit-il, presque suppliant.

Alors que l'automne a lentement mais surement remplacé l'été, il se tourna de plus en plus vers Sonia. Elle avait peut-être été la seule constante de sa vie, une amie qui écoutait sans jugement, qui offrait des conseils sans insister. Un soir, après une autre conversation tendue avec Laura, il rencontra Sonia pour boire un verre dans leur endroit habituel.
« Je ne sais pas quoi faire, » dit-il, fixant son verre. « Je tiens à elle, mais j'ai l'impression d'étouffer. Elle veut de plus en plus, et je ne sais pas si je peux le lui donner. Mais je ne veux pas non plus la perdre. »
Sonia écouta, son regard pensif. « On dirait que tu as peur de la blesser, » dit-elle. « Mais tu as aussi peur de la perdre. Et ce sont deux choses différentes. Tu ne peux pas continuer à essayer d'éviter les deux. »
Il la regarda, l'expression douloureuse. « Je ne sais pas comment faire pour que ça marche. »
« Peut-être que tu ne peux pas, » dit-elle doucement. « Et c'est correct. Tu as le droit de prendre soin de toi, d'aller à ton rythme. Mais tu dois être honnête avec elle. Ce n'est pas juste de continuer si vous n'êtes pas sur la même longueur d'onde. »
Il savait qu'elle avait raison, mais cela ne rendait pas les choses plus faciles. Il ne voulait pas perdre Laura, mais il ne voulait pas non plus continuer à lui faire croire qu'il pouvait

lui donner tout ce qu'elle voulait alors qu'il n'en était pas sûr. Et à mesure que l'automne avançait, il commença à réaliser que quelque chose devait céder.

Un dimanche après-midi, ils avaient prévu de passer la journée dans un petit vignoble à l'extérieur de Paris. C'était une belle journée ensoleillée, et ils devaient prendre un train pour sortir de la ville et passer l'après-midi à déguster du vin et profiter de la campagne. Mais alors qu'ils étaient assis dans le café près de la gare, attendant leur train, Laura se tourna vers lui, les yeux sérieux.
« J'ai besoin de te demander quelque chose, » dit-elle, sa voix calme mais résolue. « Est-ce que tu es toujours en train de comprendre les choses ? Ou tu t'approches a une réponse ? »
Il ressentit une pointe de culpabilité, sachant qu'il avait évité cette conversation, espérant que les choses se résoudraient d'elles-mêmes. « J'essaie toujours de trouver mes repères. Je ne suis pas sûr d'être prêt à m'engager comme tu le veux. »
Elle le regarda, et il pouvait voir la douleur dans ses yeux, la déception qui le transperça comme un couteau. « Je comprends, » dit-elle doucement. « Mais je ne peux plus attendre. J'ai besoin d'avancer, et j'ai besoin de quelqu'un qui soit prêt à avancer avec moi. »
Il y eut un long silence, le poids de leurs mots se posant entre eux. Il voulait tendre la main, la serrer dans ses bras, lui dire qu'il essaierait, qu'il trouverait un moyen de faire fonctionner les choses, mais il savait que ce serait un mensonge. Et il la respectait trop pour lui mentir.

Ce soir-là, quand il appela Sonia, il avait l'impression de s'effondrer. « Je pense que c'est fini, » dit-il, la voix tremblante. « Je ne peux pas être ce dont elle a besoin. »
Sonia resta silencieuse un moment, puis elle parla, sa voix douce mais ferme. « On dirait que tu as fait de ton mieux, » dit-elle. « Et parfois, c'est tout ce que tu peux faire. Ça ne

rend pas les choses plus faciles, mais c'est mieux que de faire semblant. »
« Oui, » dit-il, regardant par la fenêtre les lumières de la ville. « J'aurais juste aimé... je ne sais pas. J'aurais aimé que les choses soient plus simples. »
« Moi aussi, » dit-elle doucement. « Mais tu vas t'en sortir. Tu deviens plus fort, même si tu ne le ressens pas pour l'instant. Et je serai là, quoi qu'il arrive. »
En raccrochant, il ressentit un étrange sentiment de calme, une acceptation tranquille. Ce n'était pas le bonheur, loin de là, mais c'était quelque chose.

How can you just leave me standing
Alone in a world that's so cold?
Maybe I'm just too demanding
Maybe I'm just like my father, too bold
Maybe you're just like my mother
She's never satisfied
Why do we scream at each other?
This is what it sounds like
When doves cry

XLVI

I... like the things that you hate
And you... hate the things that I like
But it hurts, honesty's your church
But sometimes
It's better to lie

Le froid vif de la mi-automne s'installait sur Paris, apportant avec lui un sentiment de changement, un indice de quelque chose qui se terminait. Les rues étaient toujours animées, mais il y avait un changement subtil dans l'air, une brise fraîche qui murmurait l'arrivée des journées plus courtes et des nuits plus longues. Pour lui et Laura, c'était comme si tout arrivait à son point culminant, la tension qui s'était accumulée entre eux atteignant finalement un point de rupture.

Cela faisait quelques jours depuis leur dernière conversation, et il pouvait sentir que quelque chose avait changé. Elle était plus silencieuse, plus distante, et il se surprenait à redouter la discussion inévitable qu'ils savaient tous deux imminente. Il tenait à elle—vraiment—mais il était également conscient que parfois, cela ne suffisait pas.

Un samedi matin gris et nuageux, ils décidèrent de se retrouver dans un café près du jardin du Luxembourg. C'était l'un de leurs endroits préférés, un lieu où ils avaient passé d'innombrables après-midi à siroter du café, à rire, à partager des histoires avant de faire de longues promenades dans le parc. Mais aujourd'hui, l'atmosphère était différente, plus lourde, comme si l'air lui-même retenait son souffle.

Elle était déjà là quand il arriva, assise à une table près de la fenêtre, les mains enroulées autour d'une tasse de thé fumante. Elle leva les yeux lorsqu'il entra, lui offrant un petit sourire timide qui n'atteignit pas vraiment ses yeux. Il lui sourit en retour, mais cela semblait forcé, tendu, comme s'ils jouaient tous deux un rôle qu'ils ne savaient plus comment interpréter.

« Salut, » dit-elle doucement alors qu'il s'asseyait en face d'elle. « Comment ça va ? »
« Ça va, » répondit-il, même s'il n'était pas sûr que ce soit vrai. « Et toi ? »
Elle acquiesça, mais il pouvait voir l'incertitude dans ses yeux. « J'ai beaucoup réfléchi… beaucoup. »
Il prit une profonde inspiration, se préparant pour ce qui allait suivre. « Moi aussi, » dit-il. « Et je pense qu'on doit parler. »

Les mots restèrent suspendus entre eux, et pendant un instant, il eut l'impression que tout le café s'était tu, que le monde s'était arrêté, attendant qu'ils disent ce qui devait être dit. Laura baissa les yeux sur sa tasse, ses doigts tremblant légèrement, et il pouvait voir à quel point cela la faisait souffrir.
« J'aime être avec toi, » dit-elle enfin, sa voix n'étant guère plus qu'un murmure. « J'aime la façon dont tu me fais rire, la façon dont tu m'écoutes, dont tu me fais me sentir… en sécurité. Mais j'ai besoin de plus que ça. J'ai besoin de savoir qu'on construit quelque chose de réel, quelque chose qui a un avenir. Et je ne sais pas si tu peux me donner ça. »
Il sentit sa poitrine se serrer, une vague de tristesse l'envahir. Il savait que ce moment allait arriver, mais l'entendre le dire à voix haute rendait tout cela bien trop réel. « J'aimerais pouvoir te donner ce dont tu as besoin, » dit-il, la voix étranglée par l'émotion. « J'aimerais pouvoir te dire que je suis prêt, que je vois un avenir où tout est parfait. Mais ce n'est pas le cas. Et je ne veux pas faire de promesses que je ne suis pas sûr de pouvoir tenir. »
Elle hocha la tête, les larmes arrosées son visage, mais elle ne le quitta pas des yeux. « Je comprends, » dit-elle, la voix légèrement brisée. « Et je ne t'en veux pas. Je sais que tu as traversé beaucoup de choses, et j'ai essayé d'être patiente, mais… j'ai besoin d'avancer, avec ou sans toi. »
Il tendit la main à travers la table, prenant la sienne, et pendant un instant, ils restèrent simplement assis là, se tenant

la main, comme s'ils essayaient de s'accrocher à quelque chose qui leur échappait. « Je tiens tellement à toi, Laura, » dit-il doucement. « Et j'aimerais que les choses soient différentes. Mais je ne veux pas te faire attendre, espérer quelque chose qui pourrait ne jamais arriver. Ce n'est pas juste pour toi. »

Il y eut un long silence, le genre de silence qui semblait pouvoir durer éternellement, et il pouvait voir la douleur dans ses yeux, la lutte entre l'envie de s'accrocher et la conscience qu'il était temps de lâcher prise. « Je ne veux pas te perdre, » dit-elle enfin, la voix tremblante. « Mais je ne peux pas continuer à prétendre que tout va bien quand ce n'est pas le cas. »

Il sentit une boule se former dans sa gorge, et il dut lutter pour garder sa voix stable. « Je ne veux pas te perdre non plus, » dit-il. « Mais je pense… que c'est la bonne chose à faire. Pour nous deux. On tient l'un à l'autre, mais on veut des choses différentes, et je pense qu'il est temps d'arrêter de prétendre le contraire. »

Elle mordit sa lèvre, essayant de ne pas pleurer, mais quelques larmes coulèrent sur ses joues, et elle les essuya rapidement. « Je pensais juste… que si j'attendais assez longtemps, tu serais prêt. Mais je ne peux plus attendre. Je dois penser à moi, à ce que je veux. »

Il hocha la tête, les yeux également embués de larmes. « Je comprends, » dit-il doucement. « Et je te respecte pour ça. Tu mérites d'être heureuse, et je veux cela pour toi, même si cela signifie… lâcher prise. »

Elle le regarda, les yeux remplis de tristesse mais aussi d'une sorte d'acceptation, comme si elle avait finalement fait la paix avec quelque chose qui la déchirait. « Je t'aime, » dit-elle doucement, la voix brisée. « Je t'aime vraiment. Mais je dois m'aimer moi aussi. Et je ne peux pas le faire si j'attends toujours que tu me rejoignes. »

Ils restèrent assis là un moment, ne disant pas grand-chose, se tenant simplement la main et laissant le silence parler pour eux. C'était une sorte d'adieu doux-amer, rempli d'amour, de douleur et d'une compréhension silencieuse qu'ils faisaient la bonne chose, même si cela faisait mal.
Finalement, elle lâcha sa main et se leva, ses mouvements lents et délibérés. « Je devrais y aller, » dit-elle, la voix tremblante. « Je ne pense pas pouvoir… prolonger cela davantage. »
Il se leva aussi, et pendant un instant, ils restèrent là, se regardant, comme s'ils essayaient de mémoriser chaque détail, chaque ligne, chaque imperfection. « Prends soin de toi, » dit-il doucement. « Et si jamais tu as besoin de quoi que ce soit… je serai là. »
Elle sourit, un sourire triste, mélancolique, et il pouvait voir à quel point elle souffrait, mais aussi à quel point elle était forte. « Toi aussi, » dit-elle. « J'espère que tu trouveras ce que tu cherches. »
Ils sortirent du café ensemble, et pendant quelques instants, ils restèrent sur le trottoir, le monde bourdonnant autour d'eux, mais ils avaient l'impression d'être les seuls au monde. Elle se pencha et l'embrassa, un baiser doux et prolongé qui avait le goût des larmes, puis elle s'éloigna, les yeux brillants.
« Au revoir, » dit-elle en murmurant.
« Au revoir, » répondit-il, le cœur se brisant un peu tandis qu'il la regardait s'éloigner, sa silhouette devenant de plus en plus petite jusqu'à disparaître au coin de la rue.

Ce soir-là, il s'assit dans son appartement, regardant les lumières de la ville, ressentant un étrange sentiment de vide. C'était fini. Il savait que cela allait arriver, mais maintenant que c'était le cas, il ne savait pas quoi ressentir. Une partie de lui se sentait soulagée, comme si un poids avait été levé, mais une autre partie de lui souffrait, pleurait la perte de quelque chose de beau, même si cela n'était pas destiné à durer.

Il prit son téléphone et appela Sonia, ayant besoin d'entendre une voix familière. « C'est fini, » dit-il lorsqu'elle répondit. « On a rompu. »
Sonia resta silencieuse un instant, puis elle soupira, un son à la fois compréhensif et compatissant. « Je suis désolée, » dit-elle doucement. « Je sais que tu tenais à elle. »
« Oui, » dit-il, regardant ses mains. « Mais on allait dans des directions différentes. Elle voulait plus que ce que je pouvais lui donner, et je ne voulais pas continuer à la freiner. »
« Tu as fait ce qu'il fallait, » dit Sonia. « C'est mieux d'être honnête, même si ça fait mal. Et vous irez bien tous les deux. Ça prendra du temps, mais ça ira. »
Il hocha la tête, même si elle ne pouvait pas le voir, et il ressentit un léger réconfort dans ses paroles. « Merci, » dit-il doucement. « Je ne sais pas ce que je ferais sans toi. »
« Tu n'auras jamais à le découvrir, » répondit-elle, sa voix douce mais ferme. « Je suis là. Toujours. »
Lorsqu'il raccrocha, il ressentit un étrange mélange d'émotions—de la tristesse, du soulagement, un sentiment de clôture mais aussi un vide douloureux. Il ne savait pas ce que l'avenir lui réservait, mais il savait que ce chapitre de sa vie était terminé. Et aussi douloureux que cela soit, il savait aussi que c'était la bonne chose à faire, la chose honnête.
Pour l'instant, il allait devoir trouver un moyen d'avancer, de ramasser les morceaux et de recommencer. Et peut-être qu'il trouverait aussi un moyen de guérir.

I am the vinegar and salt
And you are the oil that dissolves my frustrations, limitations
But sometimes...
I don't dare to ask why

XLVII

Who knows where the sidewalk ends?
Well, the road will turn, and the road will bend
They always say he marks the sparrow's fall
How can anyone believe it all?

Le soleil d'automne était lumineux mais frais alors qu'il remontait une large avenue près de la Place d'Italie. Cela faisait quelques jours qu'il avait rompu avec Laura, et bien que la tristesse soit toujours présente, il ressentait aussi une certaine clarté, comme si le poids qu'il portait depuis des mois avait enfin commencé à s'alléger. Il avait organisé une rencontre avec Sonia dans un café qu'ils fréquentaient souvent dans ce quartier, un endroit qui était devenu une sorte de refuge pour lui, un lieu où il pouvait se détendre et parler librement sans avoir à prétendre que tout allait bien.

Lorsqu'il arriva, Sonia était déjà là, assise à l'extérieur avec une tasse de café, ses cheveux au couleur d'encre relevés en une queue de cheval décontractée, une paire de lunettes de soleil noires perchée sur son nez. Elle leva les yeux lorsqu'il s'approcha, lui offrant un sourire chaleureux.

« Salut, toi, » dit-elle en remontant ses lunettes de soleil sur sa tête. « Comment tu tiens le coup ? »

Il s'assit en face d'elle, prenant une profonde inspiration pour essayer d'organiser ses pensées. « Je vais… bien, » dit-il, même s'il n'était pas tout à fait sûr que ce soit vrai. « Ça fait toujours mal, mais… c'est différent cette fois. Je ne me sens pas aussi perdu qu'avant. »

Sonia hocha la tête, l'étudiant attentivement. « C'est bon signe. Ça veut dire que tu gères mieux. Tu es plus fort maintenant. »

Il prit le menu, sans vraiment le regarder, juste pour avoir quelque chose à faire de ses mains. « J'ai beaucoup réfléchi à tout ça, » dit-il. « À quel point cette rupture me rappelle ce qui s'est passé avec Claire. Mais… ce n'est pas pareil. »

Elle haussa un sourcil, l'expression curieuse. « Comment ça ? »
« Avec Claire, j'étais... engourdi, » dit-il lentement, choisissant ses mots avec soin. « Je n'étais pas émotionnellement disponible. Je tenais à elle, mais j'étais encore tellement absorbé par mes sentiments pour Tina, par mon propre chaos, que je n'étais pas capable de lui donner quelque chose de réel. Je n'ai même pas vraiment essayé. »
Il leva les yeux vers Sonia, qui écoutait attentivement, ses yeux doux et compréhensifs. « Mais avec Laura, c'était différent, » continua-t-il. « J'étais plus présent, je suppose. J'avais l'impression d'être vraiment là, avec elle, d'essayer de faire fonctionner les choses. J'ai pu donner plus qu'avant. Mais ce n'était toujours pas suffisant. »
Sonia hocha lentement la tête, laissant ses mots s'imprégner. « On dirait que tu as fait beaucoup de chemin, » dit-elle. « Tu es honnête avec toi-même, et ce n'est pas facile. Mais c'est un signe que tu es en train de guérir. »
« J'espère, » dit-il, la voix basse. « Je... je ne pouvais pas lui donner tout ce qu'elle voulait. Elle veut une famille, de la stabilité, quelqu'un qui est prêt à construire une vie avec elle. Et je n'en suis pas encore là. Je ne voulais pas la priver de tout ça simplement parce que je n'étais pas prêt. »
Sonia prit une gorgée de son café, ses yeux ne le quittant pas. « C'était courageux de ta part de l'admettre, » dit-elle. « Ce n'est pas facile de laisser partir quelqu'un, surtout quand on tient à cette personne. Mais on dirait que tu as fait ce qu'il fallait—pour vous deux. »
Il baissa les yeux vers ses mains, traçant le bord de sa tasse de café avec son doigt. « Ça fait toujours mal, pourtant. Même si je sais que c'était la bonne décision, ça ne rend pas la chose plus facile. »
« Ce n'est pas censé être facile, » dit doucement Sonia. « Mais ça fait partie de la vie. Parfois, il faut prendre des décisions difficiles parce qu'elles sont justes. Et c'est normal de se

sentir triste. Ça ne veut pas dire que tu es faible, ça veut dire que tu es humain. »
Il lui sourit, un petit sourire reconnaissant. « Je ne sais pas ce que je ferais sans toi, » dit-il. « Tu as été mon roc pendant tout ce temps. Chaque fois que je me sens perdu, tu es là, m'aidant à retrouver mes repères. »
L'expression de Sonia s'adoucit, et elle tendit la main à travers la table, posant la sienne sur la sienne. « Tu as fait la plupart du travail tout seul, » dit-elle. « Je suis juste là pour te rappeler que tu n'es pas seul. Tu n'as pas à faire ça tout seul. »
Il sentit une boule se former dans sa gorge et dut avaler difficilement pour contenir ses émotions. « J'essaie d'aller de l'avant, » dit-il, essayant de trouver de la confiance. « Et je pense que j'y arrive. Même si cette rupture fait mal, je peux sentir que je suis… dans un meilleur endroit qu'avant. Je ne me noie pas comme avec Claire. Je suis triste, mais je suis aussi… bien. »
Sonia serra sa main, ses yeux brillant de fierté. « C'est parce que tu grandis, » dit-elle. « Tu apprends à prendre soin de toi, à être honnête sur ce que tu veux et ce que tu peux donner. Et ce n'est pas quelque chose que tout le monde peut faire. »
Il ressentit une chaleur se répandre dans sa poitrine à ses mots, un espoir qu'il n'avait pas ressenti depuis longtemps. « Je ne sais toujours pas ce que l'avenir me réserve, » dit-il, sa voix plus assurée maintenant. « Mais j'ai l'impression d'aller dans la bonne direction. Et c'est grâce à toi. Tu as été là pour moi, même quand je ne le méritais pas. Tu m'as aidé à voir les choses plus clairement. »
Le sourire de Sonia s'élargit, et elle secoua la tête. « Tu me donnes trop de crédit, » dit-elle. « J'ai juste mis en évidence ce qui était déjà là. C'est toi qui as décidé d'agir en conséquence. »

Ils restèrent assis là un moment, leurs mains toujours liées, les sons du café bourdonnant autour d'eux. Il ressentait un sentiment de calme, une force tranquille qui venait du fait de savoir qu'il avait quelqu'un qui croyait en lui, qui voyait le meilleur de lui-même, même lorsqu'il avait du mal à le voir lui-même.

« Tu penses que je finirai par y arriver ? » demanda-t-il soudainement, la question lui échappant avant qu'il ne puisse la retenir. « Tu penses que je trouverai quelqu'un avec qui je pourrai vraiment construire quelque chose ? »

L'expression de Sonia s'adoucit, et elle serra doucement sa main. « Je pense que oui, » dit-elle. « Mais tu n'as pas à te précipiter. Tu es en train de comprendre des choses, et c'est un processus. Tu apprends à être honnête avec toi-même, et c'est la chose la plus importante. Le reste viendra en temps voulu. »

Il hocha la tête, laissant ses mots s'imprégner. « J'espère que tu as raison, » dit-il doucement. « Je suis fatigué de me sentir toujours en décalage. »

« Tu ne l'es pas, » dit fermement Sonia. « Tu es exactement là où tu dois être. Et tu es plus fort que tu ne le penses. Tu y arriveras, un pas à la fois. »

Il sentit une vague de gratitude l'envahir, et il serra sa main en retour, un remerciement silencieux pour tout ce qu'elle avait fait pour lui. « Je vais essayer de m'en souvenir, » dit-il, sa voix un peu plus légère. « Et je vais continuer d'avancer, même si c'est lentement. »

« C'est tout ce que tu peux faire, » dit-elle en souriant. « Et je serai là, à chaque étape du chemin. »

Ils finirent leur café, et il se sentit comme s'il pouvait respirer un peu plus facilement. L'avenir était toujours incertain, toujours plein d'inconnues, mais il commençait à voir un chemin à suivre. Et tandis qu'ils quittaient le café, marchant côte à côte dans les rues animées, il ressentit un petit sentiment d'espoir vacillant—comme une lumière au bout d'un long tunnel sombre.

Well, the band has stopped playing but we keep dancing
The world keeps turning, the world keeps turning
On his hand he wore the ring of another
And the world keeps turning, the world keeps turning

XLVIII

If this world makes you crazy
And you've taken all you can bear
You call me up
Because you know I'll be there

Les jours ont commencé à se fondre en semaines, alors que l'hiver précoce s'installait sur Paris, apportant une fraîcheur dans l'air et une beauté tranquille à la ville. Les feuilles prenaient des teintes d'or et de cramoisi, tombant paresseusement des arbres pour se disperser sur les rues pavées. Pour lui, c'était un moment de guérison lente et constante, de trouver un nouveau rythme à ses journées alors qu'il essayait d'aller de l'avant après la douleur de sa rupture avec Laura.

Il occupait son temps de différentes manières, sortant voir des concerts, visitant des galeries d'art, et rendant visite à des amis qu'il n'avait pas vus depuis un moment. Sonia restait une présence constante, toujours prête avec un sourire chaleureux et une oreille attentive. Ils se retrouvaient pour prendre un verre, se baladaient dans des librairies, ou s'asseyaient des heures dans leur café préféré, parlant de tout et de rien. Elle avait cette manière de le faire se sentir compris, de lui permettre de s'exprimer sans crainte de jugement, et il se retrouvait à se reposer sur elle plus qu'il ne l'avait jamais imaginé.

Un vendredi soir frisquet, ils se retrouvèrent dans un vieux bar charmant près de Bastille. C'était un petit endroit faiblement éclairé avec des meubles en bois sombre et des bougies vacillantes sur chaque table, projetant une douce lueur chaude. Sonia avait suggéré d'essayer cet endroit, disant qu'elle avait entendu de bonnes choses sur le groupe de jazz qui y jouait le week-end.

Il arriva le premier, commanda un verre et trouva une place au fond, où ils pourraient parler sans être noyés par la

musique. Lorsque Sonia arriva, elle était emmitouflée dans une écharpe épaisse, ses joues rougies par le froid, et elle le salua avec un large sourire.
« Salut, toi, » dit-elle en s'asseyant en face de lui. « Comment ça va ? »
Il lui rendit son sourire, ressentant un sentiment familier de confort en la voyant. « Pas mal, » dit-il. « J'ai réussi à écrire un peu cette semaine. »
Ses yeux s'éclairèrent d'intérêt. « Vraiment ? C'est génial ! Sur quoi as-tu travaillé ? »
« Surtout le roman, » dit-il en prenant une gorgée de son verre. « Je ne sais pas si c'est bon, mais au moins je fais des progrès. Et cette fois, c'est différent. Comme si je ne forçais pas les choses. »
Le sourire de Sonia s'élargit, et elle leva son verre dans un toast fictif. « Aux progrès, » dit-elle. « Peu importe leur taille, ce sont toujours des progrès. »
Il heurta son verre contre le sien, se sentant un peu plus léger qu'il ne l'était depuis des jours. « Aux progrès, » répéta-t-il. « Et aux amis qui me gardent sain d'esprit. »

Ils passèrent la soirée à écouter le groupe, laissant les notes douces et mélodieuses du saxophone les envelopper, et pendant un moment, il se laissa oublier tout le reste. C'étaient des moments comme ceux-ci, entouré de musique et de chaleur, avec le rire de Sonia écho dans ses oreilles, qui lui donnaient l'impression que tout irait bien.
Mais ce n'était pas toujours facile. Il y avait encore des nuits où il se retrouvait allongé, fixant le plafond, son esprit revenant à Laura et à la façon dont les choses s'étaient terminées. Elle lui manquait, elle et la façon dont elle le faisait rire, la façon dont elle le regardait comme s'il était la seule personne au monde. Mais il savait aussi qu'il avait pris la bonne décision, que rester ensemble n'aurait fait qu'entraîner plus de douleur.

Ces nuits-là, il attrapait son téléphone, et parfois, il envoyait un message à Sonia, même s'il était tard. Elle répondait toujours, même si c'était juste pour lui dire d'arrêter de trop penser et de dormir. C'était une petite chose, mais cela comptait plus pour lui qu'il ne pouvait le dire.

Pendant la journée, il trouvait du réconfort dans l'écriture. Ce n'était pas toujours facile—il y avait encore des moments où les mots semblaient emmêlés, où il fixait la page blanche en ayant l'impression de n'avoir plus rien à dire. Mais il y avait aussi des jours où les mots coulaient, où il pouvait se perdre dans l'histoire qu'il essayait de raconter, et ces jours-là étaient un cadeau.

Un après-midi, il s'assit à son bureau, la douce lumière de l'hiver filtrant à travers la fenêtre, et réussit à écrire pendant des heures sans s'arrêter. Cela faisait longtemps qu'il n'avait pas ressenti ce genre de concentration, et lorsqu'il se redressa enfin, étendant ses bras, il ressentit un sentiment de satisfaction tranquille. Le manuscrit était encore brut, plein de trous et de pensées inachevées, mais il grandissait, prenait forme, et il pouvait voir l'esquisse de ce qu'il pourrait devenir.

Il envoya un message à Sonia plus tard dans la journée, lui racontant ses progrès. Elle répondit presque immédiatement : **C'est incroyable ! Je suis tellement fière de toi. Continue comme ça. J'ai hâte de le lire un jour.**

Ses mots le firent sourire, et il ressentit une chaleur se répandre dans sa poitrine, un rappel qu'il n'était pas seul dans tout cela, qu'il y avait des gens qui croyaient en lui, même lorsqu'il avait du mal à croire en lui-même.

Le week-end suivant, Sonia l'invita à une petite soirée chez elle. C'était une affaire informelle, juste quelques amis, un peu de musique, et beaucoup de rires. Il hésita au début, incertain s'il était prêt à être entouré de tant de monde, mais elle le convainquit, disant que ça lui ferait du bien de sortir de sa tête pendant un moment.

Il était content d'être venu. La soirée était remplie de conversations faciles, de vin qui coulait à flots, et de ce genre de joie spontanée qui ne vient que lorsque l'on est entouré de gens qui nous mettent à l'aise. Sonia avait cette façon de rassembler les gens, de créer une atmosphère où chacun se sentait bienvenu, et il se retrouva à rire plus qu'il ne l'avait fait depuis des semaines.

À un moment donné, elle l'entraîna à part, lui tendant un autre verre de vin. « Tu as l'air mieux, » dit-elle, ses yeux brillants de curiosité. « Je veux dire, je vois toujours que tu traverses des trucs, mais… il y a quelque chose de différent. Plus léger. »

Il haussa les épaules, un petit sourire aux lèvres. « Je suppose que je commence à accepter les choses, » dit-il. « Je suis toujours triste, toujours en train d'essayer de comprendre tout ça, mais… je ne me noie plus. J'essaie d'aller de l'avant, même si ce n'est qu'un peu à la fois. »

Elle sourit, un sourire chaleureux et fier qui lui serra la poitrine. « C'est tout ce que tu peux faire, » dit-elle doucement. « Et tu t'en sors très bien. N'oublie pas ça. »

Ils trinquèrent, et pendant un moment, il ressentit un sentiment de paix, un sentiment que les choses commençaient à se mettre en place, même si c'était lent et désordonné.

Les semaines passèrent, et il continua à trouver son chemin, naviguant entre les hauts et les bas avec un peu plus de grâce. Il y avait encore des mauvais jours, des moments où la tristesse s'infiltrait et l'enveloppait comme un brouillard, mais il y avait aussi des bons jours—des jours où il sentait qu'il pouvait respirer, où il voyait le monde avec un peu plus de clarté.

Il passa plus de temps à écrire, laissant les mots venir à leur propre rythme, et il fut surpris de voir tout ce qu'il parvenait

à mettre sur papier. Ce n'était pas parfait, mais c'était quelque chose, et cela ressemblait à un pas dans la bonne direction. Il réussit même à terminer une nouvelle, que Sonia insista pour lire. Elle l'adora, bien sûr, et son enthousiasme était contagieux, lui donnant l'impression qu'il était peut-être sur la bonne voie après tout.
Et à travers tout cela, Sonia était là, sa présence une source constante de réconfort et de stabilité. Ils se retrouvaient pour prendre un verre, allaient à des concerts, se promenaient dans la ville, et chaque fois qu'il commençait à se sentir glisser, elle le ramenait, lui rappelant qu'il était plus fort qu'il ne le pensait.

Un soir, après avoir passé quelques heures dans un club de jazz, ils rentrèrent à pied à son appartement, l'air frais de la nuit piquant leur peau. Sonia parlait d'une nouvelle pièce d'art sur laquelle elle travaillait, ses mains animées alors qu'elle la décrivait, et il se surprit à sourire, se sentant reconnaissant pour son enthousiasme, pour la façon dont elle semblait toujours savoir comment lui remonter le moral.
« Tu vas t'en sortir, » dit-elle soudainement, se tournant vers lui avec une expression sérieuse. « Je sais que tu n'en as pas toujours l'impression, mais tu vas t'en sortir. Tu es déjà en chemin. »
Il la regarda, ressentant une chaleur se répandre dans sa poitrine, et il hocha la tête, ne se faisant pas confiance pour parler. Pendant si longtemps, il avait été perdu, mais maintenant il commençait à voir un chemin à suivre, une sortie de l'obscurité.
Et alors qu'ils marchaient dans les rues calmes et endormies de Paris, il ressentit un sentiment d'espoir, une petite lumière vacillante qui lui disait que les choses allaient s'améliorer, qu'il trouverait un moyen de s'en sortir, même si cela prenait du temps.

And I'll see your true colors
Shining through
I see your true colors
And that's why I love you
So don't be afraid to let it show
Your true colors
True colors are beautiful
Like a rainbow

XLIX

Love, love is a stranger
I know that it's hard
I know what it's like
Love, you don't need a savior
To someone who'll fight
With you by yr side

Les jours continuaient de s'écouler, marqués par un rythme tranquille et constant. Il avait réussi à se créer une routine, un mélange de travail, d'écriture et de moments de réflexion tranquille. Son roman commençait à prendre forme, les personnages et les thèmes devenaient plus précis, et il avait l'impression de créer quelque chose de réel, quelque chose qui comptait. Le processus n'était pas toujours facile—il y avait encore des jours où les mots étaient têtus et insaisissables—mais il progressait.
Un soir d'hiver froid, après une longue journée d'écriture, il décida de faire une promenade jusqu'à son supermarché local pour acheter quelques essentiels. Le supermarché était à une courte distance de son appartement, et il aimait y aller le soir, quand c'était plus calme, presque paisible. Les allées étaient faiblement éclairées, les étagères alignées de produits familiers, et il y avait un certain confort dans cette routine, un petit réconfort au milieu de tout le reste.
Alors qu'il errait dans le rayon des fruits et légumes, débattant s'il devait prendre des pommes rouges ou vertes, il entendit une voix douce et mélodieuse qui luttait avec le vendeur au comptoir. Il jeta un coup d'œil et vit une grande femme stupéfiante aux longs cheveux noirs, ses traits élégants et expressifs, essayant de communiquer en français approximatif.
« Pardon, je… uh… je cherche du riz… non, pas ça, l'autre… » bafouillait-elle, ses joues rougissant légèrement de frustration.

Il pouvait entendre un accent italien, et il sourit, amusé par sa lutte. Il fit un pas en avant, décidant de l'aider. « Hai bisogno di aiuto ? » dit-il, son italien un peu rouillé mais encore assez clair. « Je peux vous aider ? »
Elle se tourna vers lui, ses yeux s'écarquillant de surprise, puis elle sourit avec gratitude. « Oh, grazie ! Sì, j'ai besoin de riz, mais pas de celui-ci... je ne sais pas comment l'expliquer en français. »
Il hocha la tête, traduisant rapidement sa demande pour le vendeur, qui acquiesça poliment et la dirigea vers le bon rayon. « Voilà, » dit-il en se tournant vers elle avec un sourire. « Crise évitée. »
Elle rit, un son doux et musical qui fit sourire davantage. « Grazie mille. Mon français est terrible, et je ne suis ici que depuis quelques semaines, donc c'est... un peu déroutant. »
« Pas de problème, » dit-il. « Je suis content d'avoir pu aider. Je ne rencontre pas beaucoup d'Italiens par ici. »
Elle tendit la main, son sourire chaleureux et invitant. « Je m'appelle Aurora, » dit-elle. « Et vous avez raison, nous ne sommes pas nombreux. »
Il serra sa main, notant la chaleur de son contact. « Enchanté, Aurora. Je suis heureux d'être arrivé au bon moment. »

Après une brève conversation, il proposa de l'aider à trouver le reste de ses courses, et ils finirent par errer ensemble dans les allées, parlant facilement tout en ramassant les articles. Elle lui expliqua qu'elle avait récemment déménagé à Paris depuis Rome, et il pouvait entendre l'affection dans sa voix lorsqu'elle parlait de sa ville natale. Il se retrouva captivé par elle, non seulement par sa beauté mais aussi par la façon dont elle parlait, ses mains gesticulant vivement lorsqu'elle essayait de décrire quelque chose ou de faire un point.
Une fois leurs courses terminées, il hésita un moment, ne voulant pas que la conversation s'arrête. « Et si on allait boire un verre ? » suggéra-t-il, se sentant un peu audacieux. « Je

connais un bar sympa juste à côté. On pourrait continuer cette conversation dans un endroit un peu plus confortable. »
Les yeux d'Aurora s'illuminèrent, et elle hocha la tête avec enthousiasme. « Con piacere. »

Le bar était un petit endroit charmant niché dans un coin tranquille, avec un éclairage tamisé et une ambiance chaleureuse et accueillante. Ils trouvèrent une table près de la fenêtre, et il commanda un verre de vin pour lui, tandis qu'elle opta pour un spritz. Ils trinquèrent, et elle sourit, ses yeux brillants dans la lumière douce.
« À de nouveaux départs, » dit-elle, levant légèrement son verre. « Et à trouver des étrangers serviables dans les supermarchés. »
Il rit, faisant tinter son verre contre le sien. « Je vais boire à ça. »
Ils tombèrent rapidement dans une conversation facile, parlant de leurs vies, de leurs passions, et de ce qui les avait amenés jusqu'à ce moment précis. Aurora lui parla de sa vie à Rome, de la façon dont elle y avait passé la plupart de sa vie, travaillant comme consultante en art, mais avait décidé de faire un saut et de déménager à Paris pour une nouvelle opportunité professionnelle. « J'ai toujours aimé Paris, » dit-elle, ses yeux étincelants d'enthousiasme. « L'art, la culture, la cuisine… c'est comme un rêve. Mais déménager ici était quand même un grand pas. Je ne connais encore personne, donc parfois je me sens un peu seule. »
Il hocha la tête, comprenant parfaitement ce sentiment. « Je me souviens de mes débuts ici, » dit-il. « Il m'a fallu du temps pour trouver mes marques. Paris peut être un endroit magique, mais aussi écrasant, surtout quand on est seul. »
Ils parlèrent pendant des heures, trouvant un terrain d'entente dans leur amour pour l'art et les voyages. Il lui raconta ses expériences à Paris, les endroits qu'il aimait, et les coins tranquilles de la ville que la plupart des touristes ne voyaient

jamais. Lorsqu'il mentionna qu'il était écrivain, elle se pencha vers lui, ses yeux s'élargissant d'intérêt.
« Tu es écrivain ? » demanda-t-elle, intriguée. « C'est incroyable. Qu'écris-tu ? »
« De la semi-fiction, il n'y a pas de meilleur terme pour décrire cela, » dit-il, se sentant soudain un peu mal à l'aise. « Je travaille sur un roman en ce moment, mais c'est... toujours en cours. C'est un long voyage. »
Aurora sourit, son expression chaleureuse et encourageante. « J'adorerais le lire un jour. Je pense que l'écriture est une si belle façon de s'exprimer. Cela doit demander beaucoup de courage. »
Il ressentit une légère chaleur à ses mots, un sentiment qu'il n'avait pas ressenti depuis ses débuts avec Laura. « C'est le cas, » dit-il doucement. « Mais c'est aussi la seule façon que je connaisse pour donner un sens aux choses. C'est comme mettre des morceaux de moi-même là-bas, en espérant que quelqu'un comprenne. »

Ils quittèrent le bar pour s'installer dans un charmant petit bistrot en bas de la rue, où ils commandèrent un dîner tardif et continuèrent leur conversation autour de pâtes et de vin. Aurora était pleine d'histoires sur sa vie à Rome, sa famille, et son amour pour l'art, et il se sentit attiré par son énergie, sa passion. Elle était confiante, mais il y avait aussi une douceur, une vulnérabilité qui la rendait plus réelle, plus accessible.
Alors que la soirée se prolongeait dans la nuit, ils riaient, plaisantaient et partageaient des histoires, et il ressentit quelque chose changer en lui, un sentiment de connexion qu'il n'avait pas ressenti depuis longtemps. Il voyait la façon dont elle le regardait quand il parlait, ses yeux attentifs et curieux, et il avait l'impression d'être vu, vraiment vu.
Finalement, le bistro commença à se vider, et ils réalisèrent à quel point il était tard. Il hésita alors qu'ils se tenaient dehors, incertain de ce qu'il devait dire, ne voulant pas que la

soirée se termine tout de suite. « C'était… vraiment sympa, » dit-il enfin, les mains enfoncées dans ses poches. « Je suis content qu'on se soit croisés. »
Aurora sourit, ses joues rougies par le vin et l'air frais de la nuit. « Moi aussi. J'ai passé un très bon moment. »
Il y eut un moment de silence, puis elle parla à nouveau, un soupçon de malice dans sa voix. « Alors, est-ce qu'on va refaire ça, ou était-ce juste une aventure unique au supermarché ? »
Il rit, soulagé par sa légèreté. « J'aimerais te revoir, » dit-il. « Et si on rendait ça officiel et qu'on appelait ça un rendez-vous ? »
Elle pencha la tête, faisant mine de réfléchir un instant avant de hocher la tête. « Ça me va. Je suis libre demain soir, si tu l'es aussi. »
« C'est un rendez-vous, » dit-il, son cœur se sentant un peu plus léger, un peu plus chaud. « Je t'enverrai un message. »
Ils échangèrent leurs numéros, et après un dernier sourire, ils se séparèrent, chacun partant dans une direction opposée. Alors qu'il rentrait à son appartement, l'air frais mordant ses joues, il ressentit un étrange sentiment d'optimisme, l'impression que les choses commençaient peut-être à changer. Il ne savait pas où cela mènerait, mais il était excité par la possibilité.
Et alors qu'il s'allongeait dans son lit cette nuit-là, fixant le plafond, il se retrouva à penser au sourire d'Aurora, à la façon dont ses yeux s'illuminaient lorsqu'elle parlait des choses qu'elle aimait. C'était une petite chose, mais cela lui donnait l'impression d'avancer, de retrouver son chemin vers quelque chose qu'il avait perdu.

With whole desire, chemical fire
This is no joke, no joke
Whole desire, the cannonball fire
It's as if I could split the moon in two
For you

L

Lay, lady, lay
Lay across my big brass bed
Lay, lady, lay
Lay across my big brass bed
Whatever colors you have
In your mind
I'll show them to you
And you'll see them shine

La soirée était fraîche et claire tandis qu'il se dirigeait vers le restaurant où il devait retrouver Aurora. Il avait attendu ce rendez-vous toute la journée, ressentant un mélange d'excitation et de nervosité qu'il n'avait pas ressenti depuis longtemps. C'était étrange, pensa-t-il, de voir à quelle vitesse elle avait trouvé le moyen de s'immiscer dans ses pensées, de quelle manière elle l'avait fait rire et oublier les choses qui l'accablaient.
Lorsqu'il arriva, il la repéra immédiatement. Elle se tenait devant l'entrée, habillée d'une élégante robe noire qui épousait ses formes, ses longs cheveux noirs tombant en cascade sur ses épaules. Elle était superbe, mais plus que cela, elle semblait à l'aise, confiante, et elle le salua avec un sourire chaleureux et lumineux qui fit battre son cœur un peu plus fort.
« Ciao, » dit-elle en s'approchant pour l'embrasser sur les deux joues. « J'espère que tu es prêt pour une soirée de plaisir. »
« Je ne serais pas ici sinon, » répondit-il en souriant. « Tu es magnifique, au fait. »
Elle rougit légèrement, un doux sourire satisfait se dessinant sur ses lèvres. « Grazie. Toi non plus, tu ne t'en sors pas mal. »
Ils entrèrent dans le restaurant, un bistrot intime, avec des bougies vacillant sur chaque table et du jazz doux jouant en fond sonore. Ils furent installés dans une banquette au coin,

et dès qu'ils s'assirent, la conversation se mit à couler, naturelle et fluide.
Ils commandèrent du vin et partagèrent des plats de pâtes, de fruits de mer et d'antipasti, savourant chaque bouchée tout en parlant de tout—de sa vie à Rome, de son amour pour Paris, de leurs films préférés, de leurs livres, et des particularités de leurs villes respectives. Il se retrouva captivé par sa façon de parler, par la façon dont ses yeux s'illuminaient quand elle était excitée, par la façon dont ses mains gesticulaient avec animation lorsqu'elle décrivait quelque chose.
« Rome est magnifique, » dit-il à un moment donné, prenant une gorgée de son vin. « Mais il y a quelque chose à propos de Paris… il y a cette énergie, cette magie. Même après toutes ces années, je ne m'en lasse toujours pas. »
Aurora sourit, hochant la tête en accord. « C'est pour ça que je suis ici. J'avais besoin de changement, d'une nouvelle aventure. Rome sera toujours chez moi, mais je voulais voir ce qu'il y avait d'autre. »
« Je suis content que tu l'aies fait, » dit-il, ses yeux rencontrant les siens. « Sinon, nous ne serions pas assis ici en ce moment. »
Elle soutint son regard un moment, son expression s'adoucissant. « Moi aussi, » dit-elle, sa voix n'étant qu'un murmure. « Je suis vraiment contente que nous nous soyons rencontrés. »

Après le dîner, ils décidèrent d'aller danser. Aurora insista sur le fait qu'elle connaissait un endroit tout près où la musique était excellente, et où ils pouvaient se défouler sans se soucier de rien. Le club était un petit endroit vivant avec un groupe jouant des morceaux dynamiques et rythmiques qui rendaient impossible de rester immobile. L'atmosphère était électrique, la piste de danse bondée de personnes se mouvant au rythme, et il ressentit une poussée d'exaltation lorsqu'il prit sa main et l'emmena au centre de la piste.

Ils dansèrent pendant des heures, bougeant ensemble en parfaite synchronisation, riant et tournoyant sous les lumières tamisées et colorées. Aurora était gracieuse et confiante, et il se retrouva fasciné par sa manière de se mouvoir, la façon dont elle renversait la tête en riant, ses yeux étincelant de joie. Ils dansèrent jusqu'à être essoufflés, leurs corps pressés l'un contre l'autre, et lorsque le groupe joua un morceau plus lent, plus intime, il enroula ses bras autour de sa taille et elle se blottit contre lui, sa joue reposant contre la sienne.
« C'est parfait, » murmura-t-elle, ses lèvres proches de son oreille. « Si seulement tout pouvait être aussi simple. »
« Pourquoi pas ? » chuchota-t-il en retour, ses mains caressant doucement son dos. « C'est à nous de décider. »

Plus tard dans la nuit, ils décidèrent de se promener, laissant l'air frais de la nuit les envelopper tandis qu'ils arpentaient les rues tranquilles et baignées de clair de lune. Ils se tenaient par la main, parlant doucement, leurs paroles entrecoupées de rires, et lorsqu'ils arrivèrent à l'immeuble de son appartement, il hésita un moment, ne voulant pas que la nuit se termine.
« Est-ce que tu veux monter ? » demanda-t-il, son cœur battant dans sa poitrine.
Aurora leva les yeux vers lui, ses yeux doux et scrutateurs. « J'adorerais, » dit-elle, un sourire tirant les coins de ses lèvres.

Dans son appartement, ils passèrent à peine la porte avant de s'embrasser, leurs mains s'affairant à enlever leurs vêtements tandis qu'ils se dirigeaient vers la chambre. C'était comme si toute la soirée avait mené à ce moment, et lorsqu'ils tombèrent finalement dans le lit, leurs corps enlacés, tout le reste sembla s'évanouir—les soucis, les incertitudes, le passé. Ils firent l'amour avec passion, leurs mouvements étant urgents et affamés, comme s'ils essayaient de compenser toutes les nuits qu'ils n'avaient pas connues. Elle était sauvage et intrépide, et il se perdit en elle, dans la façon dont

elle le touchait, la façon dont elle murmurait son nom, la façon dont elle le faisait se sentir vivant.
Ils ne s'arrêtèrent pas avant les premières heures du matin, leurs corps épuisés mais leurs esprits encore électrisés par l'énergie de la nuit. Ils restèrent enlacés sous les draps, leur peau chaude et moite, et il s'endormit avec sa tête reposant sur sa poitrine, se sentant plus en paix qu'il ne l'avait été depuis longtemps.

Quand il se réveilla, la pièce était baignée d'une douce lumière matinale, et Aurora était toujours là, ses longs cheveux noirs étalés sur l'oreiller, ses yeux à moitié ouverts tandis qu'elle lui souriait somnolente. Sans dire un mot, il se pencha et l'embrassa, un baiser lent et tendre qui s'approfondit rapidement, et ils firent l'amour à nouveau, plus lentement cette fois, savourant chaque toucher, chaque baiser, comme s'ils essayaient de faire durer le moment pour toujours.
Ensuite, ils restèrent au lit, sirotant du café, l'arôme emplissant la pièce alors qu'ils parlaient doucement, leurs jambes toujours entremêlées sous les couvertures. Aurora semblait détendue, son expression paisible, mais il y avait une pointe de quelque chose d'autre dans ses yeux, quelque chose de plus sérieux.
« Je suis vraiment contente de t'avoir rencontré, » dit-elle, sa voix douce. « J'ai passé un moment incroyable avec toi, et la nuit dernière était… eh bien, c'était vraiment super. »
Il sourit, tendant la main pour repousser une mèche de cheveux derrière son oreille. « Je pense que 'vraiment super' est un euphémisme. »
Elle rit, mais son sourire s'effaça ensuite, et elle baissa les yeux vers son café, ses doigts jouant avec le bord de la tasse.
« Mais je dois être honnête avec toi, » dit-elle, son ton devenant plus sérieux. « Je n'ai pas déménagé à Paris en cherchant une relation. Je suis venue ici pour un nouveau départ, pour moi-même. Et autant je t'apprécie—et crois-moi,

je t'apprécie vraiment—je ne cherche pas quelque chose de sérieux en ce moment. »
Il ressentit une légère pointe de déception, mais il essaya de garder son expression neutre, ne voulant pas la faire se sentir coupable. « Je comprends, » dit-il en hochant la tête. « Je ne suis pas exactement dans une position où je cherche quelque chose de sérieux non plus. Je suis toujours, je déteste cette expression, mais, en train de 'trouver ma voie'. »
Les yeux d'Aurora s'adoucirent, et elle tendit la main pour prendre la sienne, son pouce caressant doucement ses jointures. « Je suis contente que tu comprennes, » dit-elle. « Je ne voulais juste pas te donner de faux espoirs, ou te faire croire que c'était quelque chose que ça n'est pas. On peut continuer à se voir, continuer à s'amuser, mais je veux juste que tu saches où j'en suis. »
Il apprécia son honnêteté, même si cela piquait un peu. « J'apprécie que tu me le dises, » dit-il doucement. « J'aime passer du temps avec toi, et je ne cherche pas à compliquer les choses. Tant que nous sommes sur la même longueur d'onde, j'aimerais continuer à te voir. »
Elle sourit, le soulagement se lisant sur ses traits. « Bien, » dit-elle en se penchant pour l'embrasser doucement. « Parce que j'aimerais vraiment ça aussi. »
Ils finirent leur café, et pendant un moment, ils restèrent simplement là, enlacés, profitant de l'intimité tranquille du moment. Il y avait encore beaucoup de choses qu'ils ne savaient pas l'un de l'autre, encore beaucoup de choses laissées non dites, mais pour l'instant, cela n'avait pas d'importance. Ils avaient ce moment, cette connexion physique parfaite, et c'était suffisant.

I long to see you in the morning light
I long to reach for you in the night
Stay, lady, stay
Stay while the night is still ahead

LI

Although we both know we belong to a different world
Although we both know it's not wrong to differ
It takes so much more than a guess to know

Le soleil pâle de l'hiver commençait à se coucher derrière les toits parisiens alors qu'il se dirigeait vers le café où il devait retrouver Sonia. Cela faisait quelques jours depuis son rendez-vous avec Aurora, et le souvenir de leur nuit ensemble flottait encore dans son esprit, une lueur chaude et enivrante qui le faisait sourire tandis qu'il naviguait dans les rues animées.
Lorsqu'il arriva, Sonia était déjà là, assise à une petite table près de la fenêtre, sirotant un espresso. Elle l'aperçut à travers la vitre et lui fit signe, un sourire illuminant son visage. Il lui rendit son sourire, ressentant un sentiment de confort et de familiarité alors qu'il s'approchait et prenait place en face d'elle.
« Hey, toi, » dit-elle en posant sa tasse. « Tu as l'air... différent. Plus heureux. »
« Vraiment ? » dit-il, levant un sourcil d'un air taquin. « Peut-être parce que je le suis. »
Elle se pencha en avant, sa curiosité piquée. « Eh bien, ne me laisse pas en suspens. Qu'est-ce qui se passe ? »
Il sourit, se reculant dans sa chaise. « J'ai rencontré quelqu'un, » dit-il simplement, appréciant la façon dont ses yeux s'écarquillèrent de surprise. « Elle s'appelle Aurora. Nous ne sommes sortis qu'une seule fois, mais... c'était une nuit vraiment géniale. »
Le sourire de Sonia s'élargit, et elle applaudit doucement de joie. « Oh, c'est excitant ! Dis-moi tout. »
Il rit, se sentant un peu comme un adolescent parlant de son crush. « C'était une rencontre fortuite, vraiment. Je l'ai rencontrée au supermarché—elle avait du mal avec son

français, et j'ai proposé de l'aider. On a fini par aller boire un verre, et... une chose en a amené une autre. »
Les yeux de Sonia brillaient d'amusement. « Toi seul pourrais transformer une banale course au supermarché en une rencontre romantique. Alors, comment est-elle ?»
« Elle est incroyable, » dit-il, son ton se faisant plus doux. « Elle vient de Rome, elle a emménagé ici il y a seulement quelques semaines. Elle est confiante, drôle, intelligente... mais il y a cette chaleur en elle, cette énergie décontractée qui rend tout léger et amusant. On a parlé pendant des heures, on est allés danser, et... eh bien, la nuit ne s'est pas arrêtée là. »
Sonia rit doucement, secouant la tête. « Je suis contente que tu t'amuses. Tu le mérites. Mais... est-ce que c'est quelque chose de sérieux, ou juste une aventure ? »
Il fit une pause un moment, réfléchissant à sa question. « Ce n'est... pas sérieux, » finit-il par dire. « Et c'est ce qui est bien. On en a parlé, et on est sur la même longueur d'onde—aucune attache, juste le plaisir de passer du temps ensemble. Je pense que c'est exactement ce dont j'ai besoin en ce moment. Rien de compliqué, juste... de la passion, sans la pression. »
L'expression de Sonia s'adoucit, et elle hocha lentement la tête. « Je comprends. Après tout ce que tu as traversé, c'est peut-être ce dont tu as besoin—être simplement dans l'instant, sans te préoccuper de l'avenir. »
« Exactement, » dit-il, soulagé qu'elle comprenne. « J'ai porté tellement de choses, pendant si longtemps... ça fait du bien de simplement laisser aller, d'avoir quelque chose de simple et amusant. Et elle ne cherche rien de plus non plus, donc il n'y a pas de pression. »
Sonia sirota son café, ses yeux pensifs. « Eh bien, tant que tu es heureux, je suis heureuse. Juste... fais attention, d'accord ? Même quand les choses sont censées être simples, elles peuvent devenir compliquées rapidement. Mais je te fais confiance pour gérer. »

Il tendit la main au-dessus de la table, lui donnant une douce pression de la main. « Je ferai attention, » dit-il. « Et merci, pour tout. Tu as été un vrai soutien ces derniers mois. »
Elle sourit, ses yeux chaleureux. « N'importe quand. Tu sais que je suis toujours là, n'est-ce pas ?»
« Je sais, » dit-il, sa voix douce. « Et ça signifie plus que tu ne peux l'imaginer. »

Après leur café, ils se quittèrent, et il se surprit à attendre avec impatience ses plans pour la soirée avec Aurora. Il n'avait pas pu s'empêcher de penser à elle depuis leur dernier rendez-vous, et maintenant, alors qu'il se dirigeait vers son appartement, il ressentait un mélange d'excitation et d'anticipation.
Lorsqu'il arriva, elle l'accueillit avec un sourire espiègle, appuyée contre le cadre de la porte dans un peignoir soyeux qui laissait entrevoir ses courbes. « Ciao, » dit-elle, sa voix basse et sensuelle. « Je commençais à me demander si tu allais venir. »
« Je ne manquerais ça pour rien au monde, » dit-il, entrant et fermant la porte derrière lui.
Elle enroula ses bras autour de son cou, l'attirant pour un baiser profond et langoureux, et il sentit la tension de la journée fondre alors que leurs corps se pressaient l'un contre l'autre. « Bien, » murmura-t-elle contre ses lèvres. « Parce que j'ai pensé à toi toute la journée. »

La soirée fut un tourbillon de passion et d'intensité, leurs vêtements rapidement jetés alors qu'ils se dirigeaient vers sa chambre, incapables de garder leurs mains l'un loin de l'autre. Il y avait une faim entre eux, une connexion physique brute qui était à la fois exaltante et libératrice, comme s'ils essayaient tous deux de fuir quelque chose, de se perdre l'un dans l'autre.
Ils ne s'arrêtèrent que lorsqu'ils furent épuisés, leurs corps glissants de sueur, leurs membres enchevêtrés sous les draps.

Ils restèrent là un moment, reprenant leur souffle, et il ressentit un sentiment de satisfaction, de contentement, tandis qu'il la regardait, ses longs cheveux noirs étendus sur l'oreiller, sa peau éclatante dans la lumière tamisée.
« C'était... vraiment bien, » dit-il, sa voix rauque, un sourire paresseux aux lèvres.
Aurora tourna la tête pour le regarder, ses yeux mi-clos, un sourire satisfait sur les lèvres. « Je le prends comme un compliment, » dit-elle doucement, sa main glissant sur sa poitrine. « Tu n'étais pas mal non plus. »
Ils restèrent là un moment, profitant des effets de l'amour, et il ressentit un sentiment de calme, un bonheur tranquille qu'il n'avait pas ressenti depuis longtemps. C'était simple, sans complications, et c'était exactement ce dont il avait besoin.

Aux premières heures du matin, ils se réveillèrent, leurs corps encore chauds de sommeil, et ils firent l'amour à nouveau. Cela semblait différent dans la lumière du matin, moins frénétique, plus intime, et il se perdit dans la façon dont elle bougeait, la façon dont elle murmurait son nom.
Ensuite, ils restèrent au lit, sirotant le café qu'Aurora avait préparé, la lumière du soleil filtrant à travers les rideaux, projetant une lueur chaude dans la pièce. Elle était appuyée sur un coude, le regardant avec un sourire taquin.
« Je dois dire que cela faisait longtemps que je n'avais pas ressenti ce genre de passion, » dit-elle, son ton léger mais sincère. « Tu m'as donné beaucoup de plaisir. Et... eh bien, c'était vraiment génial. »
Il rit doucement, posant sa tasse de café sur la table de nuit. « Je pourrais dire la même chose de toi. C'était... exactement ce dont j'avais besoin. »
Elle sourit, visiblement soulagée, et se pencha pour l'embrasser ; un baiser lent et prolongé qui lui fit oublier tout le reste. « Tant mieux, » murmura-t-elle. « Parce que je ne suis pas prête à renoncer à ça de sitôt. »

Ils terminèrent leur café, et pendant un moment, ils restèrent là, profitant de l'intimité tranquille de l'instant. C'était une forme de bonheur fragile, mais c'était réel.

We can hurt each other when loads of love
We can love each other with loads of hurt
It's a thin, thin line to make it work

LII

Life will flash before my eyes
So scattered and lost
I want to touch the other side
And no one thinks they are to blame
Why can't we see
That when we bleed, we bleed the same?

Les jours se fondaient en semaines, et avant qu'il ne s'en rende compte, des mois avaient passé. L'hiver à Paris avait cédé la place aux premiers frissons du printemps, les premiers bourgeons verts apparaissant dans les parcs, le soleil devenant un peu plus chaud chaque jour. C'était une époque de renouveau, de retour à la vie, et il se déplaçait à travers tout cela avec un sentiment de contentement tranquille.

Sa vie s'était installée dans une sorte de rythme— l'écriture, les sorties avec Sonia, et des soirées passionnées et imprévues avec Aurora. C'était un schéma qui s'était formé presque sans effort, et il en était reconnaissant. La simplicité de son arrangement avec Aurora lui permettait de se concentrer sur d'autres aspects de sa vie, de se reconstruire sans la pression d'une relation qui demandait trop. Il écrivait pendant la journée, se perdant souvent dans les pages de son roman, puis le soir, il sortait, parfois avec Sonia, parfois pour voir Aurora, et parfois simplement seul, errant dans les rues de Paris, pensant.

Aurora restait une partie lumineuse et excitante de sa vie. Ils se voyaient quand ils le pouvaient, prenaient un verre après le travail, dansaient tard dans la nuit dans de petits clubs, et, plus souvent qu'à leur tour, finissaient dans l'un de leurs appartements, où ils passaient la nuit enlacés. C'était passionné, exaltant, et sans complication, comme ils en avaient convenu. Elle avait sa propre vie, ses propres amis, son propre espace, et il respectait cela. C'était une dynamique qui leur convenait à tous les deux, du moins c'est ce qu'il pensait.

Mais à mesure que les jours s'allongeaient et que les premiers signes du printemps apparaissaient, il commença à remarquer un changement en lui. Il se surprenait à penser à Aurora plus souvent, à rejouer leurs conversations, à sourire en pensant à son rire, à son charme facile et confiant. Il commença à attendre leurs nuits ensemble avec une sorte d'impatience qu'il n'avait pas ressentie depuis longtemps, et quand ils n'étaient pas ensemble, elle lui manquait. Il était en train de tomber amoureux d'elle, réalisa-t-il, et cela l'effrayait.
Il ne savait pas exactement quand cela s'était produit. Peut-être que cela avait été graduel, une lente accumulation de sentiments qu'il n'avait pas reconnus au début. Ou peut-être que ça avait toujours été là, caché sous la surface, attendant le bon moment pour se révéler. Mais maintenant qu'il en était conscient, il ne pouvait plus l'ignorer. Chaque fois qu'il la voyait, chaque fois qu'ils s'embrassaient, chaque fois qu'elle lui souriait avec ce regard joueur et complice, il avait l'impression de tomber un peu plus profondément.
Il ne savait pas quoi faire. Ils avaient été si clairs sur ce qu'ils voulaient, si prudents pour établir des limites, et il était terrifié à l'idée de franchir une ligne qui changerait tout. Et si elle ne ressentait pas la même chose ? Et si avouer ses sentiments ne faisait que la repousser, ruinant la chose simple et parfaite qu'ils avaient ? C'était un risque qu'il n'était pas sûr d'être prêt à prendre.
Alors, il garda ses sentiments pour lui, les enterrant sous des sourires décontractés et des plaisanteries, prétendant que rien n'avait changé. Mais il devenait de plus en plus difficile de les cacher, et il savait qu'il ne pourrait pas continuer ainsi éternellement.

Un après-midi frisquet, il retrouva Sonia pour un café dans un café du Quartier Latin. Elle venait de terminer une commande artistique, et ils célébraient avec des pâtisseries et des cappuccinos, le genre de petite indulgence qu'ils appréciaient tous les deux. Elle était de bonne humeur, les yeux brillants, les joues rougies par la marche jusqu'au café, et il se surprit à envier son bonheur facile, sa capacité à vivre dans l'instant sans tout suranalyser.

Ils parlèrent de son travail, de son écriture, d'un concert qu'ils prévoyaient d'assister la semaine suivante, mais après un moment, Sonia remarqua sa distraction, la façon dont il regardait par la fenêtre, perdu dans ses pensées. « Bon, qu'est-ce qui se passe ? » demanda-t-elle, inclinant la tête et plissant les yeux d'un air taquin. « Tu es silencieux, et ce n'est pas ton genre. Lâche le morceau. »

Il hésita, ne sachant pas par où commencer. Mais s'il y avait bien une personne à qui il pouvait parler de tout ça, c'était Sonia. « C'est Aurora, » dit-il finalement, fixant sa tasse de café. « Je crois... que je suis en train de tomber amoureux d'elle. »

Les yeux de Sonia s'élargirent légèrement, mais elle ne semblait pas surprise. « Et pourquoi est-ce que ça ressemble à une mauvaise chose ? »

« Parce que ça l'est, » dit-il, une pointe de frustration perçant dans sa voix. « On avait convenu—pas d'attaches, pas de pression. Juste du plaisir. C'est ce qu'elle voulait, et ça m'allait. Mais maintenant... je ne sais pas. Je ne peux pas m'empêcher de ressentir ça, mais j'ai peur que si je lui dis, ça ruine tout. Et si elle ne ressent pas la même chose ? »

Sonia hocha la tête, se reculant dans sa chaise tandis qu'elle traitait ses paroles. « C'est une situation compliquée, » dit-elle. « Mais tu ne peux pas continuer à faire semblant non plus. Si tes sentiments ont changé, elle mérite de le savoir. Sinon, tu n'es pas honnête avec elle—ni avec toi-même. »

Il soupira, passant une main dans ses cheveux. « Je sais. Mais je ne veux pas la perdre. Elle est... incroyable, et je n'ai pas ressenti ça pour quelqu'un depuis longtemps. Et si je lui dis,

et que ça rend juste les choses bizarres ? Et si elle décidait que ça n'en vaut pas la peine, et s'en va ? »
Sonia tendit la main à travers la table, posant sa main sur la sienne. « C'est un risque, oui, » dit-elle doucement. « Mais tu ne peux pas vivre ta vie en évitant les risques, surtout quand il s'agit d'amour. Tu as traversé tellement de choses, et tu es arrivé si loin. Peut-être qu'il est temps de tenter ta chance, de voir où cela pourrait mener. »
Il la regarda, voyant la sincérité dans ses yeux, et sentit une chaleur se répandre dans sa poitrine, un mélange de gratitude et de peur. « J'aimerais que ce soit aussi simple, » dit-il doucement. « J'aimerais pouvoir simplement lui dire, sans me préoccuper de toutes les façons dont cela pourrait mal tourner. »
Sonia sourit, serrant sa main. « Je sais que c'est effrayant. Mais penses-y de cette façon—qu'est-ce qui est plus effrayant ? Prendre une chance et risquer le rejet, ou ne jamais savoir ce qui aurait pu être ? Tu mérites d'être heureux, d'avoir quelque chose de réel, et si tu penses que cela pourrait être avec Aurora, alors tu te dois de le découvrir. »

Ils restèrent assis là un moment, parlant, et il se surprit à s'ouvrir plus qu'il ne l'avait imaginé. Il raconta a façon dont ses nuits avec Aurora le faisaient se sentir, les moments de tendresse qui persistaient même après son départ. Il parla de combien il l'admirait, comment sa confiance et son indépendance l'attiraient, et comment il ne pouvait s'empêcher de vouloir plus, même s'il savait qu'il ne le devrait pas.
Sonia écouta patiemment, offrant ses conseils, mais sans jamais le pousser à prendre une décision. Elle savait mieux que quiconque à quel point les sentiments pouvaient être compliqués, à quel point il était difficile de les démêler quand ils étaient mêlés à la peur et à l'espoir. Mais elle savait aussi

qu'il devait trouver lui-même le courage d'être honnête, même si cela faisait mal.
« Quoi que tu décides, » dit-elle alors qu'ils se levaient pour partir, « je serai là. Et j'espère que tout se passera bien, d'une manière ou d'une autre. Tu le mérites. »
« Merci, Sonia, » dit-il, la prenant dans ses bras. « Je ne sais pas ce que je ferais sans toi. »
« Tu t'en sortirais, » taquina-t-elle en tapotant son dos. « Mais tu serais probablement beaucoup plus confus. »

I can't get it right
Get it right
Since I met you

LIII

Oh, life is bigger
It's bigger than you
And you are not me
The lengths that I will go to
The distance in your eyes
Oh no I've said too much
I set it up

Les jours qui suivirent furent un mélange étrange de normalité et de tension, comme si la ville elle-même retenait son souffle. Il continua de voir Aurora, leurs rencontres toujours aussi passionnées, mais il y avait une nouvelle forme d'urgence, un sentiment qu'il essayait de s'accrocher à quelque chose qui lui échappait. Il voulait lui dire ce qu'il ressentait, tout lui dévoiler et espérer le meilleur, mais chaque fois qu'il s'en approchait, les mots restaient coincés dans sa gorge, et il finissait par ne rien dire.
Il passait plus de temps à écrire, essayant de canaliser sa confusion dans son roman, mais même cela devenait une lutte. Les mots ne coulaient plus aussi facilement qu'avant, et il se retrouvait à fixer l'écran, perdu dans ses pensées, se demandant ce qu'il était censé faire.

Une nuit, après une autre soirée avec Aurora, il se retrouva à marcher seul jusqu'à chez lui, l'esprit en ébullition. Ils avaient été dans un bar près de Montparnasse, buvant et dansant, et pendant quelques heures, il avait réussi à oublier ses inquiétudes, à se perdre dans son rire et la chaleur de son contact. Mais au moment de se dire au revoir, il avait ressenti cette douleur familière dans sa poitrine, ce désir de quelque chose de plus, et il savait qu'il ne pouvait plus continuer à prétendre.
La réalisation qu'il tombait amoureux d'elle avait été progressive, comme une marée montante, mais maintenant, c'était indéniable. Chaque fois qu'il la regardait, chaque fois

qu'elle lui souriait, il avait l'impression que son cœur le tirait vers elle, le suppliant de tenter sa chance. Mais la peur du rejet, de tout gâcher, le retenait. Il ne voulait pas la perdre, mais il ne voulait pas non plus continuer à cacher ce qu'il ressentait.

Le lendemain, il retrouva Sonia dans leur café habituel. Elle remarqua immédiatement que quelque chose n'allait pas, et elle ne perdit pas de temps pour le lui demander. « On dirait que tu n'as pas dormi, » dit-elle, son ton mi-taquin, mi-inquiet. « Aurora ? »
« Je pense toujours à ce que tu as dit, » admit-il en prenant une gorgée de son café. « À propos d'Aurora, oui, et si je devais lui dire ce que je ressens ou non. J'en ai envie, mais... j'ai peur. »
L'expression de Sonia s'adoucit, et elle tendit la main pour toucher son bras. « C'est normal d'avoir peur, » dit-elle doucement. « Mais tu ne trouveras pas la paix tant que tu ne seras pas honnête avec elle. Et avec toi-même. Peut-être qu'elle ressent la même chose, peut-être que non. Mais tu ne le sauras jamais tant que tu n'auras pas fait ce pas. »
Il la regarda, ressentant le poids de ses mots, et il savait qu'elle avait raison. « Je crois que je suis en train de tomber amoureux d'elle, » dit-il doucement, les mots presque douloureux à prononcer à haute voix. « Et je ne sais pas quoi faire de ça. »
Sonia sourit, un sourire triste et compréhensif. « Alors dis-le-lui, » dit-elle. « Parce que tu mérites d'être heureux, et s'il y a même une chance qu'elle puisse te rendre heureux, ça vaut le risque. »
Il hocha la tête, ressentant un mélange de peur et d'espoir. « Je vais y réfléchir, » dit-il. « Et... merci. Pour tout. »
« Toujours, » dit-elle en lui serrant la main. « Promets-moi juste d'être courageux. Tu es plus fort que tu ne le penses. »
Ce soir-là, il se retrouva à faire les cent pas dans son appartement, ses pensées tourbillonnant alors qu'il essayait

de trouver le courage d'appeler Aurora. Il savait qu'il ne pouvait pas continuer à éviter cela, qu'il devait être honnête avec elle, mais l'idée de dire ces mots à voix haute faisait battre son cœur à tout rompre. Et si elle ne ressentait pas la même chose ? Et si c'était la fin ?
Il se versa un verre, espérant que cela calmerait ses nerfs, mais cela ne fit que le rendre plus agité. Il jeta un coup d'œil à son téléphone, l'écran sombre et silencieux sur la table basse, et prit une profonde inspiration. Il devait lui parler. Même si cela signifiait tout risquer, il devait savoir où ils en étaient.
Avant de changer d'avis, il prit son téléphone et composa son numéro. Elle répondit après quelques sonneries, sa voix chaleureuse et joyeuse. « Ciao, beau gosse. Je pensais justement à toi. »
« Salut, » dit-il, essayant de garder sa voix calme. « Je pensais aussi à toi. Tu as du temps ce soir ? J'aimerais te voir. »
« Bien sûr, » répondit-elle sans hésiter. « J'adorerais ça. Je viens chez toi, ou on se retrouve quelque part ? »
« Pourquoi tu ne viendrais pas ici ? » suggéra-t-il. « Je peux préparer le dîner, et on pourrait... parler. »
Il y eut une brève pause à l'autre bout du fil, comme si elle sentait qu'il y avait plus dans cette invitation qu'une simple soirée décontractée ensemble. « D'accord, » dit-elle doucement. « Je serai là dans environ une heure. »

Il passa l'heure suivante à préparer le dîner, mais ses mains étaient maladroites, son esprit ailleurs. Il répétait sans cesse ce qu'il voulait dire, mais chaque fois qu'il essayait de trouver les bons mots, ils lui échappaient, le laissant plus confus que jamais. Et s'il faisait une erreur ? Et s'il lisait trop dans leur connexion, et qu'elle ne ressentait pas du tout la même chose ?
Quand Aurora arriva, il était une boule de nerfs, mais il essaya de le cacher, l'accueillant avec un sourire en ouvrant la porte. Elle entra, ses cheveux tombant sur ses épaules

comme une cascade noire mystique, et il ressentit une chaleur familière se répandre en lui lorsqu'elle se pencha pour l'embrasser.
« Ça sent délicieux, » dit-elle, les yeux brillants. « Tu as été occupé. »
« Juste un peu, » dit-il, essayant de garder un ton léger. « Je voulais faire quelque chose de spécial. »
Ils s'assirent pour dîner, et pendant un moment, ils parlèrent et rirent comme toujours, mais il pouvait sentir les mots monter en lui, attendant d'être dits. Il essaya de se concentrer sur le repas, sur le son de sa voix, mais son esprit ne cessait de vagabonder, et il savait qu'il ne pouvait plus continuer à tergiverser.
Quand ils eurent fini de manger, il posa sa fourchette et la regarda à travers la table, le cœur battant. « Aurora, » dit-il, sa voix plus sérieuse qu'il ne l'avait voulu. « Il y a quelque chose que je dois te dire. »
Elle leva les yeux, son expression curieuse mais calme. « D'accord, » dit-elle en posant son verre. « Qu'est-ce que c'est ? »
Il prit une profonde inspiration, sentant ses mains commencer à trembler, et se força à continuer. « Je sais qu'on avait convenu de garder les choses simples, de ne pas compliquer... mais je ne peux plus faire semblant. Je tiens à toi. Beaucoup. Et je crois... je crois que je suis en train de tomber amoureux de toi. »
Pendant un moment, il y eut un silence, et il eut l'impression que la pièce retenait son souffle. Les yeux d'Aurora s'élargirent légèrement, et elle ouvrit la bouche pour dire quelque chose, mais aucun mot ne sortit. Il pouvait voir la surprise, la confusion, et quelque chose d'autre qu'il ne parvenait pas à lire.
« Je suis désolé, » dit-il rapidement, se précipitant pour combler le silence. « Je sais que ce n'est pas ce qu'on avait convenu, et je ne veux pas compliquer les choses, mais je

devais être honnête avec toi. Je ne peux plus faire semblant de ne pas ressentir ça. »
Aurora prit une profonde inspiration, ses yeux s'adoucissant alors qu'elle traitait ses paroles. « Je... ne sais pas quoi dire, » avoua-t-elle, sa voix à peine audible. « Je ne m'y attendais pas. »
« Je sais, dit-il d'une voix douce. « Et je ne te demande pas de ressentir la même chose, ni de changer quoi que ce soit. Je voulais juste que tu saches. Je suis en train de tomber amoureux de toi, et je ne sais pas comment l'arrêter. »
Elle tendit la main à travers la table, prenant la sienne, et pendant un moment, ils restèrent là, leurs doigts entrelacés, les mots non-dits suspendus entre eux. « Je tiens beaucoup à toi aussi, » dit-elle finalement, sa voix douce. « Et j'ai passé des moments incroyables avec toi. Mais je ne sais pas si je peux te donner ce que tu veux. J'essaie encore de trouver ma propre voie ici, et je ne suis pas sûre d'être prête pour quelque chose de sérieux. »
Il sentit son cœur se serrer, mais il se força à hocher la tête. « Je comprends, » dit-il doucement. « Et je ne veux pas te mettre la pression. Je voulais juste... que tu saches ce que je ressens. Quoi qu'il arrive, je ne regrette rien de tout ça. »
Aurora serra sa main, un sourire triste aux lèvres. « Je suis contente que tu me l'aies dit, » dit-elle. « Et je ne veux pas te perdre. Mais j'ai besoin de temps pour réfléchir à tout ça. On peut faire ça ? »
Il ressentit un mélange de soulagement et de tristesse, mais il hocha la tête, sachant que c'était le mieux qu'il pouvait espérer. « Bien sûr, » dit-il. « Prends tout le temps dont tu as besoin. »
Ils restèrent assis là un moment, se tenant la main, et pendant un instant, il sembla que rien n'avait changé. Mais lorsqu'elle se leva pour partir, lui donnant un baiser prolongé à la porte, il savait que tout était différent maintenant, qu'ils étaient au bord de quelque chose qui pourrait soit les rapprocher, soit les séparer.

Et tandis qu'il la regardait s'éloigner, disparaissant dans la fraîcheur de la nuit parisienne, il ressentit une étrange, douce lueur d'espoir.

That's me in the corner
That's me in the spotlight
Losing my religion
Trying to keep up with you
And I don't know if I can do it
Oh no I've said too much
I haven't said enough

LIV

Wise men say
Only fools rush in
But I can't help falling in love with you
Shall I stay?
Would it be a sin
If I can't help falling in love with you?

Quelques jours s'étaient écoulés depuis leur dîner, et la conversation avec Aurora se rejouait sans cesse dans son esprit. Il avait mis à nu ses sentiments, et maintenant, il était laissé à l'incertitude de ce qui allait se passer ensuite. La perspective de la perdre, de voir les choses changer entre eux, le rendait nerveux, et il se surprit à désirer retrouver la connexion simple et joyeuse qu'ils avaient partagée avant que tout ne devienne si compliqué.

Un après-midi tranquille, alors qu'il était assis près de la fenêtre, regardant la douce bruine tomber sur les toits parisiens, il prit une décision. Il prit son téléphone, hésita un instant, puis composa le numéro d'Aurora. Elle répondit après quelques sonneries, sa voix chaleureuse mais prudente.

« Ciao, » dit-elle, la chaleur familière dans son ton. « Comment ça va ? »

« Ça va, » répondit-il, essayant de garder une voix légère. « Je pensais... que dirais-tu d'une escapade pour le week-end?»

Il y eut une brève pause de l'autre côté. « Une escapade pour le week-end ? Où ça ? »

« Londres, » dit-il, un sourire se dessinant sur ses lèvres. « Juste nous deux. Sans distractions, sans pression. On peut explorer la ville, écouter de la bonne musique, et tout oublier pendant quelques jours. Qu'en dis-tu ? »

Il l'entendit respirer, et pendant un instant, il se demanda si elle allait dire non, si elle allait le repousser et confirmer ses pires craintes. Mais ensuite, elle parla, sa voix plus douce, presque joueuse. « Londres semble... Une bonne idée. J'aurais bien besoin d'une pause. D'accord, faisons-le. »

Son cœur se souleva, et il laissa échapper un souffle qu'il ne réalisait pas qu'il retenait. « Super. Je m'occupe de tout réserver, et on part vendredi matin. Ça va être fun, je te le promets. »
« Je te fais confiance, » dit-elle, un soupçon de rire dans sa voix. « Et... merci. Je pense que j'en ai besoin d'une petite escapade. »

Vendredi matin, ils étaient dans le train en direction de Londres, la ville défilant devant eux alors qu'ils accéléraient vers la Manche. Il avait réservé un hôtel boutique à Soho, au cœur de la ville, et lorsqu'ils arrivèrent à St Pancras International, il ressentit un frisson d'excitation. Cela faisait longtemps qu'il n'était pas venu à Londres, et l'idée de l'explorer avec Aurora en faisait une nouvelle aventure.
Ils laissèrent leurs bagages à l'hôtel et partirent immédiatement à la découverte de la ville. Les rues étaient animées, pleines de vie. Ils se promenèrent dans Covent Garden, s'arrêtant pour regarder un artiste de rue jongler avec du feu, puis se dirigèrent vers la South Bank, où ils flânèrent le long de la rivière, main dans la main, la brise fraîche faisant voleter leurs cheveux.
Les yeux d'Aurora étaient étincelants, son humeur plus légère qu'elle ne l'avait été ces derniers jours, et il pouvait dire qu'elle était heureuse d'être là, de s'échapper du poids de leur conversation récente. « J'adore cette ville, » dit-elle en marchant. « C'est chaotique, mais il y a quelque chose de magique. Tout semble vivant. »
« Exactement, » approuva-t-il, son cœur se réchauffant en voyant son sourire. « C'est pour ça que je voulais t'emmener ici. Pour qu'on se perde dedans, et qu'on oublie tout le reste, même si ce n'est que pour un petit moment. »
Elle le regarda, ses yeux adoucis, et serra sa main. « Merci, » dit-elle doucement. « De m'avoir emmenée ici. Ça compte beaucoup. »

Ce soir-là, ils se retrouvèrent dans une salle de concert célèbre, faiblement éclairée, à Camden, l'air épais de l'énergie de la foule. Le groupe était fort, brut, leur musique résonnant dans toute la salle, et ils se tenaient près de la scène, la basse vibrant dans leur poitrine. Les cheveux d'Aurora brillaient sous les lumières néon, son corps bougeant au rythme, et il ne pouvait pas la quitter des yeux.
Ils dansèrent, rirent et chantèrent ensemble, leurs voix se mêlant à la musique, et pendant un moment, il sembla que rien d'autre ne comptait. Le bruit, la foule, le pouls de la musique—c'était tout-engloutissant, et il se laissa emporter, dans la façon dont elle bougeait, dans la façon dont elle lui souriait, comme s'ils étaient les deux seules personnes au monde.
Après le concert, ils émergèrent dans les rues, encore enivrés par l'adrénaline. La nuit était fraîche, l'air vif, et ils trouvèrent un bar ouvert tard où ils commandèrent des verres, leur conversation coulant facilement, libre du poids qui s'était attardé entre eux. Ils parlèrent du concert, des villes qu'ils avaient visitées, de tout sauf des sentiments inexprimés qui flottaient entre eux.

Lorsqu'ils revinrent dans leur chambre d'hôtel, l'atmosphère changea, la tension entre eux palpable. Elle s'appuya contre le mur, ses cheveux désordonnés, ses lèvres légèrement entrouvertes, et il s'approcha, comblant la distance entre eux.
« J'ai passé une superbe soirée, » murmura-t-elle, sa voix basse, et il pouvait voir le désir briller dans ses yeux.
« Moi aussi, » dit-il, ses mains glissant autour de sa taille. « Et la nuit est encore jeune. »
Ils s'embrassèrent, et c'était comme si tout ce qu'ils avaient retenu était libéré en cet instant. C'était urgent, passionné, leurs corps bougeant ensemble avec une faim qui ne laissait aucune place aux doutes ou aux peurs. Ils se dirigèrent en titubant vers le lit, tirant sur leurs vêtements, et quand ils

tombèrent enfin sur les draps, c'était comme si le monde extérieur n'existait plus.
Ils firent l'amour avec une sorte de désespoir, comme s'ils essayaient de capturer quelque chose de fugace, quelque chose qui pourrait leur échapper s'ils ne s'accrochaient pas assez fort. Il se perdit dans la sensation de sa peau, dans la façon dont elle gémissait en douce agonie, et pendant ces heures, tout était parfait. Il n'y avait pas de questions, pas d'incertitudes, juste la chaleur de son corps et le rythme de leur respiration.
Ils s'endormirent enlacés, la ville calme derrière leur fenêtre, et il ne rêvait que d'elle.

Le lendemain matin, ils se réveillèrent tard, le soleil perçant les rideaux, et ils passèrent une grande partie de la journée à explorer les coins plus tranquilles de Londres. Ils se promenèrent dans Hyde Park, louèrent un bateau sur la Serpentine, et visitèrent une petite galerie à Shoreditch qui présentait une exposition sur l'art de rue. C'était une journée parfaite, du genre qui semblait intemporelle, et il s'est surpris à souhaiter qu'elle puisse durer éternellement.
Le soir, ils allèrent dans un pub, partageant un repas et quelques bières, puis se rendirent dans un club où ils dansèrent jusqu'à ce que leurs jambes soient douloureuses. Le rire d'Aurora était contagieux, ses yeux étincelants, et il comprit pourquoi il était tombé amoureux d'elle, pourquoi il était prêt à tout risquer pour avoir une chance de plus. Mais il garda ses sentiments pour lui, de peur de briser la magie du moment, de peur de rompre le charme qui les enveloppait.

Leur week-end passa dans un tourbillon de musique, de rires et de baisers volés, et lorsqu'ils montèrent dans le train pour rentrer à Paris, il avait l'impression de planer. Ils étaient assis côte à côte, sa tête reposant sur son épaule, et il regardait la campagne défiler, pensant à quel point tout avait été parfait, et à quel point il ne voulait pas que ça se termine.

Lorsque le train entra en la Gare du Nord, le charme commença à se dissiper, la réalité revenant peu à peu. Ils étaient de retour à Paris, et les questions qu'il avait évitées l'attendaient, prêtes à refaire surface. Mais il les refoula, déterminé à conserver encore un peu la joie de ce week-end. Ils partagèrent un taxi depuis la gare, les lumières de la ville défilant autour d'eux, et lorsqu'ils arrivèrent devant l'appartement d'Aurora, elle se tourna vers lui, son expression douce mais réservée. « J'ai passé un week-end inoubliable » dit-elle, sa voix douce. « Vraiment. »
« Moi aussi, » dit-il, se penchant pour l'embrasser. « Et on pourra recommencer, quand tu voudras. »
Elle hésita un instant, comme si elle voulait dire quelque chose de plus, puis elle se contenta de sourire et de hocher la tête. « J'aimerais ça, » dit-elle. « On s'appelle demain ? »
« Demain, » promit-il.
Ils s'embrassèrent une fois de plus, un baiser lent et prolongé qui lui serra le cœur, puis elle glissa hors du taxi, lui adressant un dernier sourire avant de disparaître dans l'immeuble. Tandis que la voiture s'éloignait, il regarda par la fenêtre, l'esprit envahi par un tourbillon d'émotions, incertain de leur situation mais reconnaissant pour le week-end qu'ils avaient partagé.
C'était une évasion parfaite, une belle distraction de tout ce qui était incertain, et il savait qu'il s'y raccrocherait, même si ce n'était qu'un moment éphémère de bonheur. Mais tandis que le taxi serpentait à travers les rues de Paris, il ne pouvait s'empêcher de sentir que leur temps était compté, que les questions qu'il avait évitées devraient recevoir une réponse, d'une manière ou d'une autre.
Et pour l'instant, tout ce qu'il pouvait faire, c'était attendre, et espérer qu'au moment venu, il serait prêt.

Take my hand
Take my whole life, too
For I can't help falling in love with you

LV

What do you think you'll do then?
I bet they'll shoot down the plane
It'll take you a couple of vodka and tonics
To set you on your feet again

L'idée lui vint un soir, alors qu'il était seul dans son appartement, un verre de vin à la main. Il pensait à Aurora, à la façon dont les choses avaient changé depuis leur voyage à Londres. Ils n'avaient pas parlé de ce qui se passait entre eux, mais il pouvait sentir la distance grandir, une tension silencieuse et non dite qui le faisait souffrir d'incertitude.

Il voulait changer cela. Il voulait lui montrer à quel point elle comptait pour lui, créer une soirée qui lui rappellerait tout ce qu'ils partageaient, et peut-être, juste peut-être, cela les rapprocherait. Alors, il décida de l'inviter à un dîner spécial, un dîner différent de tous les autres, une soirée dont elle se souviendrait.

Il passa les jours suivants à se préparer, planifiant chaque détail avec minutie. Il acheta des ingrédients frais au marché, s'assura d'avoir son vin préféré, et décora l'appartement avec des lumières douces et chaleureuses ainsi que des bougies. Il mit même une playlist de chansons romantiques italiennes, un clin d'œil à sa patrie, espérant que cela la ferait se sentir chez elle, chérie. Il dressa la table avec soin, disposant la vaisselle et les couverts parfaitement, et lorsqu'il prit du recul pour admirer le tout, il ressentit une petite lueur d'espoir.

Lorsqu'elle arriva, l'appartement était baigné de la lueur des bougies, l'odeur de son plat préféré—spaghetti alle vongole—flottant dans l'air. Il ouvrit la porte, et elle était là, ses longs cheveux d'ébène tombant librement sur ses épaules, ses yeux s'écarquillant de surprise en voyant la scène.

« Madonna mia, » dit-elle, un sourire se dessinant sur ses lèvres. « Qu'est-ce que tout cela ? »

Il s'écarta pour la laisser entrer, haussant les épaules avec un sourire joueur. « J'ai juste pensé te gâter un peu, » dit-il en se penchant pour l'embrasser sur la joue. « Tu le mérites. »
Aurora regarda autour d'elle, ses yeux brillants alors qu'elle admirait la table, les bougies, la musique douce en fond sonore. « C'est magnifique, » murmura-t-elle en se tournant vers lui. « Tu n'avais pas besoin de te donner autant de peine. »
« Je voulais le faire, » répondit-il simplement, son cœur se gonflant en voyant son sourire se tourner vers lui. « Allez, on mange. »

Le dîner commença merveilleusement bien. Ils burent du vin, rirent, et parlèrent de tout sauf des choses qui les préoccupaient. Il lui raconta des histoires sur ses récents essais d'écriture, sur les personnages excentriques qu'il avait vus au café du coin, et elle partagea des anecdotes de son travail, ses yeux s'illuminant au fil de ses récits. Pendant un moment, il semblait que rien n'avait changé, comme s'ils étaient de retour aux premiers jours, quand tout était simple et insouciant.
Mais au fur et à mesure que la soirée avançait, il remarqua un changement chez elle. Elle devint plus silencieuse, ses rires plus forcés, son regard se perdant sur son verre de vin plutôt que de rencontrer le sien. C'était subtil, mais il le ressentait—un décalage, une distance qui s'immisçait entre eux, et il savait ce que cela signifiait.
Elle comprenait ce qu'il essayait de faire, et cela l'effrayait.
Quand ils eurent terminé leur repas et qu'il versait un autre verre de vin, elle tendit la main et toucha doucement la sienne, l'arrêtant. « Attends, » dit-elle, sa voix douce mais ferme. « Avant d'aller plus loin... il faut qu'on parle. »
Il sentit son estomac se tordre, une sensation de peur l'envahissant, mais il hocha la tête, posant la bouteille. « D'accord, » dit-il, essayant de garder une voix stable. « Qu'est-ce que tu as à l'esprit ? »

Aurora prit une profonde inspiration, ses doigts jouant avec le bord de sa serviette pendant qu'elle rassemblait ses pensées. « Tu as été merveilleux ce soir, » commença-t-elle, ses yeux rencontrant enfin les siens. « Et je ne veux rien enlever à cela. Mais je ne peux pas... je ne peux pas continuer à faire semblant que tout va bien. »
Son cœur se serra, mais il essaya de garder son expression calme, même s'il sentait le sol se dérober sous lui. « Que veux-tu dire ? »
« Je veux dire... je sais ce que tu essaies de faire, » dit-elle, sa voix à peine plus qu'un murmure. « Et c'est adorable, c'est magnifique, mais... je ne peux pas te donner ce que tu veux. Je ne peux pas être la personne dont tu as besoin. »
Il avait l'impression de recevoir un coup de poing dans la poitrine, mais il se força à l'écouter, à la laisser finir. « Aurora, je— »
« S'il te plaît, » dit-elle, sa voix tremblante. « Laisse-moi juste dire ça. Tu es un homme incroyable. Tu es gentil, drôle, le meilleur amant que j'ai jamais eu, et j'ai éprouvée plus de plaisir avec toi que je n'en ai eu depuis longtemps. Mais je ne suis pas... je ne suis pas prête pour une relation sérieuse. Je ne suis même pas sûre de rester à Paris. Je pourrais retourner à Rome, ou aller ailleurs. Je ne sais pas. »
Il pouvait voir les larmes monter dans ses yeux, et cela lui brisait le cœur. « Mais pourquoi ? » demanda-t-il, sa voix se brisant. « Pourquoi ne pouvons-nous pas simplement... voir où ça nous mène ? Pourquoi ça doit se terminer ? »
« Parce que ce n'est pas juste pour toi, » dit-elle, sa voix étranglée par l'émotion. « Tu veux quelque chose de réel, quelque chose de durable, et je ne peux pas te donner ça. Pas maintenant. Peut-être jamais. Et je ne veux pas te blesser en te laissant croire que cela pourrait être quelque chose que ce n'est pas. »

Il voulait argumenter, lui dire qu'il s'en fichait, qu'il prendrait tout ce qu'elle pourrait lui donner, mais il savait que cela ne

changerait rien. Elle avait pris sa décision, et il n'y avait rien qu'il puisse faire pour la changer.
« Alors, c'est fini ? » dit-il doucement, la gorge serrée. « C'est notre dernière nuit ensemble ? »
Aurora hocha la tête, ses lèvres tremblantes. « Je pense que c'est mieux ainsi, » dit-elle. « Ce sera difficile, mais ce sera encore plus difficile si on fait traîner les choses, si on continue de faire semblant. Je dois être honnête avec toi, et avec moi-même. »
Pendant un instant, il eut l'impression de ne plus pouvoir respirer, comme si la pièce se refermait sur lui. Mais ensuite, elle tendit la main, ses doigts effleurant sa joue, et il se pencha contre sa caresse, désespéré de s'accrocher à ce moment, à elle, juste un peu plus longtemps.
« Alors faisons-en une nuit dont on se souviendra, » dit-il, sa voix basse et rauque. « Ne pensons pas à demain. Reste juste avec moi, ce soir. »
Elle hésita, ses yeux cherchant les siens, puis elle hocha la tête, une larme roulant sur sa joue. « D'accord, » murmura-t-elle. « Une dernière nuit. »

Ils se dirigèrent vers la chambre, et c'était comme s'ils essayaient de graver chaque instant dans leur mémoire, de le faire durer même s'ils savaient tous les deux que c'était impossible. Leurs baisers étaient lents, profonds, leurs mains explorant chaque centimètre du corps de l'autre, comme s'ils essayaient de mémoriser la sensation de la peau, le goût des lèvres. C'était passionné, désespéré, comme s'ils essayaient de tirer chaque dernière goutte de plaisir de la nuit, pour que cela vaille la peine de dire adieu.
Ils firent l'amour pendant des heures, s'effondrant l'un contre l'autre, pour recommencer ensuite, comme si aucun des deux ne voulait admettre que cela touchait à sa fin. Il pouvait la sentir trembler sous lui, entendre les petits gémissements qui s'échappaient de ses lèvres, et il la serra plus fort, plus étroitement, comme s'il essayait de l'empêcher de s'échapper.

Quand ils s'allongèrent enfin, épuisés et comblés, la pièce baignée de la lumière pâle de l'aube, elle se pelotonna contre lui, sa tête reposant sur sa poitrine, et il caressa ses cheveux, le cœur brisé en écoutant le rythme régulier de sa respiration. Il ne voulait pas dormir, ne voulait pas fermer les yeux, car il savait que lorsqu'il se réveillerait, elle serait partie.

Il ne voulait pas dormir, ne voulait pas fermer les yeux, car il savait que lorsqu'il se réveillerait, elle serait partie.
Les premiers rayons du soleil du matin perçaient à travers les rideaux quand il la sentit bouger à côté de lui. Il garda les yeux fermés, faisant semblant de dormir, mais il pouvait la sentir se déplacer, entendre le doux froissement du tissu alors qu'elle s'habillait. Il voulait tendre la main, l'arrêter, lui dire de rester, mais il savait qu'il ne le pouvait pas. C'était ce dont elle avait besoin, et il devait la laisser partir.
Il entendit ses pas alors qu'elle se dirigeait vers la porte, puis il y eut une pause, un long silence agonisant. Pendant un instant, il pensa qu'elle pourrait revenir, dire quelque chose, mais ensuite la porte s'ouvrit, et elle glissa dehors, la refermant doucement derrière elle.
Il ouvrit les yeux, fixant la pièce vide, et ressentit un sentiment de perte écrasant, comme si une partie de lui avait été arrachée. Il l'avait regardée partir, sans dire un mot, car il savait que s'il l'avait fait, cela n'aurait fait qu'empirer les choses, pour eux deux.
Ce fut la dernière fois qu'il la vit, et alors que le soleil se levait sur Paris, il resta là, allongé sur le dos, fixant le plafond, avec l'impression que le monde avait pris fin, une fois de plus.

Maybe you'll get a replacement
There's plenty like me to be found
Mongrels who ain't got a penny
Sniffing for tidbits like you
On the ground, ah, ah

LVI

Many times I've been a traveler
I looked for something new
In days of old when nights were cold
I wandered without you

Le soleil était éclatant, un doux après-midi de printemps qui rendait la ville presque trop joyeuse pour l'humeur dans laquelle il se trouvait. Il avait accepté de retrouver Sonia dans un café près du Jardin du Luxembourg, l'un de leurs endroits habituels, et alors qu'il s'y rendait, il se surprit à rejouer sans cesse les événements des derniers jours dans sa tête. La soirée avec Aurora, leur dernière nuit ensemble était encore vive dans son esprit, et chaque fois qu'il pensait à elle s'éclipsant au petit matin, une douleur sourde s'installait dans sa poitrine. Mais il ressentait aussi un étrange sentiment de calme, une acceptation tranquille qui le surprenait. Il ne se sentait pas perdu, comme cela avait été le cas après ses autres ruptures. Il ne se laissait pas sombrer, et cela, en soi, ressemblait à un progrès.

Lorsqu'il arriva au café, Sonia était déjà là, sirotant un verre de thé glacé, ses lunettes de soleil posées sur le dessus de sa tête. Elle le vit approcher et lui fit signe de la main, un sourire s'épanouissant sur son visage. « Hey, toi, » l'appela-t-elle, sa voix enjouée. « Comment va mon écrivain torturé préféré ? »

Il se força à sourire, tirant une chaise pour s'asseoir en face d'elle. « Je survis, » dit-il, essayant de garder un ton léger.

Le sourire de Sonia s'estompa légèrement alors qu'elle scrutait son visage. « Oh oh. Ça n'a pas l'air d'aller. Qu'est-ce qui se passe ? »

Il prit une profonde inspiration, baissant les yeux vers la table un instant avant de croiser son regard. « Aurora et moi... c'est fini, » dit-il simplement.

Les yeux de Sonia s'adoucirent, et elle tendit la main pour toucher la sienne, un geste de réconfort. « Oh non... Je suis tellement désolée. Que s'est-il passé ? »
Il hésita, cherchant les bons mots. « J'ai... j'ai essayé, » commença-t-il, sa voix plus basse. « Je voulais lui montrer à quel point elle comptait pour moi, lui faire voir qu'on pouvait avoir quelque chose de réel. Mais elle ne pouvait pas me donner ça. Elle n'était pas prête, et elle a dit qu'il valait mieux mettre fin à tout ça maintenant, avant que ça ne devienne plus compliqué. »
L'expression de Sonia était triste mais compréhensive. « Ça a dû être dur à entendre, » dit-elle doucement. « Je sais à quel point tu tenais à elle. »
« Oui, » dit-il en hochant lentement la tête. « Ça l'était. Mais je pense... je pense qu'elle avait raison. C'est mieux ainsi. Elle est encore en train de trouver sa propre voie, et je ne peux pas lui en vouloir pour ça. Je voudrais juste... que les choses aient pu être différentes. »
Sonia serra sa main, ses yeux emplis de bienveillance. « Je suis vraiment désolée. Je sais combien tu voulais que ça marche. Mais peut-être... peut-être que c'est une bonne chose, d'une certaine manière. Ce n'est pas comme avec Tina, ou Claire, ou même Laura. Cette fois, tu ne sombres pas. Tu es toujours debout, et c'est quelque chose. »
Il la regarda, un petit sourire triste apparaissant sur ses lèvres. « Tu as raison, » dit-il. « C'est différent cette fois. Quand Tina m'a brisé le cœur, j'ai eu l'impression que le monde s'effondrait. Je ne savais pas comment avancer, comment aller bien sans elle. Et avec Claire... j'étais tellement pris dans ma propre confusion, à essayer de forcer quelque chose qui n'était pas là. Et Laura... elle voulait des choses que je ne pouvais pas donner, et j'avais l'impression de la laisser tomber, de me laisser tomber. »
Il fit une pause, prenant une gorgée de son café, la chaleur apaisant sa gorge. « Mais ceci... c'est différent. Ça fait mal, et elle va me manquer, mais je ne me sens pas perdu. Je ne

ressens pas que ma vie a été déroutée. Je pense... je pense que j'avais besoin de ça. J'avais besoin de traverser tout cela, de grandir, de comprendre qui je suis et ce que je veux. »
Sonia écoutait en silence, son expression réfléchie. « Tu penses que tu es passé à autre chose par rapport à Tina ? » demanda-t-elle doucement, comme si elle avait peur de la réponse.
Il y réfléchit, réfléchit vraiment, puis hocha la tête. « Oui. Je le suis. Je tiendrai toujours à elle, elle me manquera toujours, mais je ne suis plus amoureux d'elle. Pas comme avant. Je pense... j'avais besoin de tout vivre avec Laura et Aurora pour voir ça. Pour voir que je peux aimer quelqu'un d'autre, même si ça ne dure pas, et que je peux aller bien quand ça se termine. »
Le sourire de Sonia était chaleureux, fier. « C'est immense, tu sais. Réaliser ça, l'accepter... ce n'est pas facile. Mais on dirait que tu as enfin trouvé la paix. »
« Peut-être bien, » dit-il pensivement. « Ça fait toujours mal, et Aurora va me manquer. Mais je n'ai plus peur de l'avenir. Je ne me sens pas désespéré. Avant, je pensais que si je ne pouvais pas avoir Tina, je ne serais jamais heureux, mais maintenant... maintenant je sais que ce n'est pas vrai. Je suis plus fort que je ne le pensais, et je peux surmonter ça. »
Il regarda Sonia, ses yeux doux. « Et beaucoup de cela, c'est grâce à toi. Tu as été là pour moi, à travers tout, et je ne sais pas comment te remercier assez. »
« Tu n'as pas à me remercier, » dit-elle, son ton léger mais sincère. « C'est à ça que servent les amis. En plus, je savais que tu avais ça en toi. Tu avais juste besoin d'un petit coup de pouce pour le voir par toi-même. »
Ils restèrent là un moment, sirotant leurs boissons, laissant la conversation dériver vers des sujets plus légers. Lui aussi se sentait plus léger, comme si un poids avait été levé de sa poitrine. C'était étrange, presque surréel, de ressentir ce calme après tout ce qu'il avait traversé, mais c'était un

changement bienvenu, et il n'allait pas le remettre en question.
Alors qu'ils se levaient pour partir, Sonia passa son bras sous le sien, lui donnant un coup de coude enjoué. « Alors, qu'est-ce qui t'attend maintenant, Monsieur Romantique ? »
Il rit doucement, secouant la tête. « Je ne sais pas, » admit-il. « Mais je ne suis pas pressé de le savoir. Je pense que je vais juste me concentrer sur mon écriture, voir où ça me mène. Et qui sait ? Peut-être que je trouverai quelqu'un de nouveau, ou peut-être que je vais juste profiter d'être seul pendant un moment. »
« Ça semble être un bon plan, » dit Sonia en souriant. « Et hey, je suis toujours là si tu as besoin de distraction. On peut aller voir des concerts, sortir danser, ou juste traîner et regarder de mauvais films. Tout ce dont tu as besoin. »
« Ça me semble parfait, » dit-il, sentant une chaleur se répandre en lui. « Je te prendrai au mot. »
Ils sortirent du café, le soleil brillant sur eux, et il ressentit un étrange sentiment d'espoir, un optimisme tranquille qu'il n'avait pas ressenti depuis longtemps. L'avenir était encore incertain, mais pour une fois, ça ne l'effrayait pas. Il était prêt à l'affronter, peu importe ce qu'il apporterait, et il savait qu'il ne l'affronterait pas seul.

But I feel I'm growing older
And the songs that I have sung
Echo in the distance
Like the sound
Of a windmill going round
Guess I'll always be a soldier of fortune

LVII

Every time that I look in the mirror
All these lines on my face getting clearer
The past is gone, it went by like dusk to dawn
Isn't that the way?
Everybody's got the dues in life to pay, yeah

Le printemps brillait dans toute sa splendeur, répandant le parfum du renouveau. Paris s'éveillait de son sommeil hivernal, les arbres le long des boulevards éclatant de nouvelles feuilles vertes, et l'air était rempli de l'odeur des fleurs en pleine floraison. Lui aussi ressentait ce changement subtil, une légèreté qui rendait plus facile de se lever chaque matin, de commencer la journée sans le poids familier qui pesait sur sa poitrine.

Il s'était installé dans une routine confortable. Les matinées étaient dédiées à l'écriture, et finalement les mots coulaient. Le roman avec lequel il avait tant lutté prenait enfin forme, et il se retrouvait excité de s'asseoir à son bureau chaque jour, impatient de voir où l'histoire allait l'emmener. Ce n'était pas parfait, mais c'était du progrès.

Les après-midis, il retrouvait souvent Sonia. Ils s'asseyaient sur une terrasse, sirotaient un café, discutaient de tout, de la musique à leurs livres préférés. Parfois, ils se promenaient dans la ville, découvrant de nouveaux coins, de nouvelles histoires cachées dans les vieilles rues de Paris. Elle était devenue une constante dans sa vie, une source de chaleur et de stabilité, et il était reconnaissant de sa présence.

Un après-midi ensoleillé, ils décidèrent de se promener le long de la Seine. Le ciel était d'un bleu éclatant, l'air encore un peu frais, et la ville semblait vivante autour d'eux. Alors qu'ils passaient devant les bouquinistes et les artistes peignant sur les quais, Sonia le regarda, un sourire aux lèvres.

« Tu es de bonne humeur aujourd'hui, » observa-t-elle d'un ton taquin. « D'une humeur suspectement bonne, je dirais. »

Il rit, secouant la tête. « Je suppose que oui, » dit-il, presque surpris par ses propres mots. « Ça fait longtemps que je ne me suis pas senti… aussi bien. Mais je pense que je commence enfin à croire que les choses vont aller mieux. »
Le sourire de Sonia s'élargit. « C'est ce que j'aime entendre, » dit-elle en le taquinant. « Il était temps que tu te sentes bien à nouveau. Alors, comment va l'écriture ? »
« Ça va bien, » dit-il, une note de fierté dans la voix. « J'avance vraiment, et ça fait… incroyablement du bien. Je ne suis plus coincé dans ma tête. L'histoire se construit, et ça m'enthousiasme. »
Sonia le regarda avec une réelle chaleur, ses yeux brillants. « C'est fantastique. Je suis vraiment contente pour toi. Je savais que tu y arriverais. »
« Merci, » dit-il, en lui souriant. « Tu en es en grande partie responsable. »
« Oh, » dit-elle, levant les yeux au ciel d'un air faussement exaspéré. « Je suis contente d'avoir pu aider. »
Alors que les jours se transformaient en semaines, il continua à écrire, à voir Sonia, à s'immerger dans les plaisirs simples de la vie. Il pensait encore à Aurora de temps en temps, mais la douleur vive de la perte s'était atténuée, remplacée par une douce nostalgie. Elle lui manquait, mais il savait maintenant que ce qu'ils avaient partagé avait toujours été destiné à être temporaire, un beau moment éphémère qui ne pouvait pas durer. Et c'était bien ainsi.
Mais alors qu'il poursuivait ses journées, profitant du rythme lent et régulier de sa routine, il se surprit à penser à Tina. Cela faisait des mois depuis leur dernière conversation, depuis qu'il avait demandé de l'espace pour se retrouver, et durant ce temps, elle lui avait manqué. Pas de la manière désespérée et nostalgique d'autrefois, mais d'une manière plus douce, plus tranquille. Elle lui manquait, son rire, son esprit, la façon dont elle pouvait lui faire voir les choses d'un autre angle.
Un après-midi, après une matinée particulièrement productive d'écriture, il décida de se promener dans le Jardin

des Tuileries. Le parc était animé, des familles pique-niquaient sur l'herbe, des couples se promenaient main dans la main, des enfants se poursuivaient à travers les jardins. Il trouva un banc près de la fontaine et s'assit, observant le monde qui passait, laissant son esprit vagabonder.

Alors qu'il était assis là, absorbant le soleil, il pensa à Tina, à toutes les fois où elle avait été là pour lui, même quand les choses étaient difficiles. Il pensa à leurs appels tard dans la nuit, à la façon dont elle l'écoutait sans juger, offrant son soutien, son amitié. Et il réalisa à quel point cela lui manquait. Elle lui manquait dans sa vie, la façon dont ils parlaient de tout et de rien.

Il sortit son téléphone, son pouce flottant au-dessus de son nom. Un instant, il songea à l'appeler tout de suite, mais il hésita, l'incertitude s'immisçant en lui. Et si elle avait tourné la page, trouvé de nouveaux amis, de nouvelles routines qui n'incluaient plus sa présence ? Et si la recontacter ne faisait que raviver la douleur qu'ils avaient tous deux tant travaillé à surmonter ?

Mais il se rappela toutes les fois où elle avait tendu la main vers lui, même quand il n'avait pas été la personne la plus facile à supporter. Il se rappela à quel point il avait apprécié son amitié, à quel point il y tenait encore, et il réalisa qu'il ne voulait pas perdre ça. Il ne voulait pas laisser la peur l'empêcher de se reconnecter avec quelqu'un qui avait tant compté pour lui.

Pourtant, il ne parvenait pas tout à fait à se résoudre à passer l'appel. Pas encore. Il avait besoin d'être sûr, d'être certain qu'il était prêt à entendre sa voix, à lui parler sans que les anciens sentiments ne viennent tout gâcher. Alors il rangea son téléphone, se disant qu'il attendrait encore un peu, qu'il se donnerait un peu plus de temps pour tout digérer.

Au cours des jours suivants, il se surprit à y penser de plus en plus, l'idée de l'appeler devenant moins effrayante à chaque instant qui passait. Il écrivait, perdu dans le monde de son roman, puis un souvenir remontait à la surface—Tina riant à une de ses blagues, ou la façon dont elle levait les yeux au ciel quand il en faisait trop—et il souriait, ressentant une chaleur se répandre dans sa poitrine.

Il réalisa qu'il la voulait de nouveau dans sa vie, non pas comme l'amour qu'il avait un jour poursuivi, mais comme l'amie qui avait toujours été là. Il avait fait du chemin depuis l'homme qui ne pouvait pas lâcher prise, qui s'accrochait à l'idée d'elle comme à une bouée de sauvetage. Maintenant, il pouvait la voir telle qu'elle était, sans le voile de l'amour inassouvi obscurcissant sa vision.

Un soir, après avoir terminé son écriture de la journée, il se retrouva de nouveau sur ce banc du Jardin des Tuileries, regardant le coucher de soleil peindre le ciel de nuances de rose et d'or. Il sortit son téléphone, regardant son nom sur l'écran, et cette fois, la peur était plus douce, plus gérable. Il n'avait pas besoin de l'appeler maintenant, mais il savait qu'il le ferait. Bientôt.

Alors qu'il remettait son téléphone dans sa poche, il ressentit un sentiment de calme, une confiance tranquille qui n'avait pas été là auparavant. Il était prêt. Il l'appellerait, et il trouverait un moyen de reconstruire leur amitié, de l'avoir de nouveau dans sa vie, même si c'était différent de ce qu'il avait un jour espéré.

Et cette réalisation, cette acceptation, ressemblait à une victoire. C'était comme la pièce finale d'un puzzle qu'il avait eu du mal à assembler pendant des années, et maintenant, enfin, tout commençait à avoir du sens.

I know nobody knows
Where it comes and where it goes
I know it's everybody's sin
You've got to lose to know how to win

LVIII

Tell me why
Do you always forgive the things I do to you
You're too good
Or am I not too bad
Those six years
Were the best that ever happened to me and you
No regrets after all this fear

Il était assis dans son appartement, la lumière de fin d'après-midi filtrant à travers les fenêtres, projetant une lueur chaude et dorée dans la pièce. C'était calme, à part le léger bourdonnement de la ville à l'extérieur, et il se retrouva à fixer son téléphone, le nom de Tina affiché à l'écran.
Il avait pensé à ce moment pendant des jours, essayant de trouver le courage d'appuyer sur « appeler ». Une partie de lui était encore effrayée, encore incertaine de ce qu'il ressentirait en entendant sa voix après tout ce temps. Mais il savait aussi qu'il en avait besoin, besoin de se reconnecter, de voir s'ils pouvaient reconstruire leur amitié.
Prenant une profonde inspiration, il appuya sur le bouton d'appel, et le téléphone sonna, une fois, deux fois. Son cœur battait à tout rompre alors qu'il attendait, chaque sonnerie semblant s'étirer plus longtemps qu'elle ne le devrait, jusqu'à ce qu'enfin, elle décroche.
« Allô ? » dit sa voix, un peu hésitante, un peu surprise, mais sans équivoque, c'était Tina.
« Salut, » dit-il, sa voix stable malgré le tourbillon d'émotions en lui. « C'est moi. »
Il y eut une pause, un moment de silence où il pouvait presque l'imaginer, en train de traiter le son de sa voix. Puis, elle parla, son ton s'éclaircissant, un mélange de soulagement et de joie. « Oh mon Dieu, salut ! Ça fait tellement plaisir de t'entendre. Je... je n'étais pas sûre que tu appellerais un jour. »

Il sourit, sentant une chaleur se répandre dans sa poitrine à l'écoute de sa voix. « Oui, je sais. Ça fait un moment. Mais j'ai pensé à toi. Beaucoup, en fait. Tu m'as manqué, Tina. »
« Toi aussi, tu m'as manqué, » dit-elle, et il pouvait entendre la sincérité dans sa voix, une douceur qui lui faisait mal au cœur. « Tu m'as tellement manqué. J'avais commencé à penser... Je craignais de t'avoir perdu pour toujours. Et c'était horrible. »
Il poussa un soupir, s'adossant au canapé. « Je suis désolé de t'avoir fait ressentir ça, » dit-il doucement. « Mais j'avais besoin de temps. J'étais un vrai chaos, Tina. Après tout ce qui s'est passé... quand tu as dit que tu ne pouvais pas être avec moi, ça m'a brisé. C'était le moment le plus difficile de ma vie. »
Elle resta silencieuse un moment, et quand elle parla, il pouvait entendre le regret, la tristesse dans sa voix. « Je suis tellement désolée, » dit-elle, ses mots à peine un murmure. « Je n'ai jamais voulu te blesser. J'aurais aimé que les choses soient différentes. »
« Je sais, » dit-il doucement. « Mais tu n'as pas besoin d'être désolée, Tina. C'est arrivé, et il fallait que ça arrive. Et honnêtement, c'est bien que ça se soit passé. J'avais besoin de traverser ça, d'y faire face, même si ça a fait mal comme jamais. »
Il marqua une pause, essayant de trouver les mots justes pour dire ce qui lui pesait sur le cœur depuis si longtemps. « Je t'aime, Tina, » dit-il, sa voix stable. « Je t'aimerai toujours. Mais... je ne suis plus amoureux de toi. J'ai enfin trouvé le moyen d'avancer, de lâcher prise. Je ne pense pas que j'aurais pu dire ça il y a quelques mois, mais maintenant... je suis prêt. Pour la première fois depuis ce qui me semble être quinze ans, je suis prêt à vivre ma vie sans m'accrocher à quelque chose qui ne peut être. »
Il y eut un autre silence, et il pouvait presque sentir qu'elle absorbait ses mots, traitant ce qu'il disait. « Je suis... je suis tellement heureuse pour toi, » dit-elle, et il pouvait entendre

l'émotion dans sa voix, un mélange de soulagement et de bonheur. « Vraiment. J'ai toujours voulu que tu sois heureux, que tu trouves la paix, et je suis tellement heureuse que tu l'aies trouvée. »
« Je l'ai trouvée, » dit-il, souriant pour lui-même. « Et je sais que ça peut sembler étrange, mais je pense qu'il fallait passer par toute cette douleur, toute cette confusion... c'était nécessaire. Ça m'a aidé à grandir, à voir les choses plus clairement. Et c'est pour ça que je peux te parler maintenant, sans... sans avoir l'impression que je vais m'effondrer. »
« Je suis tellement heureuse qu'on se soit reconnectés, » dit-elle, sa voix douce et pleine de chaleur. « Tu m'as manqué, tes blagues idiotes, tes histoires, tout. Et je suis tellement contente que tu ailles bien. Que tu sois enfin bien. »
« Je vais bien, » répéta-t-il, comme s'il essayait ces mots pour voir s'ils lui allaient, et réalisant combien ils sonnaient justes. « Et j'aimerais que tu fasses toujours partie de ma vie, comme mon amie. Je le pense vraiment. Je ne veux pas perdre ça. Je ne veux pas te perdre. »
« Tu ne me perdras pas, » dit-elle, et il pouvait entendre le sourire dans sa voix, l'assurance. « Je serais plus que ravie d'être ton amie. Et je suis tellement contente que tu ressentes ça. Tu m'as manqué dans ma vie, et je suis impatiente de te retrouver. »
Ils parlèrent encore un moment, leur conversation fluide, naturelle, comme si le temps n'avait pas passé. Ils plaisantèrent, partagèrent des petites nouvelles de leurs vies, et pendant un instant, c'était comme si tout était revenu à la normale, comme s'ils étaient revenus à l'époque où leur amitié était simple et sans complication.
Lorsque la conversation commença à s'achever, Tina poussa un léger soupir. « Il se fait tard, » dit-elle, un mélange de contentement et de réticence dans le ton. « Mais je suis vraiment contente que tu aies appelé. C'était... exactement ce dont j'avais besoin. »

« Moi aussi, » dit-il, ressentant un sentiment de calme s'installer en lui. « Je suis content qu'on ait parlé. On devrait refaire ça. Demain, peut-être ? »
« Demain, » approuva-t-elle, sa voix pleine d'espoir. « J'aimerais beaucoup ça. Bonne nuit, toi. »
« Bonne nuit, Tina, » dit-il, souriant pour lui-même. « On se parle demain. »
En raccrochant, il ressentit un sentiment de fierté tranquille, un sentiment d'avoir fait un pas en avant, de sortir de l'ombre du passé vers quelque chose de nouveau, de meilleur. Il s'était reconnecté avec elle, et cette fois, ça ne faisait pas mal. C'était juste, et il en était reconnaissant.
Il posa son téléphone et se tenait près de la fenêtre, regardant les lumières de la ville, sentant une chaleur se répandre en lui. L'avenir était encore incertain, mais il n'en avait plus peur. Il avait fait face à ses peurs, à sa douleur, et il en était ressorti plus fort, plus sage, prêt pour ce qui viendrait ensuite.

We'll always be best friends
Something between you and me
We'll always be best friends
Something between you and me

LIX

Precious and fragile things
Need special handling
My God what have we done to you
We always tried to share
The tenderest of care
Now look what we have put you through

L'après-midi suivant, il se retrouva à composer à nouveau le numéro de Tina, cette fois avec un sentiment d'anticipation plutôt que d'appréhension. Il avait promis d'appeler, et il était vraiment impatient de rattraper le temps perdu avec elle, d'en savoir plus sur sa vie, et de partager davantage la sienne. Il avait l'impression qu'un pont avait été reconstruit, et il était curieux de voir où cela les mènerait.

« Salut, » répondit-elle, sa voix enjouée et chaleureuse. « Pile à l'heure. Je suis impressionnée. »

Il gloussa, s'appuyant contre son canapé. « J'essaie, » dit-il. « Comment ça va ? »

« Bien, » dit-elle, et il pouvait entendre la véritable gaieté dans sa voix. « Mieux maintenant que je te parle. Ça fait si longtemps... j'ai l'impression qu'il y a tant à rattraper. »

« Oui, il y en a vraiment beaucoup, » acquiesça-t-il. « Je ne sais même pas par où commencer. »

« Eh bien, voyons voir... et si tu me disais ce qui se passe pour toi ? » suggéra-t-elle. « Je veux tout entendre. »

« Tout ? » taquina-t-il, levant un sourcil. « Ça pourrait prendre un moment. »

« J'ai du temps, » dit-elle, et il pouvait presque voir son sourire à travers le téléphone. « Alors, commence à parler. »

Il prit une profonde inspiration, rassemblant ses pensées, puis commença à tout lui raconter. « Alors, voyons voir... par où commencer ? Eh bien, il y a eu cette fille, Laura, avec qui j'ai commencé à sortir après avoir passé le pire. »

« Bien sûr qu'il y en avait une, » dit-elle. « Vas-y, raconte. »

« Ouais, » dit-il, sa voix s'adoucissant en repensant à ces jours-là. « Nous étions... vraiment bien au début, mais finalement nous avons fini par rompre. C'était difficile, mais c'était la bonne chose à faire. Elle voulait fonder une famille, et je... je n'étais tout simplement pas prêt pour ça. Je ne pouvais pas lui donner ce dont elle avait besoin, et je ne voulais pas la retenir. »

Tina écouta en silence, et il pouvait entendre la sympathie dans sa voix lorsqu'elle parla. « Je suis désolée d'entendre ça, » dit-elle doucement. « Mais on dirait que tu as pris la bonne décision, même si c'était dur. »

« Oui, c'était le cas, » dit-il, hochant la tête même si elle ne pouvait pas le voir. « Mais c'était différent cette fois. Ça a fait mal, mais je ne me suis pas senti perdu. J'avais l'impression de... je ne sais pas, grandir, je suppose. D'apprendre. »

« Et puis il y a eu Aurora, » continua-t-il, un léger sourire aux lèvres en se souvenant d'elle. « On a eu cette relation incroyable et passionnée pendant un moment. On est même allés à Londres ensemble, et c'était génial. Mais... elle ne cherchait rien de sérieux, et je le savais. On s'est amusés, mais ça ne pouvait pas durer, et elle l'a clairement exprimé. Alors, nous avons mis fin à notre relation. »

« Waouh, » dit Tina, une pointe de surprise dans la voix. « Tu as vécu une sacrée année, pas vrai ? »

« On peut dire ça, » dit-il en riant. « Mais à travers tout ça, il y avait une personne qui a toujours été là pour moi. Sonia. Je ne sais pas comment j'aurais pu traverser tout ça sans elle. Elle a été ce... roc, tu vois ? On s'est rencontrés à un concert il y a des années, et depuis, elle est là, m'ancrant, veillant à ce que je ne me perde pas. Je ne peux même pas commencer à expliquer à quel point elle m'a aidé. »

« Je suis contente que tu aies eu quelqu'un comme ça, » dit Tina, sa voix sincère. « Elle a l'air incroyable. »

« Elle l'est, » dit-il, souriant. « Elle l'est vraiment. Je pense qu'elle est l'une des principales raisons pour lesquelles j'ai pu

avancer, en arriver là où je suis maintenant. Je lui dois beaucoup. »
Tina resta silencieuse un moment, comme pour assimiler tout cela. « On dirait que tu as fait beaucoup de guérison, » dit-elle doucement. « Je suis tellement heureuse de l'entendre. Ça me fait tellement plaisir de savoir que tu vas bien. »
« Oui, » dit-il, sa voix douce. « Je vais bien. Et j'avance enfin sur mon roman, aussi. Je sais que je dis ça depuis des années, mais cette fois, c'est réel. Je suis presque à la fin, Tina. Je peux voir la ligne d'arrivée. »
« C'est incroyable ! » dit-elle, et il pouvait entendre la véritable excitation dans sa voix. « J'ai toujours su que tu y arriverais, même quand toi tu n'y croyais pas. J'ai hâte de le lire. »
« Tu seras la première, » promit-il, sentant une chaleur se répandre en lui. « Je m'en assurerai. »
Ils tombèrent dans un silence confortable pendant un moment, absorbant tous les deux tout ce qui avait été dit. C'était étrange, mais aussi merveilleux, de pouvoir lui parler ainsi, de partager sa vie avec elle à nouveau sans le poids des sentiments non exprimés qui les avaient longtemps accablés. Cela semblait... naturel, et il en était reconnaissant.
« Et toi ? » demanda-t-il, brisant le silence. « Comment ça va de ton côté ? »
Tina laissa échapper un petit rire. « Oh, par où commencer ? Les choses ont été... chargées. Le travail se passe bien, mais c'est intense. Et... eh bien, Boris m'a demandé d'emménager avec lui. »
Il cligna des yeux, surpris. « Il l'a fait ? C'est... waouh. C'est énorme. »
« Oui, » dit-elle, son ton un mélange d'excitation et d'incertitude. « On cherche un appartement ensemble. C'est un processus, mais on avance. »
« Et comment tu te sens par rapport à ça ? » demanda-t-il, vraiment curieux.

« Je suis... excitée, » dit-elle lentement, comme pour tester le mot. « C'est une grande étape, et ça fait un peu peur, mais ça me semble juste. Boris a été formidable ces derniers temps, et je pense que ça pourrait être vraiment bien pour nous. »

« Je suis heureux pour toi, Tina, » dit-il, et il le pensait vraiment. « Vraiment. Tu mérites ça, tu sais. »

« Merci, » dit-elle, sa voix douce. « Et merci de demander. Ça compte beaucoup pour moi. »

Ils continuèrent à parler, partageant de petites histoires sur leur quotidien, les petits détails banals qu'ils partageaient autrefois si facilement. Ça faisait du bien, comme retrouver un rythme familier, et il se surprit à sourire plus souvent qu'autrement, appréciant la simplicité de juste lui parler.

Alors que la soirée commençait à tirer à sa fin, Tina poussa un léger soupir. « Je suis tellement contente qu'on ait fait ça, » dit-elle, sa voix chaleureuse. « Ça m'a manqué... juste pouvoir parler, tout partager. J'ai l'impression qu'on est de retour. »

« Oui, » dit-il, son cœur se gonflant. « Moi aussi, ça m'a manqué, plus que je ne l'avais réalisé. Je suis heureux qu'on se soit reconnectés, et je suis heureux qu'on soit là, à parler comme ça. »

« Alors, on peut refaire ça ? » demanda-t-elle, une pointe d'espoir dans la voix. « Bientôt ? »

« Bien sûr, » dit-il sans hésiter. « J'aimerais beaucoup ça. Parlons demain. »

« Demain, » dit-elle, et il pouvait entendre le sourire dans sa voix. « Bonne nuit, toi. »

« Bonne nuit, Tina, » dit-il, sa voix pleine d'affection. « À demain. »

En raccrochant, il ressentit un sentiment de paix s'installer en lui, un contentement tranquille qui lui avait manqué depuis si longtemps. C'était étrange de voir comment les choses avaient bouclé la boucle, comment ils avaient retrouvé leur chemin l'un vers l'autre, non pas en tant qu'amants, mais en tant qu'amis. Il posa son téléphone, s'appuya contre le canapé, et poussa un profond soupir. L'avenir était toujours incertain, mais il n'en avait plus peur. Il était prêt à affronter ce qui viendrait ensuite, et il savait que quoi qu'il arrive, il irait bien.

Things get damaged, things get broken
I thought we'd manage
But words left unspoken left us so brittle
There was so little left to give

LX

And I need a friend
Oh, I need a friend
To make me happy
Not stand here on my own
Look at me standing
Here on my own again
Up straight in the sunshine

Le soleil était chaud sur son visage alors qu'il se dirigeait vers le café où il avait rendez-vous avec Sonia. C'était l'un de leurs endroits habituels, niché sur la Place de la Sorbonne, avec des tables installées sur le trottoir et une vue sur la vie parisienne animée qui défilait. Il avait attendu ce moment toute la journée, impatient de partager ses nouvelles avec elle, de lui dire comment tout se mettait enfin en place.
Lorsqu'il arriva, Sonia était déjà là, assise à une table d'angle avec une tasse de café, ses lunettes de soleil perchées sur sa tête. Elle lui fit un signe de la main avec un sourire éclatant lorsqu'il s'approcha.
« Te voilà, » dit-elle d'un ton taquin. « Je commençais à penser que tu m'avais oubliée. »
« Pas question, » dit-il en souriant en s'asseyant en face d'elle. « Tu sais bien que je ne manquerais jamais une occasion de te voir. »
Sonia leva les yeux au ciel, mais son sourire ne disparut pas. « Alors, quoi de neuf ? Tu avais l'air plutôt joyeux au téléphone. »
« Oui, je le suis, » dit-il, se rendant compte à quel point c'était vrai. « J'ai beaucoup de choses à te dire. »
« Oh, dis-moi tout, » dit-elle en se penchant en avant, ses yeux brillants de curiosité. « Commence par la partie la plus intéressante. »
Il prit une profonde inspiration, sentant l'excitation monter en lui. « J'ai parlé à Tina, » dit-il, observant attentivement sa réaction.

Les sourcils de Sonia se haussèrent, son expression passant de la surprise à la joie. « Sans blague. Tu l'as appelée ? Comment ça s'est passé ? »
« C'était... incroyable, en fait, » dit-il, son sourire s'élargissant. « J'étais nerveux au début, mais une fois qu'on a commencé à parler, c'était comme si le temps ne s'était jamais écoulé. On a parlé de tout—de Laura, d'Aurora, de Boris et du fait qu'il lui a demandé d'emménager. C'était facile, tu vois ? Comme si on était redevenus amis, sans toutes les complications. »
Le visage de Sonia s'adoucit, et elle tendit la main pour lui donner une douce pression sur la main. « Je suis tellement heureuse pour toi. Je sais à quel point elle t'a manqué, et à quel point c'était difficile pour toi de prendre du recul. Mais on dirait que c'était la bonne décision. »
« Ça l'était, » acquiesça-t-il. « J'avais besoin de ce temps pour comprendre les choses, pour laisser tomber tous ces vieux sentiments. Et maintenant, je peux être son ami sans que ça fasse mal. Je ne suis plus amoureux d'elle, mais je l'aime toujours. Et je veux qu'elle fasse partie de ma vie. »
« C'est énorme, » dit Sonia, sa voix pleine de fierté. « Je suis vraiment fière de toi. Ça demande beaucoup de parvenir à un endroit comme ça, surtout après tout ce que tu as traversé. »
« Merci, » dit-il, sentant une chaleur se répandre en lui. « Tu as été mon roc à travers tout ça, et je ne peux pas te dire à quel point ça compte pour moi. Je ne pense pas que je ne pourrai jamais te remercier assez. »
« Oui, oui, » dit-elle, écartant ses paroles d'un sourire espiègle. « Je suis juste contente de te voir heureux. Tu le mérites. »
Ils commandèrent leurs boissons et passèrent l'heure suivante à rattraper le temps perdu, parlant de tout, des récentes conversations avec Tina aux petits détails banals de leur vie. Cela semblait facile, naturel, et il se surprit à rire plus qu'il ne l'avait fait depuis longtemps.

Alors qu'ils terminaient leurs boissons, Sonia le regarda pensivement. « Alors, qu'est-ce qui t'attend ensuite ? » demanda-t-elle. « Tu es dans un bon état d'esprit, tu as renoué avec Tina... quelle est la prochaine grande étape ? »
Il hésita un instant, puis sourit. « J'ai presque fini mon roman, » dit-il, sa voix douce mais remplie d'excitation. « Je suis tellement près du but, Sonia. Je pense... je pense que je pourrais le terminer aujourd'hui. »
Les yeux de Sonia s'agrandirent, et elle laissa échapper un rire joyeux. « Tu es sérieux ? C'est incroyable ! Tu dois le finir. Tu dois ! Je suis tellement fière de toi. »
« Merci, » dit-il, son cœur se gonflant de gratitude. « Je n'arrive pas à croire que ça se passe enfin. Ça a été un long chemin, mais j'y suis presque. »
« Eh bien, ne me laisse pas te retenir, » dit-elle d'un ton faussement sérieux. « Va chez toi, finis ce foutu roman, et ensuite, on fêtera ça. Je veux être la première à le lire, tu m'entends ? »
Il rit, hochant la tête. « Marché conclu. Je t'appellerai dès que ce sera fait. »
Ils s'étreignirent, et tandis qu'il s'éloignait, il se sentit plus léger qu'il ne l'avait été depuis des années, comme si un poids qu'il n'avait même pas réalisé qu'il portait avait été levé. Le soleil brillait toujours, les rues de Paris étaient animées de vie, et pour une fois, il se sentait vraiment en faire partie, et non plus simplement y dériver.
De retour dans son appartement, il s'assit à son bureau, fixant le curseur clignotant sur l'écran. La pièce était silencieuse, le seul son étant le faible bourdonnement de la ville à l'extérieur, et il prit un moment pour savourer cette quiétude, pour se permettre de respirer avant de se plonger dedans.
Il ouvrit le document, faisant défiler jusqu'à la dernière page, et relut les derniers paragraphes qu'il avait écrits. Tout était là, l'histoire avec laquelle il avait tant lutté, les personnages qui avaient hanté son esprit, et maintenant, il était sur le point d'y mettre fin.

Prenant une profonde inspiration, il plaça ses doigts sur le clavier et commença à taper. Les mots vinrent lentement au début, prudents, comme s'il craignait qu'ils lui échappent s'il ne faisait pas attention. Mais ensuite, ils commencèrent à couler, de plus en plus vite, et il se perdit dans le rythme, l'histoire se déroulant devant lui avec une clarté qu'il n'avait pas ressentie depuis des années.

Le temps sembla s'estomper, les minutes se fondant en heures, et il ne s'arrêta pas, ne fit pas de pause, jusqu'à ce que la phrase finale soit écrite. Lorsqu'il termina, il se laissa aller un peu en arrière, fixant l'écran, son cœur battant. C'était fait. Après toutes ces années, tous les faux départs et les moments de doute, il avait terminé son roman.

Il relut la dernière phrase, la laissant s'imprégner, puis un sourire se dessina sur son visage, un sourire de pure, authentique joie. Il l'avait fait.

Il se laissa aller en arrière dans sa chaise, fermant les yeux, et laissa échapper un profond soupir de satisfaction. Pendant si longtemps, il avait cherché, tenté de trouver son chemin à travers l'obscurité, et maintenant, enfin, il avait l'impression d'avoir émergé de l'autre côté. Il était fier de lui, pas seulement d'avoir terminé le roman, mais de tout ce qu'il avait surmonté, de la personne qu'il était devenu.

Prenant son téléphone, il ouvrit un nouveau message et tapa un rapide texto à Sonia : « **C'est fait. Je l'ai fini. Les boissons sont pour moi ce soir.** »

Il appuya sur « envoyer », puis resta là, laissant le moment l'envahir. Il pensa à toutes les personnes qui l'avaient aidé en chemin, qui avaient cru en lui, même quand lui n'y croyait plus. Il pensa à Tina, à Sonia, à tous les souvenirs, bons ou mauvais, qui l'avaient amené jusqu'ici.

Et tandis qu'il restait là, seul dans son appartement, il ressentit un profond sentiment de paix. L'avenir était toujours incertain, toujours plein d'inconnues, mais il n'avait plus peur. Il était prêt à saisir la vie à bras-le-corps.

No need to run and hide
It's a wonderful, wonderful life
No need to laugh and cry
It's a wonderful, wonderful life

LXI

So close, no matter how far
Couldn't be much more from the heart
Forever trusting who we are
And nothing else matters

La ville était vivante dehors, le soleil du début de l'été projetant une lumière dorée sur les toits. Il se tenait là, une tasse de café à la main, regardant les rues animées en contrebas, et il se sentait vraiment en paix. Cela avait été un long chemin pour en arriver là, un voyage marqué par des peines de cœur, des confusions, et des moments de désespoir, mais il avait réussi. Il avait traversé tout cela, et maintenant, debout dans son appartement, il avait l'impression de pouvoir enfin respirer.

C'était étrange de repenser à tout ce qui s'était passé l'année dernière. Il y avait eu des moments où il avait été au plus bas, des moments où il pensait qu'il ne trouverait jamais la sortie de l'obscurité. Il se souvenait des nuits blanches, des beuveries sans fin, des tentatives désespérées pour anesthésier la douleur. Mais maintenant, ces souvenirs semblaient lointains, comme les échos d'une vie qui ne lui appartenait plus.

Il prit une gorgée de son café, laissant la chaleur se répandre en lui, et se permit de réfléchir à tout ce qui avait changé. Il pensa à Tina, à leurs conversations difficiles et au processus douloureux du lâcher-prise. Cela n'avait pas été facile, mais c'était nécessaire. Et maintenant, ils étaient de nouveau dans la vie l'un de l'autre, pas en tant qu'amants, mais en tant qu'amis. De vrais amis. C'était différent, mais c'était bien. Ça semblait juste. Il était reconnaissant pour son honnêteté, pour son courage de lui dire la vérité, même quand cela faisait mal. Et il était reconnaissant qu'ils aient réussi à se retrouver, même si c'était sous une forme différente.

Puis il y avait Sonia. La rencontrer avait été l'une des meilleures choses qui lui soient arrivées. Elle avait été là pour lui quand il avait le plus besoin de quelqu'un, le guidant hors de l'obscurité avec sa gentillesse, sa patience, et son soutien inébranlable. Elle était devenue plus qu'une amie—elle était devenue une bouée de sauvetage, une source constante de force, et il ne savait pas comment la remercier assez pour ça. Il savait qu'elle se contenterait de hausser les épaules, de lui dire que ce n'était rien, mais il savait aussi à quel point elle l'avait aidé à guérir. Elle lui avait montré qu'il y avait de la lumière au bout du tunnel, même quand il ne pouvait pas la voir.

Il pensa aux femmes qui étaient passées dans sa vie l'année dernière—Laura, avec sa douceur et sa quête de stabilité ; Aurora, avec sa passion ardente et son refus d'être attachée. Chacune d'elles avait apporté quelque chose dans sa vie, lui avait appris quelque chose sur lui-même, sur ce qu'il voulait et ce dont il était capable. Et même si ces relations n'avaient pas duré, il leur était reconnaissant. Elles avaient été des étapes, le guidant jusqu'à ce qu'il soit maintenant.

Et où était-il maintenant ? Il sourit à lui-même, en pensant au roman qu'il avait enfin terminé. Après tant d'années de lutte, tant de faux départs et de moments de doute, il l'avait fait. Il avait mis tout ce qu'il avait dans ces pages, toute la douleur, l'amour, la confusion, et l'espoir. Et maintenant, c'était terminé. C'était une sensation étrange, presque irréelle, mais c'était une bonne sensation étrange. Il était fier de lui, pas seulement pour avoir terminé le roman, mais pour tout ce qu'il avait accompli. Il s'était battu pour revenir du bord du gouffre, et il en était ressorti plus fort, plus entier.

Alors qu'il restait là, perdu dans ses pensées, son esprit dériva vers Claire. C'était inattendu, mais une fois la pensée présente, il était impossible de l'ignorer. Il n'avait pas pensé à elle depuis longtemps, mais maintenant, il se demandait où elle était, ce qu'elle faisait. Est-ce qu'elle pensait encore à lui ? Est-ce qu'elle se demandait ce qui aurait pu se passer si les choses avaient été différentes ?

Il se souvenait de leur temps ensemble, de leurs nuits passionnées, de leurs petites escapades. Il se souvenait de cette fois où elle l'avait emmené au domaine viticole de son père près de Bordeaux, où elle l'avait présenté à ses parents pour la première (et unique) fois. Il se souvenait à quel point elle était heureuse dans la campagne pittoresque de son enfance. Et à quel point il était heureux là-bas avec elle, loin de la folie parisienne. Il se souvenait de la façon dont elle le regardait, de la façon dont elle croyait en lui, même quand il ne croyait pas en lui-même. Elle avait vu quelque chose en lui, quelque chose qui valait la peine d'être retenu, et il l'avait laissée tomber. Il n'était pas prêt à l'époque, il n'avait pas pu lui donner ce dont elle avait besoin, ce qu'elle méritait. Mais maintenant... maintenant il était différent. Il avait changé, grandi. Il était prêt, d'une manière dont il ne l'avait jamais été auparavant.

Il se demandait s'il était trop tard. Est-ce que ce train était déjà passé ? Est-ce qu'elle voudrait même entendre parler de lui, après tout ce temps ? Il ne savait pas, et l'incertitude était intimidante, mais c'était aussi étrangement libérateur. Pour la première fois, il avait l'impression qu'il pouvait prendre ce risque, qu'il pouvait la recontacter sans avoir peur de ce qui pourrait se passer. Parce que même si elle disait non, même si elle était passée à autre chose, ce ne serait pas la fin du monde. Il allait bien. Il était heureux. Il avait Sonia, il avait Tina, ses autres amis, son écriture. Il avait une vie dont il était fier, et c'était plus qu'il n'aurait jamais cru possible.

Pourtant, l'idée restait, séduisante, comme une porte restée entrouverte, attendant qu'il décide d'y entrer ou non. Et s'il l'appelait ? Et s'il lui disait tout, lui disait à quel point il avait changé, à quel point il était prêt maintenant à lui donner tout ce qu'elle avait voulu, tout ce qu'elle méritait ? Serait-elle encore intéressée ? Verrait-elle encore quelque chose qui valait la peine d'être retenu ?

Il prit une autre gorgée de son café, laissant la pensée s'installer, fleurir dans son esprit. C'était effrayant, mais

c'était aussi excitant. Et peut-être que c'était un signe qu'il devait le faire, qu'il devait prendre ce risque, même si cela signifiait tomber. Parce que pour la première fois, il avait l'impression de vraiment vivre, d'être ouvert à tout ce que la vie avait à lui offrir, et il ne voulait plus se retenir.
Il ne prit pas son téléphone tout de suite, mais il savait qu'il le ferait. Il savait qu'il l'appellerait, qu'il prendrait cette chance, parce qu'ils le méritaient tous les deux. Ils méritaient de voir ce qui pourrait se passer, de voir s'il restait quelque chose, quelque chose qui valait la peine de se battre.
Et s'il n'y avait rien ? Eh bien, ce serait bien aussi. Il serait bien. Parce qu'il avait enfin trouvé son chemin, enfin trouvé un endroit où il pouvait être lui-même, où il pouvait être heureux, et il n'avait plus peur de le perdre.
Il resta là encore un moment, regardant la ville qu'il aimait, sentant la chaleur du soleil sur son visage, et il se permit de sourire. Cela avait été un long et difficile voyage, mais il avait réussi. Il en était ressorti de l'autre côté, et il était plus fort, plus sage, et plus en paix qu'il ne l'avait jamais été.
Et alors qu'il reposait sa tasse de café et se tournait pour retourner à son bureau, il ressentit un espoir tranquille, une croyance que quoi qu'il arrive ensuite, il était prêt. Il appellerait Claire, et il prendrait cette chance, parce qu'il comprenait enfin que la vie consistait à prendre des risques, à s'ouvrir aux possibilités, même si elles faisaient peur.
Et cette fois, cela ne l'effrayait pas. Cela l'excitait. Cela le faisait se sentir vivant, de toutes les meilleures façons, et il savait que quoi qu'il arrive, il serait bien. Parce qu'il était heureux. Vraiment, profondément heureux. Et il était vivant, dans tous les sens du terme, probablement pour la première fois de sa vie.

And nothing else matters

Bande originale:

I Chris Isaak – Wicked games
II Fleetwood Mac – Silver Springs
III Guns'n'Roses – Patience
IV Fleetwood Mac – Gold dust woman
V Fleetwood Mac – The chain
VI Fleetwood Mac – I don't wanna know
VII Sixpence None The Richer – Kiss me
VIII The Rolling Stones – Let's spend the night together
IX Texas – In our lifetime
X Fleetwood Mac – Go your own way
XI Queen – The show must go on
XII Audioslave – Like a stone
XIII Edwyn Collins – A girl like you
XIV Bob Dylan – I'll be your baby tonight
XV Dinah Washington – What a difference a day makes
XVI Lou Reed – Perfect day
XVII The Beatles – While my guitar gently weeps
XVIII Wathaus – Love's a stranger
XIX INXS – By my side
XX Sixto Rodriguez – I think of you
XXI Bryan Adams – (Everything I do) I do it for you
XXII Cyndi Lauper – Time after time
XXIII Elvis Costello – I want you
XXIV Belle and Sebastian – I want the world the stop
XXV Richard Ashcroft – A song for the lovers
XXVI Hooverphonic – Mad about you
XXVII U2 – With or without you
XXVIII Leonard Cohen – Hey, that's no way to say goodbye
XXIX Coldplay – The Scientist
XXX Bob Dylan – If you see her, say hello

XXXI Ozzy Osbourne – Suicide solution
XXXII Dire Straits – Your latest trick
XXXIII Sting – Shape of my heart
XXXIV Chris Isaak – Forever blue
XXXV John Prine – Speed of the sound of loneliness
XXXVI Warren Zevon – Keep me in your heart
XXXVII Smokey Robinson – Track of my tears
XXXVIII The Rolling Stones – You can' always get what you want
XXXIX Nick Cave – (Are you) The one that I've been waiting for
XL Kings Of Leon – Use somebody
XLI Simon & Garfunkel – Bridge over troubled water
XLII Bob Dylan – Just like a woman
XLIII Leonard Cohen – Dance me to the end of love
XLIV Chet Baker – I fall in love too easily
XLV Prince – When doves cry
XLVI Hooverphonic – Vinegar & salt
XLVII Tom Waits – The world keeps turning
XLVIII Cyndi Lauper – True colors
XLIX Gus Black – Love is a stranger
L Bob Dylan – Lay, lady lay
LI Hooverphonic – Thin line
LII Muse – Map of the problematique
LIII REM – Losing my religion
LIV Elvis Presley – Can't help falling in love
LV Elton John – Goodbye yellow brick road
LVI Deep Purple – Soldier of fortune
LVII Aerosmith – Dream on
LVIII Hooverphonic – Out of sight
LIX Depeche Mode – Precious
LX Black – Wonderful life
LXI Metallica – Nothning else matters

Bonus :
Harvey Danger – Little round mirrors
Warren Zevon – Things to do in Denver when you're dead

Écoutez la playlist sur Spotify :

Printed by Amazon Italia Logistica S.r.l.
Torrazza Piemonte (TO), Italy

66799324R00163